D1860274

तेरी कुड़माई हो गई ?

कहानी संग्रह

तेरी कुड़माई हो गई ?

सुनील विक्रम सिंह

लोकभारती प्रकाशन

लोकभारती प्रकाशन
पहली मंजिल, दरबारी बिल्डिंग, महात्मा गाँधी मार्ग
इलाहाबाद-211 001
वेबसाइट : www.lokbhartiprakashan.com
ईमेल : info@lokbhartiprakashan.com
शाखाएँ : 1-बी, नेताजी सुभाष मार्ग, दरियागंज
नई दिल्ली-110 002
अशोक राजपथ, साइंस कॉलेज के सामने
पटना-800 006 (बिहार)
36-ए, शेक्सपियर सरणी
कोलकाता-700 017

मूल्य : ₹ 250

प्रथम संस्करण : 2017

© सुनील विक्रम सिंह

आस्था पेपर कनवर्टर
इलाहाबाद द्वारा मुद्रित

TERI KURMAI HO GAI?
by Sunil Vikram Singh

ISBN : 978-93-86863-18-8

गुरुवर काशीनाथ सिंह
के लिए

अनुक्रम

तेरी कुड़माई हो गई?

कहानी संग्रह

तेरी कुड़माई हो गई ?

आज वर्षों बाद लिखने बैठी हूँ, तो बरबस याद आ रहे हो लहना। लगता है अभी कुछ समय ही तो गुजरा है, लेकिन सच्चाई यह है कि तीस साल हो गये। तुम्हारी मौत पर मैं कितने दिन तक रोती रही लहना! सूबेदार जी परेशान थे। मेरे बेटे ने भी मुझे बहुत समझाया, लेकिन मेरे ऊपर उनकी बातों का कोई फर्क नहीं पड़ता था। आज बड़े भावुक क्षणों में कुछ लिखने बैठी हूँ, तो मेरी आँखें बरस रही हैं।

तुम्हारी मौत के वर्षों बाद मैं आप-बीती लिख रही हूँ। इसे डायरी कहूँ या आत्मकथा, मैं समझ नहीं पा रही हूँ। प्रथम मिलन की धुँधली-सी स्मृति है, अक्टूबर महीने की सिन्दूरी शाम थी, हवा में हलकी-सी सिहरन थी। तुम दहीवाले की दुकान पर मिले थे। तुम सफेद शर्ट और काली पैण्ट पहने थे। तुम्हारे दमकते हुए गोरे रंग पर यह ड्रेस खूब फब रहा था। मैंने सफेद शलवार और पीला फ्राक पहन रखा था। तुम्हारे चेहरे पर शरारत तैर रही थी। तुमने मुझे देखते ही यह सवाल दागा था, "ऐ कुड़ी, क्या तेरी कुड़माई हो गयी है?" मैं शर्म से लाल हो गयी थी। मुझे बुरा नहीं लगा था, बल्कि मेरे मन के अन्दर कलियाँ चटखने लगी थीं। मेरी नजर मन्दिर के कंगूरे पर पड़ी थी। उस पर कबूतर का जोड़ा बैठा हुआ था। सूरज का नारंगी रंग का गोला आसमान में लटका हुआ था। मैं 'धत्' कहकर भाग आयी थी।

सच कहती हूँ लहना! उस दिन मुझे रातभर नींद नहीं आयी थी। उस दिन पूर्णिमा का चाँद आसमान में अठखेलियाँ कर रहा था। आज समझ पा रही हूँ कि मुझे तुमसे प्यार हो गया था, लेकिन दस साल की लड़की प्यार का मतलब क्या समझे? मुझे नींद नहीं आ रही थी, इसलिए मैं छत पर टहलने लगी। मेरे घर की बगल में एक सुन्दर तालाब था। मैंने देखा, तालाब में चाँद उतर आया था। चारों ओर उन्मादिनी चाँदनी छिटकी हुई थी। मुझे ऐसा लग रहा था, मानो चारों ओर चाँदनी का मौन संगीत गूँज रहा हो।

दूसरे दिन हम दोनों सब्जीवाले के यहाँ मिले थे। उम्मीद के मुताबिक तुमने फिर वही सवाल पूछा—"तेरी कुड़माई हो गयी है?" मैं शरमाकर भाग गयी थी। इसके बाद मैं कई दिनों तक घर से नहीं निकली। मैं तुमसे मिलना भी चाहती थी और मिलने से घबराती भी थी। मैंने सोच रखा था कि इस बार जब सवाल करोगे तो मैं करारा जवाब दूँगी। संयोग से मेरी ममेरी बहन की सगाई हो गयी। मुझे एक शरारत सूझी। मैंने बहन की रेशम से कढ़ी हुई ओढ़नी ले ली। अगले दिन मैं बाजार में पहुँची। मुझे पूरा विश्वास था कि यदि तुम मिलोगे तो अपना चिरपरिचित सवाल जरूर पूछोगे। हम दोनों फलवाली दुकान पर मिले। तुमने हँसते हुए पूछा, "तेरी कुड़माई हो गयी?" मैंने शरारतवश जवाब दिया, "हाँ, हो गयी।" तुमने पूछा, "कब?" मैंने जवाब दिया, "कल हुई। देखते नहीं यह रेशम से कढ़ा हुआ सालू।" ऐसा कहकर मैं भाग आयी। मैंने तुम्हारी प्रतिक्रिया की प्रतीक्षा भी नहीं की। मैंने तुमसे झूठ बोला था और मुझे पछतावा भी हुआ। मेरे ममेरे भाई को पता चल गया था कि हम दोनों इस तरह से मिलते हैं। मैंने सोचा था कि हम दोनों कुछ दिनों तक न मिलें, तब तक स्थिति सामान्य हो जायेगी। उस घटना के सात माह बाद मेरे पिता जी मामा के यहाँ आये। ममेरे भाई ने उनसे हम दोनों के विषय में बतला दिया। पिता जी मुझसे थोड़ा-सा नाराज हो गये और वे मुझे अपने साथ हीरपुर लेते आये। हीरपुर एक छोटा-सा कस्बा था। पिता जी उर्दू शायरी को बड़े शौक से पढ़ते थे। पिता जी जानते थे कि इश्क-विश्क का भूत बड़ा खतरनाक होता है। उन्हें इस बात का दृढ़ विश्वास था कि उनकी लड़की के सिर पर चढ़ा हुआ इश्क का भूत जल्दी उतर जायेगा। उन्होंने मुझे समझाते हुए कहा था—"पुत्तर! पढ़ाई में मन लगाओ। इश्क-विश्क का चक्कर छोड़ो। इश्क के फसाने पढ़ने में अच्छे लगते हैं। लैला-मजनूँ, शीरीं-फरहाद और सोहनी-महिवाल इश्क के किरदार के रूप में तो अच्छे लगते हैं, लेकिन यथार्थ की दुनिया में यदि वे हमारे पास रहते हैं तो हमें परेशानी होती है।" पिता जी ने गालिब का यह शेर सुनाया—

"बुलबुल के कारोबार पे हैं खन्दा हा-ए-गुल
कहते हैं जिसको इश्क खलल है दिमाग का।"

पिता जी ने हीरपुर के एक कन्या विद्यालय में मेरा दाखिला करा दिया। प्राकृतिक सौन्दर्य से युक्त इस विद्यालय में मुझे आनन्द आ रहा था। मेरा मन पाठ्य पुस्तकों में कम लेकिन शरारत में ज्यादा लगता था। विद्यालय परिसर में आम, अमरूद और बेर के पेड़ों की बहुतायत थी। मैं उन शरारती लड़कियों के दल में शामिल हो गयी थी, जो आये दिन कोई-न-कोई उपद्रव किया करती थीं। पूरा दिन किसी तरह बीत जाता था, लेकिन रात आते-आते मुझे अजीब-सी उदासी घेर लेती थी। उस समय मैं छठीं कक्षा में पढ़ती थी। उतनी छोटी लड़की इश्क का मतलब क्या समझे? लेकिन आज महसूस होता है कि वह तो लरिकाई का प्रेम था। सूरदास की गोपियों का प्रेम तो ऐसा ही था। मुझे गोपियों के भाग्य पर ईर्ष्या होती है। उन्हें अपने प्रियतम कृष्ण का सामीप्य सुख

देर तक मिला, लेकिन मेरा प्रियतम तो बहुत जल्दी बिछुड़ गया। कृष्ण मथुरा चले गये, लेकिन व्रज की गोपियों को उनका हाल-चाल मिलता रहा। तुमने तो पचीस साल तक मेरी सुधि भी नहीं ली लहना! लेकिन मुझे तुमसे कोई शिकायत नहीं है। तुम्हारी कुछ मजबूरियाँ रही होंगी। फिर भी तुम सोच सकते हो कि पचीस साल का समय कुछ कम नहीं होता। समय का एक लम्बा अन्तराल कितने पतझड़ और कितने बसन्त बीते होंगे, लेकिन अपने मन को दिलासा देने के लिए लिख रही हूँ कि मेरे पास सब-कुछ था, भरा-पूरा परिवार, होली और बैसाखी का उल्लास, बसन्त का वैभव, नहीं थे सिर्फ तुम, लेकिन तुम्हारे न होने से मेरे जीवन का अर्थ बदल गया था। पचीस साल बाद हम दोनों के आकस्मिक मिलन का वह मधुर क्षण याद है न लहना? वह फागुन की सिन्दूरी शाम थी। फागुन की अल्हड़ हवा तन-मन को बेचैन कर दे रही थी। तुम मुझे मेरी गली के मोड़ पर मिले थे। तुमने मुझसे पूछा था—"बहन जी! सूबेदार हजारा सिंह का घर किधर है?" मैंने घर का पता दिया था और दूसरे रास्ते से घर लौट आयी। मैंने तुम्हें उसी समय पहचान लिया था। सच लहना! "बहन जी" शब्द सुनकर मुझे बुरा लगा था। मैंने सोचा भी नहीं था कि तुमसे इस तरह मुलाकात होगी। मैंने सूबेदार जी को तुम्हारे बारे में बतला दिया था। सूबेदार जी ने मुझसे कहा था, "तुम उसे पहचान गयी, लेकिन वह तुम्हें पहचान नहीं पाया। एक काम करते हैं, उसके आने के कम-से-कम एक घण्टे बाद तुम सामने आना और काफी भूमिका बनाने के बाद अपनी पहचान बतलाना।"

मैं क्या करती लहना! मैं तुमसे तुरन्त मिलने के लिए व्याकुल थी, लेकिन मुझे देर तक अभिनय करना था। तुम घर के अन्दर आये थे। मैं परदे की आड़ में खड़ी हो गयी थी। तुम्हारी नीली आँखों से मैं सम्मोहित हो गयी। पचीस साल बाद मैं तुम्हें विधिवत् देख रही थी। वैसा ही गोरा रंग, दाहिने गाल पर तिल का निशान, बतरस में वैसी ही तल्लीनता, मैं भाव-विभोर थी। कुछ देर बाद सूबेदार ने तुमसे कहा—"लहना! सूबेदारनी तुम्हें जानती है और तुम्हारी बहुत तारीफ करती है। अन्दर जाकर उससे मिल लो।" मैंने तुमको देखते ही कहा था, "तेरी कुड़माई हो गयी?" 'धत्' "कल हो गयी, देखते नहीं, रेशमी बूटोंवाला सालू।" कुछ देर तक हम दोनों के बीच चुप्पी छायी रही।

चुप्पी को भंग करते हुए तुम बोले थे—"तुमसे मिलना स्वप्न जैसा लग रहा है मेरी प्यारी शालू। अमृतसर से लौटने के बाद मैं इस बात को भूल गया था कि गोरे रंग की और नीली आँखोंवाली लड़की मुझसे अमृतसर के बाजार में मिलती थी और मैं उसे चिढ़ाता था। आज तुमसे मिलकर ऐसा लग रहा है कि पचीस साल नहीं, बल्कि पचीस दिन बीते हैं। मुझे ऐसा लगता है कि समय का बीतना हमारी भावनाओं पर निर्भर करता है। जीवन की आपाधापी में सब-कुछ पीछे छूट जाता है।" सच लहना! तुम्हारे 'शालू' सम्बोधन ने मुझे रोमांचित कर दिया। मुझे लगा कि जो जीवन मैं जी रही हूँ, उसमें कोई रोमांस नहीं है, उमंग नहीं है, उल्लास नहीं है। मेरे पति भी मुझे सूबेदारनी ही कहते हैं। लगता है मेरा अपना कोई वजूद नहीं है। तुम्हारी बहुत-सी बातें मैं सुन नहीं पायी,

क्योंकि मैं पता नहीं किस दुनिया में खो गयी थी। मेरे कानों में बाद में तुम्हारे ये शब्द सुनायी पड़ रहे थे–"आखिरी बार जब हम मिले थे तो मेरे ऊपर क्या बीती होगी? बाजार से घर न जाकर मैं तालाब के पास चला गया। तालाब के किनारे इमली का एक बड़ा-सा पेड़ था। बुलबुल, गौरैया, मैना की गुंजार से बेखबर मैं जल की लहरों को देख रहा था। सूरज की सुनहली किरणें तालाब के जल पर, इमली के पेड़ पर और दोमंजिले स्कूल पर पड़ रही थी। हलका-हलका अँधेरा होने पर मैं घर लौटा। मेरे भाई के प्रश्न करने पर मैंने उसे चाँटा जड़ दिया। स्नेहिल मामी से भी मैं बेरुखी से पेश आया। ममेरी बहन को मैंने बेवजह डाँट दिया। ननिहाल में मेरे व्यवहार पर सभी आश्चर्यचकित थे।"

कुछ क्षणों तक मैं खामोश रही। मैंने तुमसे कहा था–"तुम्हें वह दिन याद है न लहना! जब हम दोनों तालाब के किनारे टहल रहे थे। सूरज डूब रहा था। चिड़ियों की चहचहाहट और यौवन के उल्लास में मस्त हमें किसी चीज की परवाह नहीं थी। एकाएक मेरा पैर फिसला और मैं तालाब में गिर पड़ी। तुम मुझे बचाने के लिए तालाब में कूद पड़े थे। दिसम्बर की कड़कड़ाती ठण्ड और ऊपर से तालाब का ठण्डा पानी, मेरी तो हालत खराब थी। बड़ी मुश्किल से तुम मुझे बाहर लाये। मैं बेहोश थी। कुछ देर बाद मुझे होश आया। तालाब के पास एक झोंपड़ी थी। वहाँ पर अलाव जल रहा था अलाव की आँच की गर्मी से मैं सामान्य हुई और तुम मुझे उस गली तक छोड़ने गये थे, जिस गली में मेरे मामा का घर था। तुमने उस दिन मेरी जान बचायी थी। सूबेदार जी के साथ मेरा बेटा बोधा भी लड़ाई पर जा रहा है। यह मेरा इकलौता बेटा है। मेरे सुहाग और चिराग की रक्षा करना।" मैं फूट-फूटकर रो रही थी। तुम्हारी आँखों में भी आँसू थे।

तुमने मुझे आश्वासन देते हुए कहा था–"मेरी प्यारी शालू मैं तुम्हारी आँख में आँसू देख नहीं सकता। रोना-धोना छोड़कर तुम मेरे लिये दुआएँ माँगो कि मैं अपने मकसद में कामयाब हो सकूँ।" अगले दिन तुम लोगों को लाम पर जाना था।

उस रात सूबेदार जी देर तक जगे रहे। उन्होंने मुझसे सवाल दागा–"तुम लहना को इतना चाहती हो, क्या तुम उसकी व्यक्तिगत जिन्दगी के विषय में कुछ जानती हो?" कुछ क्षणों के लिए मैं निरुत्तर हो गयी थी लहना, लेकिन मुझे जवाब देना ही था। मैं सूबेदार जी के चेहरे के भावों को पढ़ने का प्रयास कर रही थी।

"जब हमारी पहली मुलाकात हुई थी, तो मैं मात्र दस वर्ष की थी। हम दोनों के मिलने और बिछड़ने के बीच मात्र एक साल का फासला था। सुबह होती थी, शाम होती थी और रात कब बीत जाती थी, पता ही नहीं चलता था। वे अल्हड़पन के दिन थे। हम दोनों के बालपन का नन्हा-सा संसार था। दिन सुनहला लगता था, शाम सुरमई थी और रात मोती की तरह थी। अतिशय कल्पनाशीलता की दुनिया में रमे हुए हम दोनों को एक-दूसरे की व्यक्तिगत जिन्दगी के विषय में पूछने का ध्यान नहीं न रहा।" उस दिन चाँदनी रात थी। रात्रि के सन्नाटे में झींगुरों की आवाज गूँज रही थी हम दोनों

को नींद नहीं आ रही थी, इसलिए हम छत पर टहलने लगे। सूबेदार जी ने कहा—"बाहर से हँसमुख दिखनेवाले लहना के चेहरे पर मैंने कभी-कभी विषाद की रेखाएँ देखी थीं। लहना की जिन्दगी में दुःख का समुन्दर लहराता रहा है। उसकी माँ उसको जन्म देने के कुछ घण्टों बाद गुजर गयी थी। नन्हीं-सी जान को स्तनपान कौन कराता? उसकी ताई ने उसे माँ की तरह दुलराया और भरपूर प्यार दिया। ताई के तीनों बच्चे बड़े हो गये थे। इसलिए ताई का मातृत्व एक बार फिर छलक उठा था। लहना के पिता दरबारा सिंह अत्यन्त हँसमुख और जिन्दादिल इन्सान थे। दरबारा सिंह की भाभी उनसे बार-बार कहती थीं—"देवर जी, अभी आपकी उम्र ही क्या है। अकेलापन तुम्हें खलेगा। तुम शादी क्यों नहीं कर लेते? लहना के पिता उसकी बात हँसकर टाल देते थे।"

चारों ओर खामोशी थी। चाँद के प्रकाश में नहाया हुआ पीपल का पेड़ बहुत सुन्दर लग रहा था। "लहना की ताई एक तरफ अपने देवर पर शादी का दबाव बना रही थी तो दूसरी ओर इस नन्हें-से शिशु पर अपनी सम्पूर्ण ममता उँड़ेलकर तृप्त भी थीं। उसका मन ललक रहा था। वर्षों बाद उसके स्तनों में दूध की धार बही थी। उसका एक मन इस शिशु की विमाता की कल्पना से सिहर उठता था। फिर उसका मन उसको धिक्कारता था—तुम कितनी स्वार्थी हो। तुम्हें यह पता होना चाहिए कि कम उम्र में विधुर हुए युवक का नारीविहीन जीवन दुर्बल होता है।" फिलहाल परिवार के दबाव में दरबारा सिंह ने दूसरी शादी कर ली। शुरू-शुरू में लहना की नयी माँ का व्यवहार उसके प्रति स्नेहिल था, लेकिन जब उसका पहला बेटा हुआ, तो लहना के प्रति उसके व्यवहार में उदासीनता दिखलायी पड़ने लगी। विमाता की उपेक्षा से आहत लहना ताई के ममतालु आँचल में शरण लेता था। लहना के पिता की आकस्मिक मृत्यु हो गयी। लहना के लिए यह वज्रपात था। ताई और परिवार के अन्य लोगों के सहयोग से लहना ने मैट्रिक कर लिया और सेना में उसकी भर्ती हो गयी। मेरे प्यारे लहना! हम दोनों जाने कहाँ-कहाँ की बातें करते थे, लेकिन एक-दूसरे की व्यक्तिगत जिन्दगी के विषय में हम लोगों ने सोचा ही नहीं। आज इतने सालों बाद जब मैं स्मृति के वातायन से झाँकती हूँ तो मैं प्रेम की पुलक से सिहर उठती हूँ। आज बहुत सालों बाद मेरी आँखें बरस रही हैं। अतीत के एक-एक चित्र चलचित्र की तरह आँखों के सामने सजीव हो उठते हैं। मैंने हीरपुर के कन्या विद्यालय से मैट्रिक की परीक्षा प्रथम श्रेणी में उत्तीर्ण की। मैट्रिक तक आते-आते मेरी चंचलता गायब हो गयी और मैं एक पढ़ाकू लड़की बन गयी थी। मैंने तुम्हें भूलने की बहुत कोशिश की, लेकिन मुझे कामयाबी नहीं मिली। जाड़े की गुनगुनी धूप में किताबों के अक्षर मोतियों-जैसे चमकते। ढलती शाम में, गर्मी की दुपहरी में और रात की खामोशी में तुम्हारी यादें मुझे बेचैन कर देती थीं। क्या प्रेम को भुलाया जा सकता है? आग जलकर राख हो जाती है, लेकिन कभी-कभी राख के ढेर के अन्दर भी हलकी-हलकी आग सुलगती रहती है। समय और स्थान के अन्तराल के कारण प्रेम

दब-सा जाता है, लेकिन अवसर मिलने पर प्रेम की आग फिर जल उठती है, उस प्रेम की आग की तपिश मैं महसूस कर रही थी। मैट्रिक करने के बाद मेरी शादी की बात चलने लगी थी।

हीरपुर कस्बे में लड़कियों की शादी आमतौर पर बारह साल में हो जाती थी। मैं तो पन्द्रह वर्ष की हो चुकी थी। पन्द्रह वर्ष की लड़की का कुँवारी रहना हीरपुर के लिए बड़ी घटना थी। मैंने अपने विवाह का स्पष्ट विरोध किया। इसके दो कारण थे, पहली बात तो यह थी कि मैं अपनी आगे की पढ़ाई जारी रखना चाहती थी। दूसरा महत्त्वपूर्ण कारण था—तुम्हारे प्रति एकनिष्ठ प्रेम। मैं किसी और को पति के रूप में स्वीकार करने की स्थिति में नहीं थी। मेरी माँ नहीं चाहती थी कि मैं आगे की पढ़ाई करूँ, लेकिन पिता जी को मुझसे सहानुभूति थी। हीरपुर के किसी विद्यालय में मैट्रिक के आगे की पढ़ाई की व्यवस्था नहीं थी। इसलिए वीरमपुर में इण्टरमीडिएट में मेरा दाखिला हुआ। मेरी माँ ने स्पष्ट रूप से कह दिया था—"मैं आप लोगों के कहने पर इसको आगे पढ़ने दे रही हूँ लेकिन आप लोग कान खोलकर सुन लीजिये कि इण्टरमीडिएट करने के तुरन्त बाद इसकी शादी कर दी जायेगी।" वीरमपुर में मैं अपनी बड़ी बुआ के यहाँ रहने लगी। सच लहना, मुझे उस दिन तुम्हारी बहुत याद आयी थी। यदि उस दिन तुम मिल गये होते तो मैं लोक-लाज की परवाह न करते हुए तुम्हारे साथ भाग जाती। तुम पूछते थे—"तेरी कुड़माई हो गयी है।" मैं तुमसे कैसे कहूँ लहना कि मेरी कुड़माई तो तेरे साथ हुई थी। यह बात तकनीकी रूप से भले ही सही न हो लेकिन भावनात्मक रूप से सही है। पहले दिन तुम शरारती लगे लेकिन धीरे-धीरे मैंने अपने अन्दर एक बदलाव महसूस किया। मैं महसूस कर रही थी कि 'लहना' शब्द को सुनते हुए या गुनते हुए मेरा रोम-रोम पुलकित हो उठता था, मेरे मन के अन्दर की कलियाँ चटखने लगती थीं। मैं अपने मन की बात किससे कहती? मन्जीत मेरी हमउम्र सहेली थी। मैं उसके साथ घर के बाहर निकल आती थी। मेरे घर से थोड़ी-सी दूर पर नीम का एक विशाल पेड़ था। नीम के पेड़ की पश्चिम दिशा में मिट्टी का बना हुआ बड़ा-सा बँगला था। एक स्वर्णिम अतीत को ढोता हुआ वह बँगला पूरे क्षेत्र में अपने ढंग का अनोखा था। बँगले के दक्षिण दिशा में सुन्दर फुलवारी थी। हम दोनों फुलवारी में बैठकर बतरस का आनन्द लेती थीं। हीरपुर छोड़कर जब मैं पढ़ाई करने के लिए वीरमपुर जा रही थी तो मन्जीत फूट-फूटकर रो रही थी। वीरमपुर में दो साल कैसे बीता, पता ही नहीं चला। हम दोनों सहेलियाँ एक-दूसरे को खत लिखकर अपने दिल को हलका कर लेती थीं। हीरपुर वापस लौटने पर मेरी शादी की बात चलने लगी। माँ ने बड़े प्यार से समझाते हुए मुझसे कहा था—"पुत्तर! हम लोगों ने तुम्हारे लिये एक बहुत अच्छा लड़का देखा है। लड़के का नाम हजारा सिंह है। अभी पिछले साल वह सेना में भर्ती हुआ है। आजकल अच्छे लड़के मिलते कहाँ हैं और दूसरी बात यह है कि शादी का प्रस्ताव लड़केवालों ने रखा है।" मैंने अपने-आपको कोठरी में बन्द कर लिया था। बाहर माँ का चीखना-चिल्लाना सुनायी

पड़ रहा था। शाम को पिता जी के कहने पर मैंने दरवाजा खोला। पिता जी ने शादी न करने का कारण पूछा, इस पर मैंने उन्हें दो-टूक शब्द में कहा—"मैं लहना से प्यार करती हूँ और उसी से शादी भी करूँगी। आपको शायद याद होगा कि हम दोनों अमृतसर में मिलते थे।" पिता जी कुछ नहीं बोले और चुपचाप लौट गये। मेरे घर में कई दिनों तक कोहराम मचा रहा। मेरे मोहल्लेवाले भी मेरे दुःसाहस को जान गये। दुःसाहस यह सब ठीक है उस जमाने के लिए यह दुःसाहस था। पितृसत्तात्मक समाज में एक लड़की ने अपने जीवनसाथी के चयन की घोषणा करके खलबली मचा दिया था। तुम्हें यह जानकर आश्चर्य होगा कि केवल दादी मुझसे सहमत थी। दादी ने पिता को समझाया भी था—"लड़की पर ज्यादा जोर-जुल्म मत करना मनविन्दर! उसको अपनी जिन्दगी अपने ढंग से जीने दो बेटे! यह जीवन बड़ा अनमोल है। हमारी पीढ़ी की तो हसरतें अधूरी रह गयीं। हम अपनी अधूरी ख्वाहिशें लिये हुए इस दुनिया से विदा हो जायेंगे लेकिन शालिनी बिटिया की जिन्दगी का उल्लास क्यों दफन हो? उसने प्यार करके कोई गुनाह नहीं किया है।" मुझे इस बात पर आश्चर्य हुआ कि पिता जी के चेहरे पर गम्भीरता थी। उन्होंने दादी की बात का जवाब नहीं दिया। सच लहना, उस दिन मैं बहुत खुश थी। मेरे तन-मन में एक मुधर संगीत बज रहा था। बिस्तर पर बहुत दूर तक लेटने पर भी मुझे नींद नहीं आयी। दिसम्बर की रात थी। पूरा कस्बा खामोशी में डूबा हुआ था। आसमान में पीला चाँद उग आया था। मुझे तुम्हारी कही हुई बात याद आ रही थी—"सपने देखना अच्छी बात है, लेकिन सपने अक्सर पूरे नहीं होते। मुझे लगता है कि प्रेमी अपने प्रिय से न मिल पाने के लिए अभिशप्त होता है।" कभी-कभी कोई पक्षी बोलकर रात की खामोशी को भंग कर देता था।

अगले दिन सुबह पिता जी ने मुझसे कहा—"पुत्तर तुम्हें याद है न कि अमृतसर से लौटने के बाद मैंने तुमको क्या समझाया था? मैंने तुम्हारे विषय में बहुत सोचा तो मुझे लगा कि तुम गलत नहीं हो लेकिन मेरी सीमाएँ हैं। पहली बात तो यह है कि तुम्हारे लहना को मैं कहाँ और कैसे तलाशूँ? दूसरी बात यह है कि तुम्हारी माँ को हजारा सिंह बहुत पसन्द हैं और उसने स्पष्ट चेतावनी दे दी है कि यदि तुम इस लड़के से शादी नहीं करोगी, तो वह जहर खा लेगी। हम लोगों की दुनिया सीमित है पुत्तर! हमारे समाज में लड़की को चयन की स्वतन्त्रता नहीं के बराबर है। लहना को भूल जाओ पुत्तर! वक्त हर घावों का मरहम होता है। कुछ दिनों तक तुम्हें लहना की याद आयेगी फिर घर-गृहस्थी की दुनिया में तुम व्यस्त हो जाओगी।"

मैं अपने पिता को कैसे समझाती कि लहना को मैं कैसे भूल पाऊँगी। माँ की जिद के आगे मुझे झुकना पड़ा और तुम्हारी शालू सूबेदारिनी हो गयी। इस शादी से सभी खुश थे। खुश नहीं थी मैं और मेरी दादी। दादी की आँखों में बेबसी के आँसू थे। "जिन्दगी में मनचाही चीजें नहीं मिल पातीं बिटिया। हमें सब्र करना पड़ता है। मैं जानती हूँ कि तुम्हें तुम्हारा प्यार नहीं मिला लेकिन मुझे ऐसा लगता है कि हजारा तुम्हें बहुत प्यार

करेगा। कोई किसी का विकल्प नहीं होता लेकिन हमें समझौता करना पड़ता है और ऐसा करना हमारी समझदारी है।"

अपने मन में दादी की सीख और सखी-सहेलियों के उल्लास को लिये हुए मैं हीरपुर से विदा हुई। जिस माँ पर मैं बहुत ज्यादा नाराज थी, वह भी मेरे गले से लिपटकर खूब रोयी। उस क्षण माँ के प्रति मेरी कटुता धुल गयी थी। मैं एक नयी जिन्दगी की शुरूआत करने जा रही थी—वह जिन्दगी जिसके प्रति तरह-तरह की आशंकाएँ थीं। पीहर छूट रहा था—वह पीहर जहाँ पर मैंने उल्लास और उमंग में जीना सीखा था। ससुराल में एक सप्ताह तक मेरा बिलकुल मन नहीं लगा। इनका भरा-पूरा परिवार था। एक दिन ये मुझसे बोले—"तुम उदास क्यों रहती हो? किसी तरह की समस्या हो तो बतलाना, कहो तो कुछ दिन के लिए तुम्हें मायके ही भेज दूँ।" मुझे सूबेदार जी पर दया आ गयी। मैं सोच रही थी—"ये मेरा कितना ख्याल करते हैं। मैं ही इनके प्रति उदासीन रहती हूँ।" सूबेदार जी चले गये। मेरा दिल उदास हो गया। तुम्हें यह जानकर आश्चर्य होगा लहना कि उदासी के उन क्षणो में मुझे तुम्हारी और सूबेदार जी दोनों की याद आती थी। क्या एक भारतीय नारी एक समय-विशेष में पत्नी और प्रेमिका दोनों भूमिकाओं को ईमानदारी से निभा सकती है? कवियों और शायरों का जो भी मत हो लेकिन मैं अपने दिल की सौगन्ध खाकर कह सकती हूँ कि मुझे अपने सुहाग और अपने प्रेमी इन दोनों की याद सता रही थी। कुछ लोग मुझे अजीब औरत समझेंगे लेकिन मुझे उनकी परवाह नहीं है।

जीवन की आपाधापी में हम बहुत-कुछ भूल जाते हैं। मेरे चार बच्चे पैदा हुए, उनमें से दो तो पैदा होते ही मर गये। अन्त में बोधा बचा रहा। सूबेदार जी बड़े मनमौजी हरदिल अजीज इन्सान थे। उन्होंने एक दिन मुझसे पूछ लिया—"तुमने कभी किसी से प्यार किया है शालिनी? पता नहीं मुझे ऐसा क्यों लगता है कि तुम्हारे जीवन में प्यार का खूबसूरत लम्हा कभी-न-कभी जरूर आया होगा।" "दो बच्चों की माँ से ऐसा सवाल करते हुए आपको शर्म नहीं आती?" मैंने त्योरियाँ चढ़ाते हुए कहा जबकि मैं उनके सवाल से अन्दर-अन्दर खुश थी। उस दिन तो मैं उन्हें टाल गयी लेकिन दो दिन बाद उन्होंने फिर वही सवाल किया। मुझे दादी की बात याद आयी—"पति से अपने दिल की कोई बात मत छिपाना लेकिन अपने प्रेम का जिक्र भूलकर भी मत करना। कुछ राज ऐसे होते हैं जिसे भारतीय नारी को अपने सीने में दफन कर लेना चाहिए।" मैं जबर्दस्त अन्तर्द्वन्द्व में थी। एक तरफ दादी की सीख थी तो दूसरी ओर मेरे पति के चेहरे की मासूमियत। पता नहीं क्यों उस क्षण मुझे ऐसा लगा कि इस शख्स के सामने इस खूबसूरत राज को बतला ही देना चाहिए। "मेरे जीवन में एक बार खुशगवार हवा का झोंका आया था। मैं शाख से टूटे हुए पत्ते की तरह कुछ समय तक हवा में उड़ती रही। लहना सिंह मुझे अमृतसर में मिला था। वह बहुत शरारती और जिन्दादिल लड़का था।" मैंने सूबेदार जी के चेहरे के भाव को पढ़ने की कोशिश की मैं डर भी रही थी

पुरुष की मानसिकता का क्या भरोसा। मैंने इनके आश्वासन पर अपने दिल के राज को बतला दिया है। हे परवरदिगार!

इसमें मेरा क्या कसूर है? "मैं पति-पत्नी के रिश्तों को मित्रवत् मानता हूँ। जिस तरह अपने मित्र के सामने हम अपने दिल की हर तरह की बातें व्यक्त करते हैं उसी तरह यदि दाम्पत्य जीवन में भी खुलापन रहेगा तो अच्छा होगा। मैं खुले विचार का आदमी हूँ और किसी की भावनाओं को दबाकर उसके ऊपर हुकूमत करने की भी मेरी चाह नहीं है। मैं तुम्हारी निश्छलता और मासूमियत पर मुग्ध हूँ।" मैं उस समय अपने-आपको भाग्यशाली समझ रही थी कि मुझे हजारा सिंह जैसे उदार दिलवाला जीवनसाथी मिला है।

समय का पंछी अनन्त आकाश में तेज उड़ान भरते हुए कब और कहाँ पहुँच जाता है पता ही नहीं चलता। जीवन की गाड़ी मन्थर गति से चल रही थी। सूबेदार जी के प्रेम और पर बच्चों की परवरिश में मैं लगभग भूल ही गयी थी कि अमृतसर के बाजार में लहना सिंह नामक खिलन्दड़े व्यक्तित्व का लड़का मुझसे मिलता था। मुझे रंचमात्र भी विश्वास नहीं था कि मेरे जीवन में एक बहुत बड़ा नाटकीय मोड़ आनेवाला है और जब वह आया तो प्रेम की बुझी हुई आग अपनी पूरी दाहकता से जल उठी। पचीस बरस बीत गये। वक्त ने एक लम्बा फासला तय कर लिया था। तुम्हें मेरे जीवन में दोबारा आना था आखिर क्यों? तुम मेरे जीवन में अगर दोबारा न आते तो क्या कोई फर्क पड़ता? हाँ फर्क पड़ता। तुम न आते तो यह कसक और यह टीस कहाँ से होती। ये यादों के दीये तो न जलते। मैंने तुमसे भीख माँगी थी और तुम इतने दरियादिल निकले कि तुमने अपने शालू के जान की परवाह नहीं की। सूबेदार जी ने मुझसे कहा था—"लहना के कारण मैं और बोधा जीवित बचे हैं। अपने दस साथियों के साथ अस्सी जर्मनों से मोर्चा लिया। लहना ने मुझे धोखेबाज लपटन साहब से सावधान कर दिया था। लहना को जाँघ और पसली में गोली लगी है। झटपट डॉक्टर बुलाये गये और घायलों की मरहम-पट्टी की गयी। मैंने लहना से बहुत बार कहा कि मेरे साथ घर चलो। अपने सूबेदारिनी से भी मिल लो। मैंने बहुत जिद की लेकिन वह नहीं माना। सूबेदारिनी जी, मैंने इतना बहादुर और निःस्वार्थ चरित्र का व्यक्ति आज तक नहीं देखा।"

लहना, सूबेदार जी ने तो ठीक ही कहा था। स्वार्थी तो मैं थी जिसने अपने प्रेमी से अपने पति और अपने बेटे के प्राणों की भीख माँगी। मैंने सूबेदार को कभी नहीं बतलाया कि मैंने तुमसे क्या कहा था। लड़ाई के बाद सूबेदार और बोधा घर लौट आये थे। दोनों को मामूली चोटें आयी थीं। मैं बहुत खुश थी लेकिन मेरा मन रो भी रहा था, सच लहना उस समय मेरी आँखें तुम्हें देखने के लिए व्याकुल थीं। जिसके कारण ये दोनों सलामत थे, मैं उसके सलामती की दुआएँ माँग रही थी। मैं खुलकर रो भी नहीं पा रही थी। लेकिन मेरे अन्दर रुदन की नदी बह रही थी। मैं तुम्हारा इन्तजार कर रही थी लेकिन तुम आये नहीं। क्या तुम्हें इस बात का डर तो नहीं था कि तुम मेरे सामने आने पर कमजोर पड़

जाओगे? मैं एक असन्तुष्ट भारतीय नारी हूँ। जिस समाज में हम जीते हैं, उसमें पति और बेटा के रहने पर कौन नारी असन्तुष्ट रहेगी? ऐसी नारी को हम क्या कहेंगे? अभागिन, बदचलन या और कुछ? मैं समाज की परवाह नहीं करती लहना। कम-से-कम सूबेदार जी तो मेरी भावनाओं को समझते हैं। जिस दिन सूबेदार और बोधा युद्ध से लौटे थे, उसके दस दिन के बाद की बात है। दोनों के घाव भर गये थे। कई दिन तक जबरदस्त कोहरा रहने के बाद उस दिन खुशनुमा धूप निकली। हम लोग घर के आँगन में बैठे हुए थे। सूबेदार जी ने कहा—"इधर लहना का समाचार नहीं मिला है। पता नहीं वह कैसा होगा? लहना ने मुझसे कहा था कि जब घर जाना तो सूबेदारिनी होरा से कह देना कि जो उन्होंने कहा था, वह मैंने कर दिया। शालिनी, तुमने उससे क्या कहा था?" मैं तो धर्म संकट में पड़ गयी थी लहना। मैं उनसे क्या बतलाती? "मैं तो लहना से कुछ-न-कुछ कहती रहती हूँ। मैंने कौन-सी विशेष बात उससे कही?" मुझे लगा कि वह मेरी बात से सन्तुष्ट नहीं हुए। "भगवान् की कृपा से तुम दोनों सही-सलामत घर लौटे हो। मुझे पूरा विश्वास है कि लहना भी जल्द ही ठीक हो जायेगा।" मैंने सूबेदार जी से ऐसा कह तो दिया लेकिन मैं आश्वस्त नहीं थी। अमंगल की आशंका से मेरा दिल धड़क रहा था। मैंने बोधा से कहा कि लहना का हाल-चाल पता करे। उस समय तक बोधा लहना का प्रशंसक हो गया था। मेरे कहने पर लहना की खोज-खबर लेने चला गया। सब लोग सो गये लेकिन मेरी आँखों से नींद गायब थी। आज शरद् पूर्णिमा की रात थी। चारों ओर चाँदनी अठखेलियाँ कर रही थी। मेरे कानों में लहना के शब्द गूँज रहे थे—"हम क्षणों में जीते हैं शालू। हर क्षण का अपना सत्य होता है। आज हम पचीस वर्षों बाद मिले हैं, यह क्षण हमारे लिये बहुत महत्त्वपूर्ण है। पचीस वर्षों तक हम एक-दूसरे से अनजान अपनी-अपनी दुनिया में जीते रहे। पता नहीं वक्त ने हमें क्यों मिलाया? हम अतीत के बियाबान में भटक रहे होते तो अच्छा था। आज तुम्हें पास में पाकर प्रीतिप्रद भी लग रहा है और कष्टप्रद भी। कल हम लोग युद्ध के मोर्चे के लिए प्रस्थान कर देंगे। पता नहीं तुमसे फिर मुलाकात हो कि न हो।" लहना को थोड़ा-बहुत उर्दू शायरी का भी शौक था। चलते-चलते उसने उस्ताद जौक की इन पंक्तियों को सुनाया—

"लायी हयात आये, कजा ले चली चले
अपनी खुशी न आये न अपनी खुशी चले,
बेहतर तो है यही कि दुनिया से दिल लगे
पर क्या करूँ जो काम ने बे दिल लगी चले,
कम होंगे इस बिसात पर हम जैसे बदकुमार
जो चाल हम चले सो निहायत बुरी चले...
हो उम्रे खिज्र भी तो कहेंगे बवकते मर्ग,
हम क्या रहे यहाँ अभी आये अभी चले।"

अगले दिन बोधा आया तो उदास था। उसने मुझसे कहा—मैंने लहना चाचा से बहुत मिन्नतें कीं कि आप मेरे साथ चलें। हम लोग आपकी बेहतर तीमारदारी करेंगे लेकिन वह यहाँ आने के लिए राजी नहीं हुए। बजीरा सिंह उनकी देखभाल कर रहा था। लहना के मुख से दो ही वाक्य बार-बार निकलते थे—"बजीरा सिंह, पानी पिला दे। 'और' उसने कहा था।" मेरा कौतूहल बना रहा। मैंने लहना चाचा से पूछ ही दिया, "किसने कहा था?" "तू नहीं समझेगा बोधा! तू अभी बच्चा है। हर चीज समझने की एक उमर होती है। सूबेदार जी से कहना कि ठीक हो जाने पर मैं उनसे मिलने आऊँगा। अपनी माँ से कहना कि लहना अपने इम्तिहान में पास हो गया है।" मैं लहना चाचा की बातों का मर्म बिलकुल नहीं समझ पाया। मेरा अबोध बेटा तुम्हारी बातों का मर्म भला कैसे समझता? उस समय मैं अपने बेटे से यह कहने का साहस नहीं कर सकी कि मैं तुमसे प्यार करती हूँ। तुम्हीं बतलाओ न लहना कि कोई भारतीय नारी अपने बेटे से अपने प्रेम के विषय में बतलाने का साहस कैसे कर सकती है?

अपनी छुट्टियाँ बिताने के बाद बाप और बेटे आर्मी में अपनी सेवा देने चले गये और मैं रह गयी अकेली, तुम्हारी चिन्ता में डूबी हुई। सूबेदार जी के घर में कई लोग थे। लेकिन मेरा मन नहीं लग रहा था। एक दिन की बात है, उस दिन मैं बहुत उदास थी। घर के सारे सदस्य सो गये थे। लेकिन मैं अकेले में रो रही थी। अपने जी को हलका करने के लिए मैंने लालटेन के प्रकाश में बैठकर तुम्हें पत्र लिखा—"अपनी आपबीती तुमसे कैसे कहूँ? मेरी जिन्दगी एक पहेली बनती जा रही है। सुखी दाम्पत्य जीवन का निर्वाह करते हुए भी मैं एक इन्सान से बेहद प्यार कर रही हूँ। सूबेदार जी को छोड़कर कोई इस रहस्य को नहीं जानता। मैं जानती हूँ कि तुम अत्यन्त स्वाभिमानी और अहसान करके उसको न जतानेवाले इन्सान हो। लेकिन तुमने कभी सोचा है कि तुम्हारी शालू पर क्या गुजर रही होगी? तुम मुझे सेवा का अवसर भी नहीं दे रहे हो। क्या तुम्हें इस बात का डर है सूबेदार जी बुरा मानेंगे? तुम्हें ऐसा सोचना भी नहीं चाहिए। सूबेदार जी तुम्हें बहुत चाहते हैं। सूबेदार जी ने तुम्हारी जिन्दगी के उस हिस्से का सच मुझसे बयान किया, जो मैं नहीं जानती थी। तुमसे खून का रिश्ता न होने पर भी मैं मोह के बन्धन में बँध चुकी हूँ। मोह के बन्धन से हम कभी मुक्त नहीं हो पाते। आसमान में तारे ऊँघ रहे हैं, नीम की पत्तियों पर चाँदनी बरस रही है और यहाँ मेरी आँखें बरस रही हैं। मेरा और तुम्हारा मिलन भावना के शुद्ध धरातल पर हुआ था, उसमें कोई स्वार्थ नहीं था। लोग कहते हैं कि प्यार अन्धा होता है लेकिन मैं इसे नहीं मानती। मैंने तो पूरे होशोहवास में तुमसे अपने पति और बेटे के जान की भीख माँगी। तो क्या मैं स्वार्थी हूँ? दुनिया चाहे जो समझे लेकिन यह सच नहीं है। तुम इतने बरसों बाद मिले कि मैं अपने-आपको रोक नहीं पायी। मैंने भावुकतावश ऐसा कहा लेकिन यदि तुम्हें कुछ हो गया तो मैं अपने-आपको माफ नहीं कर पाऊँगी।"

अगले दिन वह पत्र मैंने लेटर बॉक्स में डाल दिया। मैं इन्तजार करती रही लेकिन मेरे पत्र का जवाब नहीं आया। कुछ दिनों बाद कीरत सिंह मुझसे मिलने आया था। तुम्हीं ने भेजा था। कीरत सिंह ने कहा था—"मेम साहब! लहना की हालत अच्छी नहीं है फिर भी हम लोग उनकी जिन्दादिली की तारीफ करते हैं।" उन्होंने मुझसे कहा है, "ठीक होने पर सूबेदारिनी से मिलने जरूर आऊँगा। मैं नहीं चाहता कि सूबेदारिनी मुझे इस हालत में देखे। तुम उनसे कह देना कि मेरी मौत हो जाने पर वे अपने-आपको गुनाहगार न समझे। वतन और अपने लोगों की खिदमत में मेरी जान भी चली जाये तो मुझे इसकी परवाह नहीं है। मेम साहब, अब मैं जा रहा हूँ। यदि मेरी जरूरत पड़ेगी तो हाजिर हो जाऊँगा।"

तुम नहीं आये लेकिन कुछ दिन बाद तुम्हारी मौत की दुःखद सूचना मिली। उस क्षण मेरी आँखों में आँसू ही नहीं आये। मैं पत्थर हो गयी थी। एक दिन वह पत्थर पिघला और मैं लगातार रोती रही। वर्षों बाद मैं इतना रोयी थी। एक विवाहिता भारतीय नारी अपने पति और बेटे के सामने अपने प्रेमी के लिए बिलख-बिलखकर रो रही थी। तीन दिन तक मैंने कुछ नहीं खाया। सब लोग परेशान थे। चौथे दिन बोधा मेरे पास आया। "लहना चाचा की मौत पर मेरा मन कितना रोया है, यह मैं ही जानता हूँ लेकिन क्या जीवन ऐसे चलता है? कुछ खा लो नहीं तो कमजोर हो जाओगी माँ!" अपने आँसुओं को जब्त करते हुए मैंने कहा—"पुत्तर! लहना मेरे लिये क्या था, मैं तुम्हें कैसे बतलाऊँ? तुम्हारे पिता जी के सिवा कोई इस राज को नहीं जानता लेकिन आज इस सच्चाई को मैं तुमसे बतला देना चाहती हूँ। मैं लहना से प्यार करती थी, बेइन्तिहा प्यार करती थी। लहना ने तुमसे कहा था न कि वह अपने इम्तिहान में पास हो गया। तुम जानना चाहोगे कि वह इम्तिहान क्या था? लहना बेहद प्यारा, ईमानदार, महान् प्रेमी और वादे का पक्का इन्सान था। हम दोनों के प्यार की शुरूआत अमृतसर में हुई थी। वह अक्सर चिढ़ाते हुए मुझसे पूछता था—"तेरी कुड़माई हो गयी" उसकी शरारतों पर मैं प्रभावित होती गयी लेकिन एक दिन मुझे लगा कि मैं उसके इश्क में दीवानी हो गयी। उसने मुझे तालाब में डूबने से बचाया था। वक्त ने हम दोनों का लम्बा इम्तिहान लिया। तुम्हें याद है न कि युद्ध के मोर्चे पर जाने से पहले लहना सूबेदार जी से मिलने आया था। पचीस साल बाद हम दोनों की आकस्मिक मुलाकात हुई। मैं भी कितनी स्वार्थी निकली। पुत्र मोह और पति मोह ने मुझसे अनर्थ करा डाला। मैंने लहना से तुम दोनों के प्राणों की रक्षा की भीख माँगी। प्यार में बलिदान देकर वह अपने इम्तिहान में पास हो गया लेकिन मैं क्या करूँ। मेरी शादी भले ही सूबेदार जी के साथ हुई लेकिन 'कुड़माई' तो लहना से हुई। इस कुड़माई को सामाजिक और धार्मिक पहचान नहीं मिली लेकिन मेरा दिल जानता है कि कुड़माई शब्द मेरे लिये क्या मायने रखता है।" बोधा चुपचाप मुझे सुनता रहा। उसकी आँखों में आँसू थे। तुम मेरी बेबसी और वेदना को समझ सकते हो लहना, परम्परा के बन्धन में बँधी हुई एक भारतीय नारी ने अपने बेटे के समक्ष अपने इश्क

की कहानी किस प्रकार सुनायी होगी। बोधा ने क्या सोचा होगा? क्या यह एक बहुत बड़ा साहस नहीं है। तुम यह मत सोचना कि मैं अपने साहस को महिमामण्डित कर रही हूँ। मुझे कम-से-कम इस बात का सन्तोष तो है कि मैंने अपने पति और बेटे को अपनी भावनाओं से अवगत करा दिया। "तेरी कुड़माई हो गयी?" इस कथन का उत्तर देने का साहस नहीं हुआ मुझे। आज मुझे लगता है कि मुझे कह देना चाहिए था—"हाँ, मेरी कुड़माई हो गयी है, किसी और से नहीं बल्कि तुम्हीं से।" लेकिन दुनिया बड़ी जालिम है। वह "ऐसा होता" या "होना चाहिए" पर नहीं चलती। कुदरत का अलिखित कानून है कि एक-दूसरे को बेइन्तिहा चाहनेवाले साथ नहीं रह पाते।

तुम्हारी मौत के एक साल बाद मुझे अमृतसर देखने की तलब हुई। सूबेदार जी के साथ मैं अमृतसर चली गयी थी। स्थल वही थे लेकिन चेहरे बदल गये थे। मैं जिधर से गुजरती, मुझे तुम्हारी स्मृतियों की गन्ध महसूस होती। मैं अतीत की स्वर्णिम स्मृतियों में जी रही थी। मैं दहीवाले की दुकान पर गयी लेकिन परिचय का कोई चिह्न नहीं मिला। सूबेदार जी ने मुझसे कहा—"जिस शहर में हम रहते हैं, वह कुछ परिचित चेहरों के कारण अच्छा लगता है। समय के लम्बे अन्तराल के बाद ऐसा लगता है कि हम अतीत के खँडहर में घूम रहे हैं।" मैंने जवाब नहीं दिया लेकिन उस क्षण मुझे महसूस हो रहा था कि प्रेम में स्मृतियों का सुख है लेकिन स्मृतियाँ हमें बेचैन कर देती हैं। पानी में बुलबुले उठते हैं और मिट जाते हैं। स्मृतियों के अन्तहीन बुलबुले उठते हैं और तुरन्त मिट जाते हैं। उस समय मैं अतीत के बियावान में घूम रही थी। लहना के बोल मानो कानों में गूँजे—"शालू, मेरे मरने पर तुम मुझे इसी रूप में याद रखना कि अमृतसर के बाजार में एक चंचल लड़का मिलता था और अक्सर पूछता था—"तेरी कुड़माई हो गयी?" मैंने तुझे लाख भुलाने का प्रयास किया लेकिन कुछ भूलता ही नहीं। ग्रीष्म की दुपहरी के सन्नाटे में, चाँदनी रात के खामोश सन्नाटे में, सपनों के मनोरम संसार में मेरे कानों में ये ही बोल सुनायी पड़ते हैं—"तेरी कुड़माई हो गयी?"

तुम कब आओगे

किताबों के पन्ने पलटता हूँ। कहीं-कहीं मोर के पंख मिल जाते हैं। अलग-अलग पृष्ठ में मोर के पंख दबे हुए हैं। कुछ पृष्ठों पर फूलों की सूखी हुई पंखुड़ियाँ मिल जाती हैं। मन एकाएक उदास हो जाता है। मूँगा और मोती का देश मॉरिशस यादों के दायरे में आ जाता है। चार वर्ष की मासूम बच्ची विदुषी के अव्यक्त बोल कानों में गूँज रहे हैं। लगता है वह निश्छल चेहरा बार-बार कह रहा हो—"तुम कब आओगे?" एक अदृश्य हाथ बार-बार अभिवादन कर रहा है। आकाश में विमान उड़ान भरता है। सब-कुछ पीछे छूट जाता है लेकिन विदुषी किसी भी उड़ते हुए वायुयान को देखकर कहती है—"इसमें मेरा हरीश भैया जा रहा है। मम्मी तुमने हरीश भैया को घर से भगा दिया है। मम्मी तुम अच्छी नहीं हो।"

माया सिरतन अपनी छोटी बच्ची को समझा नहीं पाती है। चुप रह जाती है। त्रुबिस के समुद्र-तट पर दिश्मा के साथ टहल रहा हूँ। समुद्र के किनारे की रेत सफेद है। दूर-दूर तक झावे के वृक्षों का क्रम दिखायी पड़ रहा है। विदेशी पर्यटक घूम रहे हैं। दो दिन पहले दिश्मा और उसकी दो छोटी बहनों ने मुझे राखी बाँधी थी। मॉरिशस आने पर भारत की बड़ी याद आयी थी। रोहित जी की पत्नी ने मुझे अपने घर पर आमन्त्रित किया था। यद्यपि वहाँ पर खून का रिश्ता नहीं था लेकिन खून के रिश्ते के अभाव को इस रिश्ते ने पूरा किया था। दिश्मा ने मुझसे कहा था, "भारत लौटने पर हमें भूलियेगा मत हरीश भैया। आप हमारे लिये सगे भाई के समान हैं। यह कैसा संयोग है कि आप हम लोगों से इतनी गहराई से जुड़ गये हैं।" दिश्मा द्वारा कहे गये वाक्य सुनकर भावुक हो जाता हूँ मैं।

रात्रि की नीरवता है। चारों तरफ सन्नाटा है। रेडियो पर लता जी का दर्द-भरा गीत प्रसारित हो रहा है। मन उदास हो जाता है। दिमाग में तरह-तरह के चित्र बनते और मिटते हैं।

मॉरिशस आने के दो दिन बाद आंसलारे के समुद्र-तट के ऊपर स्थित हाल में सेमिनार और काव्यपाठ था। बीच-बीच में हम लोग हाल के बाहर निकलकर सागर के कोलाहल को सुनते थे। समुद्र के किनारे विशाल वटवृक्ष थे। सामने के मैदान में छोटे-छोटे बच्चे फुटबाल खेल रहे थे। चौदह साल की एक लड़की मुझसे बार-बार कहती थी, ''आप इन बच्चों से छीनकर यह गेंद मुझे दे दीजिये।'' बच्चे इस बात पर अड़े थे कि गेंद उनकी है, उस लड़की की नहीं। उस लड़की के साथ उसकी बड़ी बहन भी थी। मैं किंकर्त्तव्यविमूढ़ था। उन बच्चों ने उस लड़की को गेंद दे दी। मैंने राहत की साँस ली। कौन जानता था कि उन दोनों लड़कियों से एक अत्यन्त पवित्र और प्रगाढ़ रिश्ता बन जायेगा। रक्षाबन्धन के एक दिन पहले दिश्मा की आँखों में आँसू देखकर मैं उसकी व्यथा समझ गया था। मैं उसके पास गया था। उसकी आँखों के आँसू मेरे हाथों पर ढुलक गये थे। मैंने सोचा था कि यह आँसू तो अनमोल रतन हैं। दिश्मा मुझे इष्टदेव के मन्दिर की पूजा-सी लगी थी। मैंने कहा था, ''तुम्हारी उदासी का कारण समझ गया हूँ दिश्मा। क्या मैं तुम्हारा भाई नहीं हो सकता? खून का रिश्ता ही सब-कुछ नहीं होता। मुझे तो इस बात की खुशी है कि मैंने दिश्मा, अनुक्षा और विदुषी जैसी तीन बहनों को पाया।''

दिश्मा के चेहरे पर मुस्कान लौट आयी थी। दोपहर को हम लोग बाक्वा गये थे। रोहित सिरतन जी कार ड्राइविंग कर रहे थे। सड़क के दोनों तरफ गन्ने के खेतों की हरियाली का नैसर्गिक सौन्दर्य बिखरा पड़ा था। कभी हम लोग बहुत ऊँचाई पर होते थे, कभी बहुत नीचे। बादलों के टुकड़े कभी-कभी रुई के फाहे-जैसे दिखते। दिश्मा मुझसे बोली थी, ''इस द्वीप के नैसर्गिक सौन्दर्य को देख रहे हैं न हरीश भैया। इसका सौन्दर्य आपके तन-मन में रच-बस गया होगा। आप जब मॉरिशस से भारत लौटेंगे, तब आपकी साँसों में होगी क्यूर्पीप की शीतलता और पोर्टलुई की उष्णता। इन्द्रधनुषी सपनों के देश मॉरिशस को जब याद करेंगे, तो क्या हम लोगों की याद नहीं आयेगी?'' कुछ क्षणों की खामोशी के बाद मैं जवाब दे पाया था, ''ऐसा न कहो दिश्मा। सम्बन्धों की ऊष्मा को गहराई से समझता हूँ। भौगोलिक सीमाओं में कहाँ बँध सके हैं सम्बन्ध। भौगोलिक सीमाएँ केवल व्यावहारिक बाधाएँ उत्पन्न कर सकती हैं। वैसे इस लघु भारत को कैसे भुलाया जा सकता है? यह निश्छल प्रेम और आत्मीयता मेरे लिये धरोहर है। मेरा यह मानना है कि हम स्थान-विशेष से नहीं जुड़ते हैं। वहाँ रहनेवाले लोगों के कारण वह स्थान हमारे अस्तित्व से जुड़ जाता है।''

हम लोग महात्मा गाँधी संस्थान के पास रुके थे। खुशनुमा मौसम था। मैदान में लड़के फुटबाल खेल रहे थे। आकाश में अर्द्धवृत्ताकार इन्द्रधनुष निकल आया था। एकटक देखता रहा मैं। कुछ क्षणों के लिए हलकी-हलकी फुहार पड़कर बन्द हो गयी थी। रात तक हम लोग लौट आये थे।

आकाश में घने बादल छाये हुए थे। विकास के साथ बाक्वा में रुका हुआ था मैं। दिश्मा वहीं मिलने आ गयी थी। कात्रबोर्न शहर के एक परिवार में गये थे हम लोग। दिश्मा की अन्तरंग मित्र प्रिया का जन्म-दिन था। मैं गुमसुम बैठा था। बीच-बीच में अभिमन्यु अनत के उपन्यास 'अपनी ही तलाश' के पृष्ठ उलटता रहा। खुशी के उन क्षणों में भी मैं गुमसुम-सा बैठा था। अधिकतर अपरिचित चेहरे थे, इसलिए किसी से बातचीत नहीं हो पा रही थी। वैसे भी अपने संकोची स्वभाव के कारण पहल नहीं कर सकता था मैं। अचानक दो हाथों ने पीछे से मेरी आँखें बन्द कर दी थीं। मैं एकाएक कुछ समझ नहीं पाया था। खिलखिलाहट सुनायी पड़ी थी और अपना हाथ हटाकर दिश्मा मेरे सामने आ गयी थी। उसके साथ प्रिया भी थी। दिश्मा ने प्रिया से मेरा परिचय कराया था।

"मेरा भाई हरीश है यह। वैसे तो मेरा भाई मोवे (नटखट) है लेकिन आज यह कुछ ज्यादा गम्भीर नजर आ रहा है। प्रिया, मेरा भाई बेहद शर्मीला और संकोची भी है। मॉरिशस के साहित्य और संस्कृति का अध्ययन करने के लिए यह भारत से आया है। अक्षरों की अमूर्त दुनिया में रहनेवाला मेरा यह भाई सजीव प्रतिमाओं से कम सरोकार रख पाया है। अच्छा प्रिया, मैं अपनी छोटी बहन को देखती हूँ तब तक तुम दोनों बातचीत करो।" मैं असमंजस की स्थिति में था। प्रिया ने बतलाया कि वह मॉरिशस विश्वविद्यालय में बी.ए. प्रथम वर्ष की छात्रा है। उसने हिन्दी साहित्य को एक विषय के रूप में चुना था। काफी देर तक मैं प्रिया से हिन्दी साहित्य पर बातचीत करता रहा। प्रिया अपनी सहेलियों के बीच चली गयी थी। मैंने कुछ सहज होने का प्रयास किया था। काफी धूमधाम से प्रिया का जन्म-दिन मनाया गया। लोगों ने जी भरकर सैगा नृत्य किया। पार्टी के बाद सारे मेहमान विदा होने लगे थे। सबसे अन्त में मैंने और दिश्मा ने वहाँ से जाने की अनुमति माँगी। प्रिया ने मुझे एकान्त में बुलाकर कहा था, "अपने मॉरिशस-प्रवास में मेरे घर आते रहियेगा हरीश जी, मैं इन यादगार क्षणों को भूल नहीं सकती। कौन-सा अनमोल क्षण जीवन की दिशा बदल देता है, कौन जानता है इसे? वर्षों साथ रहने पर भी आत्मीयता का सूत्र नहीं जुड़ पाता, पल-भर का साथ भी जीवन को कहाँ-से-कहाँ पहुँचा देता है।"

भावुकतावश प्रिया मेरे अत्यन्त समीप आ गयी। आह्लादित कर गया मुझे उन सुरभित साँसों का मधुर स्पर्श। प्रिया मुझे घर के बाहर तक छोड़ने गयी थी। दिश्मा के साथ मैं लांग माउण्टेन लौट आया। उस रात मेरी पलकों से नींद गायब थी। सुबह जगा तो मौसम बदला-बदला नजर आया। एक खूबसूरत ख्वाब पाल लिया था मैंने। धूप का रंग पिछले दिनों से ज्यादा अच्छा लग रहा था। महसूस कर रहा था मैं मधुर चुम्बन का स्पर्श। आँखों में था एक सुन्दर सपना। साँसों में समाया हुआ था एक पवित्र प्यार। अगले दिल मैं शरत बाबू का 'देवदास' पढ़ता रहा। उस दिन मैं अत्यन्त गुमसुम और

उदास हो गया था। हर नवयुवक की तरह देवदास मैं था। पारो थी प्रिया। किशोर भावुकता के क्षण थे यें। दिश्मा ने मुस्कराकर कहा था, "तुम तो 'देवदास' पढ़कर देवदास होते जा रहे हो। यथार्थ जगत् में लौटो। रचनाकार द्वारा निर्मित जगत् और बाह्य जगत् में अन्तर होता है। मैं समझ नहीं पा रही हूँ कि मेरे हरीश भैया किस पारो के सपने में खोये रहते हैं।"

दिश्मा द्वारा बार-बार पूछे जाने पर भी मैंने प्रिया के बारे में नहीं बतलाया। कुछ देर बाद मैं आंसलारे के समुद्र-तट पर पहुँच गया था। हिन्द महासागर का नीलापन और बेचैन कर गया मुझे। लहरें चट्टानों से टकराकर लौट जा रही थीं। घण्टों चुपचाप बैठा रहा मैं। शाम ढलने लगी। आसमान की लालिमा हिन्द महासागर में तैरने लगी। मैं लांग माउण्टेन लौट आया।

इधर कई दिनों से प्रिया से नहीं मिल पाया था मैं। अपने-आपको मैंने अध्ययन में ज्यादा लगा दिया। कभी-कभी महात्मा गाँधी संस्थान के पुस्तकालय में पढ़ने जाता था मैं। महात्मा गाँधी संस्थान के पुस्तकालय में एक दिन अचानक प्रिया से मुलाकात हो गयी थी। पुस्तकालय से निकलकर हम दोनों लॉन में आ गये थे। धीमी बारिश होने लगी थी। पेड़ के नीचे खड़े हो गये थे हम दोनों। हलकी-हलकी धूप थी और पानी भी बरस रहा था। प्रिया ने मुझे मुड़िया पहाड़ की तरफ इशारा करके कहा था, "लांग माउण्टेन की पर्वतमाला को देख रहे हो न हरीश? वह जो आदमी के मस्तक-जैसी चोटी दिखायी दे रही है, उसे मॉरिशस में मुड़िया पहाड़ कहते हैं। यह इस छोटे-से द्वीप का प्रहरी भी कहा जाता है। वर्षों से धूप और पानी की बौछार को सहन करते हुए मुड़िया पहाड़ मॉरिशस की धरती पर अप्रवासी भारतीयों के संघर्ष का गूँगा इतिहास है। तुम यहाँ समृद्धि और खुशहाली देख रहे हो न। इस समृद्धि के पीछे यातना और अपमान के उन दीर्घ क्षणों का जो गूँगा इतिहास है, उसका साक्षी यह मड़िया पहाड़ है।"

"प्रिय हरीश, तुम तो भारत लौट जाओगे। छूट जायेगा मूँगा और मोती का यह देश। हिमालय मुड़िया पर्वत को भुला देगा। यहीं रह जायेगी तुम्हारी प्रिया। पता नहीं तुम्हें उसकी याद आयेगी भी या नहीं।" प्रिया ज्यादा भावुक हो गयी थी। आँखों से आँसू छलछला आये थे। मैंने प्रिया से कहा था, "हर साँसों का इतिहास होता है प्रिया। जिन क्षणों में हम जीते हैं, वे अमूल्य होते हैं, यह इस क्षण का सत्य है। दूसरे क्षण का सत्य कुछ और होगा। स्मृतियों पर धूल की परतें जम जाती हैं। वक्त द्वारा डाली गयी धूल की परतों को हटाकर हम अपनी स्मृतियों को ताजा कर लेते हैं। तुम्हें कैसे भूल सकता हूँ प्रिया। मॉरिशस-प्रवास में एकाध लोगों से ही अन्तरंग सम्बन्ध बन पाया। दिश्मा, अनुक्षा और विदुषी ने बहन का प्यार दिया है। माया जी में मैंने माँ का रूप देखा। एक तुम हो प्रिया जो मुझसे प्रेमिका के रूप में जुड़ी।" कुछ देर की खामोशी। लगता था खामोशी चीत्कार कर उठेगी। हम दोनों ज्यादा गम्भीर हो गये थे। वर्षा थम चुकी

थी। आसमान बिलकुल साफ था। हम दोनों को काफी क्षणों तक प्रकृति के बदलते रंगों की सुधि ही नहीं थी। खामोशी मैंने तोड़ी थी। ''प्रिया लगता है हम लोग ज्यादा गम्भीर हो गये हैं। थोड़ा हलका होना ठीक है। अब मैं समझता हूँ कि इस स्थान को तुरन्त छोड़ना ही उचित होगा।''

कुछ देर तक रेस्टोरेण्ट में रहने के बाद प्रिया की जिद पर मैं कात्रबोर्न में उसके घर रुका था। अपने माँ-बाप की सबसे बड़ी सन्तान थी प्रिया। उससे छोटे दो भाई थे। प्रिया के घर की सजावट देखकर मन्त्रमुग्ध रह गया मैं। घर के सामने लॉन। लॉन में गुलमोहर के कई पेड़ थे। घर के बाहर दोनों तरफ गमलों में बीसों प्रकार के कैक्टस के पौधे थे। घर के पीछे आम्रवाटिका थी। पूरा घर गुलदस्ते की तरह सजा था। प्रिया का कमरा अत्यन्त कलात्मक था। एक तरफ खूबसूरत जिल्दोंवाली किताबें रखी थीं। दो तरफ की दीवारें महान् कलाकारों की चित्रकारी से सुशोभित थीं। एक तरफ शास्त्रीय संगीत और पाश्चात्य संगीत के कैसेटों का खूबसूरत रैक था। डिनर के बाद काफी देर तक मैं प्रिया के कमरे में रहा। हम दोनों साहित्य और संगीत पर बातें करते रहे। सोने के वक्त मैं अपने कमरे में चला आया, लेकिन आँखों में नींद कहाँ। मेरी निगाह एक बड़े कैलेण्डर पर जम गयी। एक उदास स्त्री का बड़ा चेहरा। आँखों से टपकी हुई आँसू की एक बूँद। नीचे लिखा था 'द लास्ट लव', एकटक देखता रहा मैं। चित्रकार ने रेखाकृति बनायी होगी। फिर उसमें रंग भरा होगा। लगता था कि ये रेखाएँ और रंग बोलना चाहते हैं। अचानक मैं उदास हो गया था अपने और प्रिया के भविष्य को सोचकर। आँसू की एक बूँद। प्रतीकात्मक ढंग से सब-कुछ कह गया था चित्रकार। काफी देर बाद मुझे नींद आयी थी। सुबह मैं लांग माउण्टेन लौट आया था।

बम्बई से 5000 किमी. की दूरी तय करके एक भारतीय युवक ने मॉरिशस की धरती पर कदम रखा था। तलाशता रहा वह गिरमिटिया मजदूरों के कदमों को। ज्ञान की अतृप्त प्यास उसे मॉरिशस लायी थी। देख रहा था वह फ्रेंच भाषा और संस्कृति से जूझती हुई हिन्दी को। कुछ लोग आस्था के बल पर हिन्दी को जिन्दा रखे हुए थे। हिन्दी राजकाज में नहीं थी। मॉरिशस रेडियो पर दिन भर हिन्दी फिल्मों के गीत प्रसारित होते रहते थे। बोलचाल में क्रियोली और भोजपुरी का ज्यादा प्रयोग होता था। खड़ीबोली हिन्दी बोलचाल में कम व्यवहृत होती थी।

उसके हृदय में हिन्दी के लिए कुछ कर गुजरने की तड़प थी। मॉरिशस के कथा-साहित्य के पात्रों तक ही सीमित नहीं था वह जिज्ञासु, वैसे अन्य पात्रों को उसने मॉरिशस में तलाशने का प्रयास किया। उसकी तलाश पूरी हुई या नहीं, इससे विशेष मतलब नहीं था। उसे अपने देश लौटना था।

अजीब तरह की उदासी ने घेर लिया मुझे। आँखों के सामने हिन्द महासागर की उत्ताल तरंगें जीवन्त हो उठीं। इन्द्रधनुष रंग-रंग में समा गया। छूटने जा रहा था वह खूबसूरत द्वीप, जो वर्षों से मेरे ख्वाबों में था, प्रिया से मिलने मैं कात्रबोर्न गया था। अगले

दिन एयर मॉरिशस के विमान से मुझे भारत लौटना था। प्रिया ने अपने-आपको बहुत व्यस्त रखने की भरपूर कोशिश की। वह अपने मनपसन्द व्यंजन और मनपसन्द पेय के लिए मुझसे आग्रह करती थी। कभी-कभी मेरे प्रश्नों का उत्तर एक बार में नहीं दे पाती थी। "तुमने कुछ कहा? हाँ तो मैं क्या सोच रही थी, मुझे याद नहीं आ रहा है।" उसकी अन्यमनस्क स्थिति को समझ गया था मैं। काफी देर तक वह मुझे अपनी पुस्तकें और संगीत के कैसेट्स दिखाती रही। उसने मुझे टॉलस्टाय की पुस्तक 'वार एण्ड पीस' समर्पित की। पुस्तक के आवरण पृष्ठ के पीछे उसने लिखा था। "जिसने हर क्षण के स्पन्दन को महसूस किया, जिसने अत्यन्त अन्तरंग क्षणों को मेरे साथ जिया, उस हरीश को सादर समर्पित।" नीचे उसका हस्ताक्षर था—प्रिया भगत।

जब मैं उससे विदा लेकर चलने लगा तो वह मुझसे कुछ कह नहीं पायी। उसकी पलकें बोझिल थीं। उसकी पलकों को चूमकर मैंने सिर्फ इतना कहा, "अच्छा प्रिया, अब मैं चलता हूँ। तुम्हारे साथ बिताये गये क्षणों को भूल नहीं सकता मैं। यदि सम्भव हुआ तो हम फिर मिलेंगे।" मेरी कमजोरी प्रकट न हो इसलिए मैंने तुरन्त वहाँ से चल दिया। मैं अपने देश भारत जा रहा हूँ लेकिन मॉरिशस को छोड़ नहीं पा रहा हूँ।

टॉल्स्टाय का कथन याद आ रहा है, "जब हम किसी सुदूर यात्रा पर जाते हैं—आधी यात्रा पर पीछे छूटे हुए शहर की स्मृतियाँ मँडराती हैं, केवल आधा फासला पार करने के बाद ही हम उस स्थान के बारे में सोच जाते हैं, जहाँ हम जा रहे हैं।

मॉरिशस छूट रहा था, साथ में थीं यादें। रक्षा का सूत्र मैंने अपने हाथों में बाँध लिया था। सिरतन परिवार के सदस्य मुझे प्लेजॉस हवाई अड्डे तक छोड़ने आये थे। मेरी खुशी में उदासी छिपी थी। वर्षा की हलकी-हलकी फुहार पड़ रही थी। रोहित जी कार ड्राइविंग कर रहे थे सरपट दौड़ती कार और रास्ते के दोनों ओर हरे-भरे गन्ने के खेत। एम.बी.सी. से मुकेश का दर्द-भरा गीत "ओ जानेवाले हो सके तो लौट के आना" प्रसारित हो रहा था। अचानक मैंने ध्यान दिया कि मेरे पीछे की सीट पर बैठी हुई दिश्मा रो रही है। सभी का ध्यान दिश्मा की ओर गया। मॉरिशस-प्रवास में यह दूसरा अवसर था जब मैंने दिश्मा की आँखों में आँसू देखे थे। सहज होने में समय लगा था हम लोगों को। प्लेजॉस हवाई अड्डे पर पहुँचे थे हम लोग। अपनी उदासी को छिपा रहा था मैं। साँसों में मॉरिशस का नैसर्गिक सौन्दर्य और मॉरिशसवासियों के अन्तर्गत का सौन्दर्य समाया हुआ था। उड़ान से पूर्व लौट गये थे वे लोग। सबकी पलकें भीगी थीं।

फेनिल लहरें सागर-तट से टकराकर लौट रही हैं। दूर सागर में प्रवाल प्रबाल रेखा बन गयी है। हिन्द महासागर का नीलापन और समुद्र के किनारे झूमते हुए झावे के वृक्ष। प्यासी पथरायी आँखें जी भरकर देख रही हैं इन दृश्यों को, लेकिन जी भरा नहीं है। सम्बन्धों के कई रूप होते हैं। विभिन्न चेहरों में विभिन्न रिश्तों को ढूँढ़ते हैं हम। एक अपरिचित चेहरा भी रिश्तों की भूख को शान्त करता है। माया जी के शब्द कानों में बार-बार गूँज रहे हैं।

"हमारी भी सुधि लेते रहना हरीश। भावनात्मक रिश्ते की बुनियाद को कमजोर मत होने देना। विश्वास नहीं था कि तुम इस तरह जुड़ोगे कि तुम्हारा यहाँ न होना मेरे लिये बहुत अर्थ रखेगा। सोचा था कि तुम्हारी उपस्थिति में अपने-आपको एक बेटे की माँ होने के सुखद क्षणों का एहसास दिला सकूँ। इतना भावुक होकर क्या जी पाऊँगी मैं?"

उस समय माया जी बीमार थीं। दोपहर के सन्नाटे में उनके द्वारा कहे गये शब्द बेचैन कर गये थे मुझे। अपने कमरे में बैठा हुआ लांग माउण्टेन की पर्वतमालाओं को देख रहा था मैं, जब विदुषी ने आकर बताया था कि मम्मी आपको बुला रही हैं। एक सप्ताह की बीमारी ने चेहरे पर क्लान्ति ला दी थी। वह हँसमुख चेहरा आज उदास था। मुझे देखते ही उनके चेहरे पर फीकी मुस्कान आकर लुप्त हो गयी थी। मैंने कहा था, "माया जी, भावनात्मक रिश्ते की बुनियाद इतनी कमजोर नहीं होती कि वह भौतिक कारणों से हिल जाये। वे औपचारिक रिश्ते टूटते हैं जिनमें कहीं-न-कहीं स्वार्थ छिपा रहता है। सम्बन्धों की ऊष्मा को गहराई से समझनेवाला अमानवीय नहीं हो सकता।"

कुछ देर बाद माया जी सो गयी थीं और मैं पुस्तकों के संसार में लौट गया था, जहाँ काले-काले अक्षर महज अक्षर नहीं थे। उन अक्षरों में किसी का हास छिपा था और किसी का रुदन। आज फिर प्रिया और दिश्मा के वे सहज नयन आते हैं। मानो वे मुझसे कह रहें हो कि तुम अपनी रचनाओं से शोहरत पा सकते हो। उन साहित्यकारों का उल्लेख करोगे अपनी पुस्तकों में जिनसे तुम्हारा भावनात्मक सम्बन्ध हो या न हो। हम लोगों का स्थान कहाँ है? क्या बड़े लोगों का ही इतिहास होता है, हम जैसे साधारणजनों का इतिहास नहीं होता? संवेदना के सत्य को जब टटोलोगे तो तुम्हें यह अहसास होगा कि हम जैसे भी तुम्हारे रचना जगत् के पात्र बन सकते हैं।

ब्राह्म मुहूर्त्त की नीरवता है। मेज पर दिश्मा का पत्र रखा हुआ है। पत्र के वाक्य बार-बार संवेदित कर रहे हैं। "उन क्षणों में जीवन की कोशिश कर रही हूँ भैया जब तुम यहाँ थे। सच, मेरी अतिशय भावुकता को भाँप गये थे तुम। दुःख के क्षण हमें और आत्मीय बना देते हैं। मम्मी की बीमारी में तुम्हारी बहुत याद आती थी। हरीश... हरीश...यह शब्द हमारे परिवार की साँसों में इस तरह रच-बस जायेगा, इसका मुझे विश्वास नहीं था। इन्सान और इन्सान के बीच वह कौन-सा रिश्ता है जिसमें हम देश, काल और जाति की सीमाओं को नकारते हुए एक अजनबी से इस तरह जुड़ जाते हैं कि उसकी अनुपस्थिति हमें अपने अस्तित्व के अधूरेपन का अहसास दिलाती है। सच भैया, अलग-अलग चेहरों में, अलग-अलग सम्बन्धों में जीते हैं हम।"

अपने सीमित दायरे में इतने सिमट गये हैं हम कि हमने मानवीय रिश्ते के बारे में सोचना छोड़ दिया है। कभी-कभी अतीत में लौटकर वर्तमान के सुखद क्षणों में जी लेते हैं हम। आज जब भूगोल की सीमाएँ टूट रही हैं तब इतने सिमट क्यों रहे हैं हम? मैं बीते हुए सुखद क्षणों में जी रहा हूँ। मैं एक रचनाकार हूँ दिश्मा। तुम्हें और प्रिया

को यह शिकायत करने का अवसर नहीं दूँगा कि मेरे द्वारा निर्मित जगत् में तुम दोनों को स्थान नहीं मिलेगा। तुम कई रिश्तों में हो। राखी बाँधकर बहन बनी तुम। संवेदना के घनीभूत क्षणों में तुम्हारी आँखों से ढुलकते हुए आँसू मेरे अन्दर के रचनाकार को आन्दोलित कर देते हैं। तुम मेरे रचना-संसार की जीवन्त पात्र हो। सच दिश्मा एक चेहरा अपने अन्दर कई सम्बन्धों को समेटे रहता है। उन सम्बन्धों में हम अपने-आपको तलाशते हैं।

प्रिया से अन्तिम मुलाकात उसके घर पर हुई थी। कुछ कह नहीं पायी थी वह। उसके मन में भी बहुत-कुछ कहने की तड़प थी। कानों में बार-बार ये शब्द मानो गूँज रहे हैं—तुम कब आओगे?

●

कैक्टस के फूल

"इन्सान रिश्तों में जीता है सरोज। उसके अन्दर रिश्तों को जीने की जो भूख है, वह कभी शान्त नहीं होती। रिश्तों में जीने का वह इतना अभ्यस्त हो गया है कि उसके बिना वह पंगु होने लगता है। रिश्तों की गन्ध को महसूस करता है वह। जरूरी नहीं है कि रिश्तों में जीने की जो उसकी भूख है, वह खून के रिश्तों से ही मिटती रहे। इन्सान और इन्सान के बीच न जाने कौन-सा रिश्ता है जो दिलों को इतनी गहराई से जोड़ता है। खून के रिश्तों के अभाव में वह कई चेहरों में भाई को खोजता है, बहन को खोजता है, माँ के वात्सल्य को ढूँढ़ता है।"

पत्र पढ़ते-पढ़ते अचानक उदास हो जाती है सरोज। ग्रीष्म की दोपहर। बोझिल समय। दिन बीतते नहीं। एक लम्बे अन्तराल के बाद उसे मनीष का पत्र मिला था। कई साल तक उसे मनीष की खबर नहीं मिली थी। आज पत्र मिलने पर उसे लगा मानो समय का प्रवाह रुक गया हो। अतीत वर्तमान में लौट आया था और वह पत्र के काले-काले अक्षरों में अपने स्वर्णिम अतीत को ढूँढ़ रही थी। पत्र में मनीष ने यह भी लिखा था कि दो महीने पहले उसकी पत्नी सुमन का देहान्त हो गया। तब से वह अत्यन्त गुमसुम और उदास रहने लगा है। सरोज को मनीष द्वारा कही गयी बातें आज भी उद्वेलित करती हैं—"रात्रि के बीतने पर एक सुनहरा प्रभात होता है। वह दीप जो रातभर अपनी आस्था से जलता रहा, अँधेरे से जूझता रहा, उसे कौन याद करता है? आज तुम हो, मैं हूँ और हम दोनों के बीच एक काल्पनिक और आदर्शवादी दुनिया है, वह दुनिया जो सामाजिक विधि निषेधों के क्रूर आघात से टूट जायेगी। क्या तब भी तुम मेरा साथ दे सकोगी? मैं जानता हूँ कि तुम्हारी सीमाएँ हैं।"

दाम्पत्य जीवन से सन्तुष्ट नहीं थी सरोज। पति विवेक को क्षेत्रीय राजनीति से फुर्सत ही कहाँ थी। सुबह घर से निकलते और रात को लौटते शराब के नशे में। वैवाहिक जीवन की त्रासदी को कौन झेलता। पत्र में मनीष ने यह भी लिखा था—"सुमन के गुजर जाने पर मैं बिलकुल टूट गया हूँ सरोज। जीवन की आपाधापी में मैं इस कदर व्यस्त

रहा कि मैंने वर्षों तक पत्र लिखने की सुधि नहीं ली। अतीत की मधुर स्मृतियाँ वर्तमान के मार्ग में बाधक ही हैं। नदी के द्वीप की तरह अलग-थलग पड़ गया था मैं। अपने एकनिष्ठ प्रेम को बाँटना चाहा मैंने। सरोज के अभाव को सुमन से भरना चाहा। सुमन में सरोज का प्रतिरूप ढूँढ़ता रहा। कोई लाख कहे लेकिन मैं यह मानने को तैयार नहीं हूँ कि अपने हृदय को व्यापक बनाकर प्यार की सुगन्धि बाँटने से बहुत सुख और सन्तुष्टि मिलती है।''

ग्रीष्म की बोझिल दोपहर बीतती भी नहीं। अजीब तरह का सन्नाटा है। रेडियो पर पण्डित रविशंकर का सितार वादन प्रसारित हो रहा है। सितार के एक-एक तार से मानो सुर की बारिश हो रही है। ग्रीष्म के इस सन्नाटे में संगीत की यह मधुर स्वर लहरी हृदय के घावों को और भी हरा कर दे रही है। संगीत से उसका लगाव जन्मजात रहा है। इलाहाबाद विश्वविद्यालय से उसने संगीत में एम.ए. किया था। बी.ए. फाइनल के दौरान उसका मनीष से परिचय हुआ था। संवादहीनता की स्थिति टूटी थी मनीष के इस कथन से, ''आप सितार बहुत अच्छा बजा लेती हैं सरोज जी। मुझे संगीत के रागों की जानकारी नहीं है फिर भी साहित्य की तरह संगीत भी मेरी साँस में समाया हुआ है। जीवन की इस आपाधापी में संगीत ही तो सम्बल दे सकता है। आप अपनी संगीत-साधना को विराम न दीजियेगा।''

बड़ा अजीब लगा था सरोज को मनीष के मुख से अपनी प्रशंसा सुनकर। इस अक्खड़ और मुँहफट लड़के के मुख से इस तरह की बात सुनना अप्रत्याशित लगा था उसे। इसके बावजूद उससे दूरी बनाये रखने का प्रयास किया था सरोज ने। कई दिनों तक कक्षा में अनुपस्थित रही थी वह। कई दिनों बाद जब वह कक्षा में आयी भी थी तो दोनों के मध्य संवादहीनता की स्थिति बनी रही। छात्र-छात्राओं को मनीष के व्यक्तित्व का बदलाव अजीब लगा था। आमतौर पर हँसमुख और वाचाल लड़का गम्भीर रहने लगा था। कई दिनों तक कक्षा में मनीष की अनुपस्थिति से आशंकित हुई थी वह। तूलिका ने बताया था कि मनीष प्रीति नर्सिंग होम में भर्ती है। उसका स्कूटर अलोपीबाग में दुर्घटनाग्रस्त हो गया था। दायें पैर में ज्यादा चोट आयी थी। शाम को मनीष को देखने पहुँच गयी थी वह। मनीष के माता-पिता और कुछ दोस्त उस समय वहाँ बैठे बातें कर रहे थे। झिझकते हुए वह गयी थी वहाँ। कुछ क्षणों के लिए असहज हुआ था मनीष परन्तु शीघ्र ही उसने अपने-आपको सँभाल लिया था। चेहरे पर मुस्कान लाते हुए उसने सरोज का परिचय अपने माता-पिता से करवाया था ''आप हैं सरोज सक्सेना। मेरी ही कक्षा में पढ़ती हैं। मेरे दो विषय हिन्दी और संस्कृत इनसे मिलते हैं। इनका एक विषय संगीत है। ये सितार बहुत अच्छा बजा लेती हैं। संगीत की कई प्रतियोगिताओं में इन्होंने पुरस्कार जीते हैं।'' इसके आगे वह चुप हो गया था। अपने सामने अपनी प्रशंसा सुनकर झिझकी थी वह। आवश्यक कार्य से उसके माता-पिता कुछ समय के लिए कहीं चले गये थे। दोनों आपस में बातचीत में मशगूल थे। कुछ क्षणों बाद वह

बोली थी—"इतना सब-कुछ हो गया और तुमने मुझे सूचना भी नहीं दी। अपनी संगीत-साधना के पारखी मनीष पर क्या मेरा इतना हक नहीं बनता कि मैं उसके दुख में काम आ सकूँ। तूलिका के बतलाने पर मुझे इस दुर्घटना की जानकारी हुई। इधर कई दिन से अपने-आप में अजीब परिवर्तन देख रही हूँ जो ठीक नहीं है। साँसों की डोर को किसी से बँधता हुआ देख रही हूँ मैं। मैं यह नहीं जानती कि उस व्यक्ति को इसका अहसास है या नहीं।"

'आप' और 'तुम' की दूरी मिट गयी थी। मनीष को आश्चर्य हुआ था कि 'आप' 'तुम' में इतना जल्दी परिवर्तित हो गया था। दुख के क्षणों में अपनापन शीघ्रता से बढ़ता है। फिर भी मनीष के मुख से आप ही निकला था। "मुझे नहीं मालूम था कि मुझे इतना चाहती हैं सरोज जी। कक्षा में मेरे व्यक्तित्व में आये हुए अद्भुत परिवर्तन को हो सकता है आपने भाँप लिया होगा। मेरे जैसा मुँहफट गम्भीर रहने लगा था। तूलिका से मालूम हुआ कि आप मुझे इतना चाहती हैं। सच, सरोज चाहता हूँ अपने दुख को बाँटकर हलका हो सकूँ। उस दिन सरोज अपने घर चली गयी थी और वह सोचता रहा था सरोज के बारे में। सरोज से मिलने के बाद वह अस्पताल से अपने घर आ गया था। उषा प्रियंवदा के उपन्यास 'पचपन खम्भे लाल दीवारें' का अध्ययन कर रहा था। खुले बरामदे में बैठा हुआ वह सरोज के विषय में सोच रहा था। सामने कदम्ब के वृक्ष पर बैठी मैना फुदक रही थी। खम्भे के तार पर कबूतर बैठे थे और फिर उड़ जाते थे। मेज के पास रखे कूलर पर कई गमले थे। गमलों में कई तरह के कैक्टस थे। रेलिंग के सामनेवाले नल से बूँद-बूँद पानी टपक रहा था। बरामदे में ठण्डी हवा का एक झोंका आया। पुस्तक खुल गयी थी। पुस्तक में दो-तीन स्थानों पर मनीष का नाम लिखा हुआ था। नाम के नीचे सरोज का हस्ताक्षर था। घरवालों के भय से उसने नीली पेन से सरोज का नाम काट दिया था।

डेढ़ महीने बाद वह पूरी तरह ठीक हो पाया था। कुछ दिनों तक कक्षाएँ चली थीं। परीक्षा सन्निकट थी। सारे विद्यार्थी परीक्षा की तैयारी में जुट गये थे। इस दौरान दोनों की मुलाकात नहीं हो पायी थी। सारे विद्यार्थी परीक्षा की तैयारी में जुट गये थे। परीक्षा के दिन दोनों मिलते थे। अगले प्रश्न-पत्र के विषय में थोड़ी देर बातचीत करने के बाद दोनों घर लौट जाते थे। परीक्षा बीतने के बाद सरोज लखनऊ में अपने मामा के यहाँ चली आयी थी। अपनी उदासी को मनीष ने पुस्तकों और संगीत से कम करना चाहा। कभी लगता था कि वह अपने-आप पर नियन्त्रण कर लेगा लेकिन यह उसका भ्रम था। रात्रि की निस्तब्धता में, ब्राह्म मुहूर्त्त की पवित्र शान्ति में और दोपहर को सरोज उसके खयालों में आकर उसे बेचैन कर जाती थी। जिन्दगी सपाट रास्ते पर चल रही थी कि देश के राजनीतिक परिदृश्य में एक बवण्डर-सा उठा। देश के प्रधानमन्त्री द्वारा मण्डल आयोग की रिपोर्ट लागू कर दी गयी। शान्त तालाब में लहरें उठने लगीं। सोये हुए पलाशवन दहकने लगे। अजीब तरह के अवसाद ने घेर लिया उसे। अजीब मनःस्थिति

में था वह। रात्रि में तरह-तरह के स्वप्न आते। पूरे देश में हिंसा का ताण्डव नृत्य जारी है। सेना को सतर्क कर दिया गया है। चारों तरफ गोलियाँ चल रही हैं फिर भी सभी छात्र अग्रिम मोर्चे पर डटे हुए हैं। बेतहाशा भाग रहे हैं छात्र। अचानक शोला भड़कता है। सेना के जवान भाग रहे हैं। छात्रों के फौलादी हाथों में अजीब किस्म के हथियार हैं। लाखों की संख्या में छात्र विजय जुलूस निकालते हैं।

अचानक स्वप्न टूट जाता है और वह यथार्थ के कठोर जगत् में लौट जाता है। पसीने से तरबतर हो गया वह। युवाओं के खून में गर्मी थी। पूरे देश का माहौल अत्यन्त उत्तेजक एवं तनावपूर्ण हो गया था। छात्रावासों में रात की मीटिंग के बाद तय हुआ कि स्वतन्त्रता दिवस को काला दिवस के रूप में मनाया जायेगा। अगले दिन स्वतन्त्रता दिवस था। दूरदर्शन पर प्रधानमन्त्री का भाषण सुनने के बाद छात्रों का हुजूम हाथों में काली पट्टी बाँधकर छात्रावासों से निकला। ये फौलादी हाथ कुछ भी कर गुजरने को बेताब थे। किसी भी छात्रवास में तिरंगा झण्डा नहीं फहराया गया। हाथों में काले झण्डे थे। छात्रों का विशाल जुलूस छात्रसंघ भवन से कुछ कदम ही आगे बढ़ा था कि लाठीचार्ज हो गया। वरिष्ठ पुलिस अधीक्षक के नेतृत्व में नादिरशाही जुल्म शुरू हो गया। निहत्थे नौजवानों के जुलूस पर खाकी वर्दीधारियों के घोड़े दौड़ रहे थे। अफरा-तफरी मच ग़यी। बहुत-से छात्र घायल हुए। छात्रावासों में घुसकर पुलिस ने छात्रों को बेरहमी से पीटा। फर्श पर पड़े हुए खून के छींटे पुलिस की दरिन्दगी के साक्षात् गवाह थे। उस आवाज को चुप कर देने का प्रयास किया गया था जो गूँगी नहीं थी। दोपहर तक मनीष अपने साथियों के साथ छात्रावास में रहा था। छात्रावासों के बाहर खाकी वर्दीधारियों की डरावनी आकृतियाँ अपनी उपस्थिति का अहसास करा रही थीं। आज की घटना से अत्यन्त उद्वेलित था मनीष। रात को डायरी में उसने लिखा, "कितना बेईमान है हमारा प्रजातन्त्र। आज मैंने प्रजातन्त्र की लाश को खाकी वर्दीधारियों के कन्धों पर देखा। क्या युवा आक्रोश का इस तरह दमन किया जायेगा? बचपन में जिन नन्हें हाथों में तिरंगा झण्डा होता था और जो "विजयी विश्व तिरंगा प्यारा, झण्डा ऊँचा रहे हमारा" जैसा गीत गाते हुए आकाश को आन्दोलित कर देते थे, वे आज हाथों में काली पट्टी बाँधने के लिए क्यों विवश हैं? कौन दोषी है? देश के युवा या गुमराह व्यवस्था? आज की घटना से नहीं लगा कि हम स्वतन्त्र भारत में जी रहे हैं।"

शहर में तनावपूर्ण माहौल था। पन्द्रह अगस्त की दुर्भाग्यपूर्ण घटना के विरोध में पूरे शहर में विभिन्न जगहों पर विरोध प्रदर्शन हुए थे। सरोज से मिले मनीष को काफी समय हो गया था। आरक्षण के विरोध में जगह-जगह पर सभाएँ होती थीं। छात्रों द्वारा सरकारी वाहन तोड़े जा रहे थे। कभी-कभी छात्र पुलिस से मोर्चा ले लेते थे। यह तनावपूर्ण माहौल सितम्बर तक चला। मनीष की सरोज से मुलाकात विश्वविद्यालय में हुई। बी.ए. की परीक्षा का परिणाम आ चुका था। मनीष को प्रथम श्रेणी मिली थी। सरोज ने मनीष को बधाई दी थी। फिल्म देखने का कार्यक्रम बना था। काफी देर तक बहस के बाद यह

ाय हुआ था कि पैलेस थियेटर में फिल्म देखी जायेगी। पैलेस थियेटर में उस दिन प्रतिघात' फिल्म का शो चल रहा था। शाम तीन से छहवाला शो देखने का निश्चय केया। दोपहर तक जबरदस्त उमस के बाद आसमान में बादल उमड़ आये थे। ूंदा-बाँदी होती रही। काफी देर तक वह अपने कमरे के बाहर कुर्सी निकालकर अध्ययन करता रहा। छात्रावास की रेलिंग के सामने ताड़ के वृक्ष निस्पन्द से थे। लॉन ां हरी घास की खूबसूरत चादर बिछी हुई थी। छात्रावास से निकलकर अगले मोड़ पर सने सरोज को प्रतीक्षारत पाया। दोनों साथ-साथ फिल्म देखने गये थे। फिल्म देखने े बाद काफी देर तक दोनों सिविल लाइन्स में घूमते रहे। हलकी-फुलकी फुहार पड़ ड़ी थी। सरोज ने कहा था, "मैं तो उस दिन की कल्पना करके सिहर जाती हूँ जब म दोनों को एक-दूसरे से अलग रहना पड़ेगा। साथ-साथ बिताये हुए ये क्षण बहुत ाद आयेंगे। जिन्दगी का चटख लाल रंग मटमैले भूरे रंग में बदल जायेगा।" मनीष सरोज के होंठों पर अपनी हथेली रखकर कहा था, "ऐसा मत सोचो सरोज। वर्तमान सुनहरे पलों को भविष्य के धुएँ से धूमिल न करो। अभी भविष्य के बारे में न सोचो। मसे मिलकर मेरे मन का सूना आकाश भर जाता है। कोमल कल्पनाओं के पर लग ाते हैं। आज हम यहाँ हैं, कल कहाँ होंगे, कौन जानता है।" कुछ देर बाद मनीष ात्रावास लौट आया था। उस दिन रातभर नींद नहीं आयी थी। अपने और सरोज के म्बन्ध को परिभाषित करने की कोशिश करता रहा था।

इधर कुछ दिनों से मनीष को नाटक में विशेष रुचि हो गयी थी। कालिदास, भवभूति, ोक्सपियर, बर्नार्ड शा, जयशंकर प्रसाद एवं मोहन राकेश के नाटकों का विशेष अध्ययन केया था उसने। नाटक लेखन के प्रति आकृष्ट हुआ था वह। कविताएँ, कहानियाँ एवं यंग्य वह पहले से लिखता आ रहा था। आकाशवाणी से प्रसारित नाटकों को वह अक्सर ुनता रहता था। नाटकों का मंचन देखने पहुँच जाता था वह। विचारों का क्रम चलता हा। उसने एक नाटक लिखना प्रारम्भ किया था जिसका शीर्षक था—'कैक्टस के फूल'। नाटक के अंश सरोज को सुनाया करता था वह। इस नाटक में सम्बन्धों के खोखलेपन को दर्शाया गया था। नाटक का नायक अनिमेष एक स्थान पर कहता है, "कैक्टस में फूल नहीं होते। आज मानवीय रिश्ते कैक्टस की तरह ही हो गये हैं। कभी-कभी लगता है कि हमने उस व्यक्ति को समझने में भूल की है। आज व्यक्ति मुखौटे लगाकर जी रहा है। आज रिश्ते खोखले हो गये हैं।"

मनीष के मित्रों को नाटक का यह अंश बहुत अच्छा लगता था लेकिन सरोज को यह संवाद पसन्द नहीं था। मनीष जब इस अंश को पढ़ता तो सरोज उदास हो जाती थी। उसके चेहरे पर कई तरह की रेखाएँ बनती और बिगड़ती रहती थीं। सरोज ने मनीष से यह कहा था कि वह नाटक के इस संवाद को नाटक से हटा दे, मनीष ने कहा था, "तुम्हारे चेहरे की रेखाओं को पढ़ लिया था मैंने। लेकिन तुम्हें परेशान नहीं होना चाहिए। इस संवाद को नाटक से हटा देने पर नाटक अधूरा हो जायेगा। सम्बन्धों के

खोखलेपन को दर्शाने के लिए यह संवाद अपरिहार्य है।" उस समय सरोज मनीष की बात मान गयी थी। मनीष को इस बात से राहत मिली थी। नाटक में कुल पाँच पात्र थे—अनिमेष, शेफाली, मधूलिका, तरुण और प्राची। मनीष के मित्रों ने उससे बार-बार अनुरोध किया था कि नाटक का मंचन किया जाये। मंचन से पूर्व नाटक का अभ्यास जरूरी था। पूर्वाभ्यास के लिए रविवार का दिन निश्चित किया गया। अर्थशास्त्र विभाग के पीछेवाले बड़े हॉल में नाटक का पूर्वाभ्यास होता था। अपने द्वारा लिखित नाटक में मनीष ने भी अभिनय स्वीकार किया। मनीष ने अनिमेष की भूमिका का निश्चय किया। नीलम को शेफाली की भूमिका निभानी थी। नेहा टण्डन को मधूलिका का रोल निभाना था। विजय को तरुण की भूमिका अदा करनी थी। प्राची की भूमिका के लिए मीनाक्षी भार्गव का चयन हुआ। नाटक में मनीष और नीलम की भूमिका ज्यादा महत्त्वपूर्ण थी। मनीष ने एक बात पर विशेष ध्यान दिया कि जब से नाटक का पूर्वाभ्यास शुरू हुआ था, सरोज उससे कुछ-कुछ कटी-कटी-सी रहने लगी थी। मनीष के बार-बार पूछने पर भी उसने अपनी नाराजगी का कारण नहीं बताया। एक दिन राजकीय पुस्तकालय के बाहर आयी। शाम ढल रही थी। दोनों चुपचाप आगे बढ़ रहे थे। सूरज नीम के पेड़ के पीछे छिप रहा था। विक्टोरिया पार्क के सामनेवाले लॉन में हरी घास लहलहा रही थी। किनारे-किनारे विभिन्न प्रकार के फूलों के गमले थे। हरी घास पर क्षण-भर बैठे रहे थे दोनों। मनीष ने पूछा था, "तुम मुझसे नाराज हो क्या? मैं कुछ दिनों से इस बात पर गौर कर रहा हूँ तुम मुझसे कटी-कटी-सी रह रही हो। मैं समझ नहीं पा रहा हूँ कि मुझसे किस तरह की भूल हो गयी है।" सरोज ने अनमने भाव से कहा था, "मैं क्यों नाराज होने लगी? हर व्यक्ति अपने-अपने ढंग से जीने के लिए स्वतन्त्र है। वैसे यदि यह मान लिया जाये कि मैं नाराज हूँ तो इससे क्या फर्क पड़ता है।" कुछ देर तक दोनों चुपचाप बैठे रहे। मनीष बोला था, "पहेलियाँ न बुझाओ। मेरी किसी बात से तुम्हें ठेस पहुँची हो तो बतलाओ। यदि तुम्हारी नाराजगी का कारण मेरे नाटक से सम्बन्धित है तो उसे स्पष्ट बतलाओ।" कुछ देर बाद सरोज ने कहा था, "इधर कई दिनों से गौर कर रही हूँ कि तुम नीलम में विशेष रुचि ले रहे हो।" कुछ देर चुप रहने के बाद मनीष ने कहा, "शक की बीमारी लड़कियों में बहुत होती है। नाटक की नायिका शेफाली की भूमिका में होने के कारण नीलम को ज्यादा देर तक मेरे साथ रहना पड़ता है। मैं उसे शेफाली के चरित्र के बारे में विस्तार से बतलाता हूँ।" कुछ देर तक दोनों चुप रहे। अँधेरा बढ़ने लगा था। दोनों कम्पनी बाग से लौट आये थे।

एक महीने से नाटक का पूर्वाभ्यास नहीं हो पाया था। रविवार के दिन पूर्वाभ्यास कर लेने के बाद नाटक का मंचन होना था। मंचन के लिए उत्तर मध्य सांस्कृतिक केन्द्र का सभागार चुना गया। इधर कई दिनों से मनीष सरोज से नहीं मिल पाया था। सरोज ने एक पुस्तक की दुकान से दो पुस्तकें खरीदी थीं—'गुनाहों का देवता' और 'रेत की

मछली'। मनीष ने चुटकी लेते हुए कहा था, "तुम्हारे चयन की दाद देता हूँ मैं। 'गुनाहों का देवता' पढ़ने के तुरन्त बाद 'रेत की मछली' पढ़ना। हिन्दी के साहित्यकारों का यह मानना है कि कान्ता भारती ने यह उपन्यास 'गुनाहों का देवता' के जवाब में लिखा है। फिलहाल साहित्य चर्चा का कोई अन्त नहीं है। मैं तुम्हें यह बतला रहा हूँ कि कल उत्तर मध्य सांस्कृतिक केन्द्र में हमारे नाटक का मंचन होगा। तुम्हें वहाँ रहना है। विजय से तुमने कहा था कि तुम नाटक का मंचन देखने नहीं आओगी। तुम बात को समझने की कोशिश नहीं करती, नीलम हम लोगों की अच्छी दोस्त है। सम्बन्धों के बारे में इतनी संकीर्ण न बनो।"

कुछ देर तक दोनों चुप रहे। दोनों चुपचाप बाहर निकल आये थे। सामने सिविल लाइन्स की सुन्दर इमारतें थीं। सरोज ने कहा, "यदि ऐसी बात है तो मैं कल उत्तर मध्य सांस्कृतिक केन्द्र आने का पूरा प्रयास करूँगी। शेफाली की भूमिका में नीलम को देखने की उत्कण्ठा है। मैं यह देखना चाहती हूँ कि शेफाली की भूमिका में नीलम ने अनिमेष पर कौन-सा जादू कर दिया है।" धीरे-धीरे टहलते हुए दोनों एक रेस्टोरेण्ट में पहुँचे थे। जाड़े की खूबसूरत शाम थी। आसमान से लालिमा धीरे-धीरे मिट रही थी। सरोज और मनीष अन्दर जाकर बैठे। बाहर रेलिंग से घिरी हुई थोड़ी जगह थी। अलग-अलग टेबिलों पर कुछ अपने मित्रों या प्रेमिकाओं के साथ बैठे हुए प्रसन्न नजर आ रहे थे। अन्दर मन्ना डे के सुमधुर गीत सुनायी पड़ रहे थे। दोनों चुपचाप काफी पीते रहे। मनीष छात्रावास लौट आया था। सरोज अपने घर चली गयी थी।

अगले दिन नाटक का मंचन था। मनीष और उसके मित्र अत्यन्त व्यस्त थे। सुबह से ही मनीष अपनी मित्र-मण्डली के साथ उत्तर मध्य सांस्कृतिक केन्द्र आ गया था। इलाहाबाद के अधिकांशतः अखबारों में मंचन की सूचना दे दी गयी थी। विश्वविद्यालय के सारे छात्रावासों के सूचनापट्ट पर नाटक देखने के लिए आमन्त्रित किया गया था। शाम को नाटक शुरू हुआ। पूरा हॉल खचाखच भरा हुआ था। मनीष के साथी अत्यन्त प्रसन्न थे लेकिन मनीष की आँखें सरोज को ढूँढ़ रही थीं। खुशी के इन क्षणों में सरोज की अनुपस्थिति से उसे हार्दिक कष्ट हुआ। नाटक का प्रदर्शन अत्यधिक सफल रहा। मनीष और नीलम की भूमिका को विशेष रूप से सराहा गया। मधूलिका की छोटी-सी भूमिका थी फिर भी वह दर्शकों पर अपने अभिनय का प्रभाव छोड़ पायीं। देर रात को वह छात्रावास लौटा। करवटें बदलता रहा मनीष फिर भी उसे नींद नहीं आयी। सुबह कमरे पर दस्तक हुई। कमरा खोलने पर अप्रत्याशित दृश्य था। सामने सरोज और नीलम थीं। कुछ देन तक ठगा-सा रह गया वह। नीलम ने कहा, "हम दोनों को अन्दर आने को नहीं कहोगे?" मनीष ने दोनों को अन्दर बुलाया। सरोज कुछ देर तक कमरे की दीवार पर टँगे हुए पोस्टरों को देखती रही। काफी गम्भीर मुद्रा में वह धीरे-धीरे बोल रही थी, "कल नाटक देखने नहीं आयी मैं। पता नहीं किस मनःस्थिति में थी मैं। नीलम

के आने पर मेरा गुस्सा शान्त हुआ। मैंने तुम दोनों पर व्यर्थ ही शक किया। इसका मुझे पश्चात्ताप रहेगा। नाटक में पात्र जो जिन्दगी जीता है उसे मैंने वास्तविक समझने में भूल की। क्या है कि जिस नाटक से तुम्हें इतनी लोकप्रियता मिली, उसी नाटक के कारण मैं कई महीने तक जबरदस्त अन्तर्द्वन्द्व में जीती रही। अगले महीने मेरी शादी है। मैं विवश थी। मैं इस शादी का विरोध नहीं कर पायी। हो सके तो मुझे माफ कर देना। मैं तुम्हें अपनी शादी का कार्ड दे रही हूँ। तुम्हारे आने से मुझे बहुत खुशी होगी। अच्छा मैं अब चलती हूँ। मम्मी मेरा इन्तजार कर रही होंगी।''

दोनों साथ चली गयीं। कमरे के सामनेवाली रेलिंग के पास खड़ा हो गया वह। सामने पेड़ पर बैठी हुई मैना फुदक रही थी। लॉन में हरियाली बिछी हुई थी।

●

हरसिंगार के फूल

बारिश थम चुकी थी। आसमान साफ था लेकिन कही-कहीं बादल के टुकड़े दिखलायी पड़ रहे थे। अपने मकान की छत पर गुमसुम बैठा हुआ था वह। सामने नीम के वृक्ष पर मैना पक्षियों का झुण्ड बैठा हुआ था। बगलवाले मकान की छत पर दो मोर पक्षी बैठे हुए थे। उस मकान के बगल के बाग से उड़कर आ गये थे मोर पक्षी। पश्चिम के आकाश की लालिमा शेष थी। छत के नीचे फुलवारी में हरसिंगार के दो वृक्ष हवा के झोंकों से धीरे-धीरे झूम रहे थे।

इन वृक्षों को देखकर भावुक हो गया अभिषेक। हरसिंगार के फूलों की स्मृति अन्तःस्थल में घूम गयी। इस स्मृति में सिहरन है।

नवम्बर में ननिहाल गया था। शरीर को कँपा देनेवाली शीत थी। प्रतिदिन कुहरे के कारण धूप देर से निकलती थी। नाना के घर के सामने शिव मन्दिर था। शिव मन्दिर के पीछे फुलवारी थी। फुलवारी में हरसिंगार का एक वृक्ष था। पूरा वृक्ष फूलों से लद जाता था। सुबह अभिषेक फुलवारी में जाता था। हरसिंगार के फूल जमीन पर बिखर जाते थे। उन फूलों को बीनकर लाता था अभिषेक। मन्दिर के नीचे एक बड़ा-सा पत्थर था। तन्मय हो जाता था वह नयी-नयी आकृतियों के सृजन में। कुछ देर बाद आसपास के घरों के बच्चे एकत्र हो जाते थे। वे हरसिंगार के फूलों की सजावट को ध्यान से देखते थे। कुछ शरारती बच्चे फूलों की सजावट को बिगाड़ने की कोशिश करते तो अभिषेक उन बच्चों को डाँट देता था। मन्दिर के पास एक बड़ा-सा कुआँ था। कुएँ के पास लाल कनेर का वृक्ष था जिसकी पत्तियों को तोड़कर बच्चे खेला करते थे। वहीं पर माधवी मिली थी उसे। वह अपने बुआ के यहाँ आयी हुई थी। सौन्दर्य उसके अंग-अंग में समाया हुआ था। उस अल्हड़ लड़की की आँखों में चंचलता थी।

जब वह गम्भीर रहती थी तो उसकी बड़ी-बड़ी आँखों में एक अजीब तरह का सम्मोहन होता था। हरसिंगार के फूलों की सजावट देखने माधवी भी आती थी। एक

दिन माधवी उससे बोली थी, "मुझे हरसिंगार के फूल बहुत प्रिय हैं। मेरी किताबों और कापियों में तुम्हें हरसिंगार के फूल मिल जायेंगे। हरसिंगार की सुगन्ध मेरे तन-मन में रच-बस जाती है। जाड़े की धूप में जमीन पर गिरे हुए हरसिंगार के फूल बहुत सुन्दर लगते हैं।" माधवी हाईस्कूल में पढ़ती थी। वह अपने माता-पिता के साथ लखनऊ में रहती थी। अभिषेक भी उस समय हाईस्कूल का ही छात्र था। अभिषेक बोला था, "जाड़े की गुनगुनी धूप में बाहर बैठना मुझे बहुत पसन्द है। गाँव में बँगले के सामने हरसिंगार का वृक्ष है। हरसिंगार को पारिजात भी कहते हैं। सुबह जगने की आदत है मेरी। भोर के धुँधलके में हरसिंगार के वृक्ष के पास कुछ देर तक खड़ा रहता हूँ। यदि शुक्लपक्ष चल रहा हो तो उस समय का दृश्य देखते ही बनता है। चाँदनी में नहाया हुआ हरसिंगार का वृक्ष मन को मोह लेता है।"

एक सप्ताह तक ननिहाल में रहकर अपने गाँव लौट गया था अभिषेक। कई दिनों तक अच्छा नहीं लगा था उसे। माधवी से प्रभावित हुआ था वह। लाल कनेर का वृक्ष बहुत याद आता था उसे। लाल कनेर के पत्तों को बच्चे बजाते थे। कुआँ काफी बड़ा था। कुएँ के सामने भी जमीन थी, वहीं पर एक नीम का पेड़ था। शाम को गाँव के बच्चे वहाँ खेलते थे। इसके पहले अभिषेक ननिहाल कई बार आ चुका था लेकिन माधवी से मुलाकात पहली बार हुई थी। ननिहाल से लौटने के एक दिन पहले माधवी से भेंट हुई थी उसकी। अभिषेक के नाना का घर काफी बड़ा था। चौखण्डी इमारत थी वह। जाड़े की खुशनुमा शाम थी। छत पर बैठा हुआ वह महोदवी वर्मा की पुस्तक 'अतीत के चलचित्र' पढ़ रहा था। नीम का वृक्ष सूरज की रुपहली किरणों से चमक रहा था। आसमान में बादलों की बहुरंगी आकृतियाँ बन गयी थीं। आसमान का एक छोर नदी के रेतीले तट की तरह दिखलायी पड़ रहा था। आसमान में तोतों का झुण्ड उड़ रहा था। आसमान का रंग कभी स्लेटी और कभी रक्तिम हो उठता था। प्रकृति के क्षण-क्षण बदलते रूप को निहार रहा था वह। सीढ़ियों के पास किसी के कदमों की आहट सुनकर ध्यान भंग हुआ उसका। उसने आँख उठाकर देखा माधवी थी वह। दबे पाँव लौटना चाहती थी वह, लेकिन अभिषेक बोल पड़ा था—"किसे ढूँढ़ रही हो तुम? तुम्हारी आँखों में बेचैनी देख रहा हूँ मैं।"

"अपने छोटे भाई अनिमेष को देखने ऊपर आ गयी। मैं उसे खोज रही हूँ। वह इस छत पर अक्सर आया करता है। मेरा अनुमान था कि वह यहीं आया होगा।" माधवी लौट गयी। अभिषेक चुपचाप छत पर बैठा रहा। आसमान में पल-पल पर बदलते हुए रंगों को देखता रहा वह। समझ नहीं पा रहा था कि किस मनःस्थिति में है वह। कल वह अपने गाँव लौट जायेगा। फिर माधवी से मुलाकात नहीं हो पायेगी। विचारों का क्रम चलता रहा। उसे ख्याल भी नहीं रहा कि अँधेरा हो चुका है। अगले सुबह वह अपने गाँव लौट गया।

कुछ दिनों तक उसकी कल्पनाओं में माधवी छायी रही। उसकी स्मृति हरसिंगार के फूलों के साथ सजीव हो उठती थी। हाईस्कूल की परीक्षा सन्निकट थी। सब-कुछ भूलकर परीक्षा की तैयारी में जुट गया वह। प्रश्न-पत्र अच्छे रहे। अपनी तैयारी से सन्तुष्ट था वह। परीक्षा के बाद अपनी माँ के साथ गर्मी की छुट्टियों में वह फिर ननिहाल में गया। ननिहाल उसे बहुत प्रिय था। काफी सुकून मिलता था उसे यहाँ आकर। अपने ममेरे भाई परेश से उसने माधवी के विषय में पूछा। परेश बोला था, ''माधवी को क्यों पूछ रहे हो? कोई विशेष बात है क्या? लगता है कि उसकी नीली आँखों ने भैया पर जादू कर दिया है।''

''तुम्हें तो हर जगह मजाक सूझता है परेश। मैं तो यूँ ही पूछ रहा था। सहज जिज्ञासा थी उसके विषय में।''

अभिषेक ने उत्तर दिया था। अभिषेक की गम्भीरता देखकर परेश बोला था–

''भैया! यदि तुम्हारी उसमें विशेष दिलचस्पी है तो अच्छी बात है। यदि यूँ ही पूछ रहे हो तो भी तुम्हारे प्रश्न का उत्तर दिया जा सकता है। तुम्हारे यहाँ आने के एक सप्ताह पहले माधवी यहाँ से लखनऊ लौट गयी। अपने बीमार फूफा को देखने पिता जी के साथ आयी थी वह।'' संकोची होने के कारण माधवी के विषय में और कुछ पूछ नहीं पाया अभिषेक। विषयान्तर कर दिया उसने।

दो वर्ष कैसे बीते, पता ही नहीं चला। इस बीच माधवी के विषय में कोई जानकारी नहीं मिली उसे। इण्टरमीडिएट करने के बाद अभिषेक इलाहाबाद चला गया। दिन-भर अध्ययन करने के बाद शाम को घूमने निकलता था वह। माधवी उसे भूले-भटके याद आ जाती थी। खोया-खोया रहता था वह। बी.ए. तक उसका एक ही मित्र बन पाया था। उसका नाम था स्वप्निल। स्वप्निल से उसकी अन्तरंगता बढ़ती गयी। अपने दिल की बात वह स्वप्निल से कहता था। अक्सर स्वप्निल उससे कहा करता था–''अधिक अन्तर्मुखी होना ठीक नहीं है अभिषेक। कल्पना का संसार सुन्दर और मायावी लगता है लेकिन जब यथार्थ को कड़वी सच्चाई का सामना करना पड़ता है तब कल्पनाशील व्यक्ति कुछ देर के लिए विचलित हो जाता है। मैं यह मानता हूँ कि कल्पनाशीलता एक अच्छा गुण है लेकिन कल्पनाशील व्यक्ति का दिल बड़ा नाजुक होता है। तुम अपने-आपको थोड़ा-सा बदलने का प्रयास करो।''

दिसम्बर का खुशनुमा दिन था। दो दिन बाद आज धूप निकली थी। आनन्द भवन में नीम के पेड़ के नीचे बैठे थे दोनों। नीम की पत्तियों से छनकर धूप आ रही थी। जाड़े की गुनगुनी धूप बहुत सुखद लग रही थी। कुछ देर के लिए पूरा पेड़ पक्षियों की चहचहाहट से भर उठा।

''तुम्हारी बात को मैं गम्भीरता से लूँगा स्वप्निल।''

''अपने-आपको बदलने का पूरा प्रयास करूँगा। पता नहीं क्या है कि जाड़े की गुनगुनी धूप और ग्रीष्म की दोपहर का सन्नाटा मुझे बहुत लुभाता है। उसमें व्यवधान

होने पर मैं तिलमिला जाता हूँ।" अभिषेक बोला था। बहुत देर तक बातें करते रहे दोनों। चौकीदार सीटी बजाने लगा था। दोनों लौट आये।

अभिषेक अंग्रेजी साहित्य से एम.ए. कर रहा था। स्वप्निल ने मनोविज्ञान विषय में एम.ए. करने का निश्चय किया। स्वप्निल की जिद पर वह प्रगतिशील छात्र संगठन से जुड़ गया था। उसकी अन्तर्मुखी चेतना बहिर्मुखी चेतना पर हमेशा हावी रहती। प्रगतिशील छात्र संगठन द्वारा निकाले गये जुलूसों में वह कभी-कभार जाता था। प्रगतिशील छात्र संगठन के पुस्तकालय का वह भरपूर उपयोग कर रहा था।

एम.ए. की कक्षाएँ जनवरी से चलने लगी थीं। प्रोफेसर रवि माथुर क्लास ले रहे थे। वे छात्रों की उपस्थिति ले रहे थे। उन्होंने माधवी माथुर का नाम पुकारा। अपने विचारों में डूबा हुआ था अभिषेक, लेकिन माधवी का नाम सुनते ही उसकी तन्द्रा टूटी। उसने बड़े गौर से उस लड़की को देखा। माधवी को पहचानने में कुछ समय लगा उसे। माधवी दुबली थी लेकिन यह लड़की काफी स्वस्थ थी। कुछ क्षणों के लिए उसे लगा कि वह भ्रम में जी रहा है। हो सकता है कि यह माधवी न हो। माधवी के नाम के साथ हरसिंगार के फूल जीवित हो उठे। हरसिंगार की खुशबू महसूस कर रहा था वह। अपने अतीत में इतना खो गया था अभिषेक कि उसे पता नहीं चला कि उसका नाम कब पुकारा गया। पता नहीं माधवी ने उसे पहचाना या नहीं। कई दिनों तक अन्तर्द्वन्द्व में जी रहा था अभिषेक। सोचता था कि अगले दिन माधवी से बात करूँगा लेकिन ऐसा हो नहीं पाता था। इसी उधेड़बुन में एक महीना बीत गया। कभी-कभी वह सोचता था कि माधवी उसका अतीत है, इस माधवी से उसे मतलब नहीं रखना चाहिए। कब तक चलेगा यह सम्बन्ध? हो सकता है माधवी उसे भूल गयी हो। इसी बीच वह अपने ननिहाल चला गया। अपना ननिहाल रामपुर गाँव उसे बहुत प्रिय था। अपने बोझिल मन को हलका करने के लिए वह छत पर चला आया था। वसन्त ऋतु की सिन्दूरी शाम थी। मामूली शीत रह गयी थी। मन उदास था। चारों ओर ताड़ के वृक्ष थे। सरसों के खेत अपना नैसर्गिक सौन्दर्य दिखला रहे थे। पासवाले मकान की छत पर कबूतरों का उड़ना और बैठना जारी था। आसमान में कहीं-कहीं कुछ पक्षी उड़ रहे थे। पश्चिम दिशा की ओर पहाड़ियाँ दिखलायी पड़ रही थीं। पहाड़ियों के पास एक खूबसूरत झील थी। पहाड़ियों की तरफ सूर्य की लालिमा का थोड़ा-सा प्रभाव रह गया था। नारंगी रंग के बड़े गोले की तरह लग रहा था सूरज। आसमान का रंग स्लेटी हो गया था। हवा में बसन्त की ताजगी थी।

माधवी के विषय में उसकी बुआ से पूछ सकता था। नारंगी रंग का गोला पहाड़ियों के पीछे डूब गया। छत से नीचे चला आया अभिषेक। वह सोच रहा था कि माधवी के साथ बिताये गये क्षणों को भूलकर वह एक नया जीवन शुरू कर दे तो कैसा रहेगा? अपनी डायरी के पन्नों को पलटने लगा अभिषेक। मोहन राकेश की कहानी 'एक और जिन्दगी' की इन पंक्तियों पर अटक गया वह—

''मन में आशंका उठती–क्या सचमुच पहले की जिन्दगी को मिटाकर इन्सान नये सिरे से जिन्दगी शुरू कर सकता है? जिन्दगी के कुछ वर्षों को वह एक दुःस्वप्न की तरह भूलने का प्रयत्न कर सकता है?''

माधवी ने सोचा भी नहीं था कि अभिषेक से इस तरह मुलाकात होगी। ''तुम्हारे विषय में हमेशा सोचा करती थी लेकिन तुमसे दुबारा मुलाकात नहीं हो पायी। किससे पूछती? इस बीच जिन्दगी में काफी उतार-चढ़ाव आया। तुमसे मिलने के तीन साल बाद मेरी माँ की कैन्सर से मौत हो गयी। उनके इलाज में पूरा परिवार काफी परेशान रहा। दो महीने तक बम्बई के टाटा मेमोरियल हॉस्पिटल में जिन्दगी और मौत से संघर्ष करती रही मेरी माँ लेकिन अन्त में उसे हारना पड़ा। माँ की मौत के बाद पिता जी विक्षिप्त-से हो गये थे लेकिन हम लोगों ने उन्हें किसी तरह सँभाला। अनिमेष और परेश दोनों की देखभाल मुझे करनी पड़ रही थी। माँ की मौत के बाद घर में एक सूनापन छा गया। इसके बाद पिता जी का स्थानान्तरण इलाहाबाद के लिए हो गया और हम लोग इलाहाबाद चले आये। मैंने प्रयाग विद्यापीठ से बी.ए. किया। बी.ए. करने के बाद मैं यह निश्चय नहीं कर पा रही थी कि आगे क्या करना है। पिता जी की हार्दिक अभिलाषा थी मैं प्रशासनिक सेवा में जाऊँ। मैंने हिन्दी से एम.ए. करने का निश्चय किया। मैंने दृढ़ निश्चय कर लिया था कि प्रतियोगी परीक्षाओं में वैकल्पिक विषय के रूप में हिन्दी और इतिहास का चयन करूँगी।'' सरस्वती घाट पर बैठे हुए थे दोनों। आज सरस्वती घाट पर भीड़ कम थी। यमुना की लहरों पर कुछ नौकाएँ तैर रही थीं। लहरों में सूरज की लालिमा थी। सूरज को देखकर ऐसा लग रहा था जैसे वह क्रेन पर टँगा हुआ हो। यमुना की लहरों में कुछ पक्षी तैर रहे थे। कुछ लोग बत्तख की आकृतिवाली नौकाओं में बैठकर जलक्रीड़ा का आनन्द ले रहे थे। आकाश में बगुलों की पंक्तियाँ उड़ रही थीं।

''माँ की मौत के बाद पिता जी पूरी तरह टूट चुके थे। वे खोये-खोये-से रहते थे। पिता जी को डायरी लिखने की आदत थी। एक दिन मैं चुपके से उनकी डायरी पढ़ने लगी। डायरी की पंक्तियाँ थीं–

''जीने की ललक कम होती जा रही है। सब-कुछ चला गया। किन सपनों के आधार पर जीने की इच्छा उत्पन्न हो? चारों तरफ अँधेरा-ही-अँधेरा नजर आ रहा है। लगता है कि अँधेरी गुफाओं में भटक गया हूँ, मार्ग नहीं सूझ रहा है। कभी-कभी लगता है कि मैं एक अँधेरी सुरंग से गुजर रहा हूँ। चला जा रहा हूँ, चला जा रहा हूँ, लेकिन अँधेरी सुरंग से बाहर नहीं निकल पा रहा हूँ। लेकिन जीना तो पड़ेगा ही। तीनों बच्चों को कौन देखेगा? माया को खोकर रिक्तता का अहसास हो रहा है–एक ऐसी रिक्तता जिसे भरा न जा सके। लोग कहते हैं कि वक्त हर घावों को भर देता है लेकिन मुझे तो ऐसा लगता है कि वक्त घावों को पूरी तरह नहीं भर पाता। दर्द की लहर उभर ही आती है। प्रिय की शाश्वत अनुपस्थिति का गम भुलाये नहीं भूलता। फिर भी मुझे पूरे संकल्प के साथ

जीना होगा। मेरे बच्चे मुझे कमजोर देखकर टूट जायेंगे। शाम के समय आसमान में उड़ते हुए पक्षियों को देखकर उदास हो जाता हूँ। काश! मैं भी उन्मुक्त गगन का पक्षी होता।" डायरी के इन अंशों को पढ़कर मुझे बहुत दुःख हुआ। पिता जी को खुश रखने का प्रयास करने लगी मैं।"

यमुना के किनारे टहलते-टहलते दोनों किले के बहुत पास पहुँच गये। नदी के किनारे किले का टूटा हुआ हिस्सा झुका हुआ था। उसे देखकर ऐसा लग रहा था कि जैसे यमुना के किनारे डायनासोर बैठा हुआ है। उसके शीर्ष भाग पर कुछ लड़के बैठे हुए थे।

"यह झुकी हुई चट्टान गिर भी सकती है। ये लड़के निर्भीक भाव से इस पर न जाने क्यों बैठे हैं?" माधवी बोली थी। अभिषेक ने उसके प्रश्न का जवाब नहीं दिया। वह खामोश होकर यमुना की लहरों को देख रहा था। दूर यमुना की लहरों पर तैरते हुए पक्षी ऐसे लग रहे थे, मानो साड़ी की सिलवटों पर सुन्दर चित्रकारी की गयी हो।

"वक्त जैसे ठहर-सा गया है। नगर के कोलाहल में ऐसा आनन्द कहाँ मिल सकता है? बड़ी-बड़ी इमारतों को देखकर मुझे ऐसा लगता है जैसे वहाँ पर कंक्रीट का जंगल फैला हुआ हो। पता नहीं क्यों लोग प्रकृति से इतना कट गये हैं? यमुना का शान्त जल, किनारे पर स्थित हरे-भरे वृक्ष, यमुना की लहरों का खामोश होकर देखता हुआ यह किला, लहरों पर पसरी हुई चाँदनी इन सबसे वंचित व्यक्ति दुर्भाग्यशाली ही कहा जायेगा।" अभिषेक बोला था। दोनों यमुना के किनारे-किनारे धीरे-धीरे लौट रहे थे। पार्क में स्थित वटवृक्ष से गुजरते हुए दोनों मनकामेश्वर मन्दिर में पहुँचे। मन्दिर ढलान पर थे। दोनों ओर साधु-सन्त थे। "कहते हैं कि इस मन्दिर में आकर सच्चे मन से की गयी पूजा बेकार नहीं जाती। यदि तुम सच्चे मन से पूजा करोगे तो तुम्हें सुन्दर-सी दुल्हन अवश्य मिलेगी।" हँसते हुए बोली थी माधवी। मन्दिर में पूजा करने के बाद दोनों बाहर निकले। अँधेरा हो चुका था। आकाश में चाँद उग आया था। अभिषेक अल्लापुर में रहता था। जबकि माधवी का परिवार एलेनगंज में रहता था। "किसी दिन तुम्हें अपने पिता जी से मिलवाऊँगी। तुमसे मिलकर उन्हें बड़ी प्रसन्नता होगी।" आर्मी क्षेत्र से गुजर रहे थे दोनों। चारों ओर खामोशी छायी हुई थी। अलोपीबाग तक दोनों पैदल आये। माधवी को रिक्शे पर बैठाकर अपने मित्र स्वप्निल से मिलने चला गया अभिषेक।

अभिषेक की एक नयी जिन्दगी शुरू हो गयी थी। माधवी ने उसकी जिन्दगी को बदल दिया था। इस बीच वह माधवी के पिता जी से मिला। माधवी के पिता अजय शेखर जी खुले विचारों के आदमी थे। उन्होंने अभिषेक और माधवी के मेलजोल को बुरा नहीं माना।

दिन अच्छी तरह बीत रहे थे। दोनों अक्सर मिलते थे। कभी वे फिल्म देखते, कभी घण्टों कम्पनीबाग में बैठे रहते और कभी सरस्वती घाट पर उनका समय बीतता। इसके

साथ ही अध्ययन भी चलता रहता। अध्ययन के प्रति लापरवाह नहीं थे दोनों। सितम्बर में परीक्षा थी। परीक्षा बीतने के बाद अक्टूबर में वह एक बार अपनी बुआ को देखना चाहती थी। माधवी ने अपने पिता जी से अभिषेक के साथ वहाँ जाने की अनुमति माँगी। अजयशेखर जी ने सहर्ष अनुमति दे दी। शाम को दोनों गाँव में पहुँचे। माधवी को उसकी बुआ के घर छोड़कर अपने नाना के घर पहुँचा अभिषेक। माधवी को देखकर उसकी बुआ प्रसन्न हुई लेकिन यह देखकर कि उनकी भतीजी किसी गैर लड़के के साथ आयी है, उन्हें बुरा लगा, फिर भी उन्होंने अपनी नाराजगी जाहिर नहीं की। दोहपर को अभिषेक से मिलने आयी थी माधवी। कई साल बाद बुआ के गाँव आने का अवसर मिला था माधवी को। हरसिंगार के फूलों को देखने के लिए दोनों फुलवारी में गये। हरसिंगार के वृक्ष के नीचे फूल बिछे हुए थे।

"कितने सुन्दर फूल हैं ये। हरसिंगार से हमें प्रेरणा लेनी चाहिए। हरसिंगार अपने फूलों को अपने-आप गिराता है, उसकी डाल नहीं हिलानी पड़ती।" माधवी बोली थी।

"तुम्हारा कहना बिलकुल ठीक है माधवी। जो लोग हरसिंगार की डाल को हिलाते हैं। वे गँवार माने जाते हैं।" 'गाथा सप्तशती' के प्रणेता हाल ने लिखा है—

"गँवार हलवाहिन! गिरे फूलों को ही चुनो। हरसिंगार की डाल मत झहराओ, झहराने से वह फूल न देगा, उलटे देखो, डाल झहराते समय जो तुम्हारी चूड़ियाँ खनकेंगी, उसकी भनक तुम्हारे श्वसुर के कान में पड़ जायेगी।"

मन्दिर की सीढ़ियों पर बैठे हुए थे दोनों। नीम के पेड़ पर पक्षी जोर-जोर से चहचहा रहे थे।

"शहर की यान्त्रिक जिन्दगी की तुलना में यहाँ कितना सुख है अभिषेक। दुनिया की नजर में हम दोनों बड़े हो गये हैं। दुनिया चाहती है कि हम अपनी मर्यादा में रहें। काश! अतीत लौट आता। तुम हरसिंगार के फूलों को चुनते। उन फूलों से तरह-तरह की आकृतियाँ बनाते। मैं तन्मय होकर उन फूलों को निहारा करती। उन फूलों को मैं अपने केश में गूँथ लेती।"

बहुत भावुक हो उठी थी माधवी। दो दिन बाद दोनों इलाहाबाद लौट आये। अतीत का खालीपन भर गया था। एम.ए. फाइनल की परीक्षा दी दोनों ने। दो महीने पर परीक्षाफल निकला। अभिषेक और माधवी दोनों प्रथम श्रेणी से उत्तीर्ण हुए। माधवी कभी-कभी अभिषेक के साथ प्रगतिशील छात्र संगठन के पुस्तकालय में जाती थी। अपनी मनपसन्द पुस्तकों का चयनकर दोनों लौट आते। माधवी के विषय में अक्सर सोचा करता था अभिषेक। वह उसे अपनी जीवनसंगिनी बनाना चाहता था लेकिन कुछ कह नहीं पाया था। अपने जीवनसाथी को जो कल्पना अभिषेक ने की थी, माधवी उस कल्पना की जीवन्त प्रतिमा थी। कभी-कभी माधवी के विषय में उनके मन में संशय उठता। माधवी हँसमुख स्वभाव की लड़की थी। लेकिन कभी-कभी वह बहुत गम्भीर हो जाया करती थी। अभिषेक से वह पूरे दिन कुछ न बोलती।

माधवी के पिता चाहते थे कि उनकी बेटी प्रशासनिक सेवा में जाये। पिता की जिद पर वह प्रतियोगी परीक्षाओं की तैयारी करने लगी। इधर अभिषेक हिन्दी विभाग में प्रोफेसर महेन्द्र त्रिपाठी के निर्देशन में शोध करने लगा। प्रतियोगी परीक्षाओं से उसे जरा भी लगाव नहीं था। अभिषेक के पिता बृजमोहन श्रीवास्तव निकटवर्ती कस्बे के इण्टरमीडिएट कॉलेज में संस्कृत के प्रवक्ता थे। उनकी हार्दिक अभिलाषा थी कि उनका बेटा प्रशासनिक सेवाओं में जाये लेकिन अभिषेक कुछ अलग ही किस्म का इन्सान था। वह कहा करता था—"मैं ऐसे जीवन की कल्पना भी नहीं कर सकता हूँ जिसमें अध्ययन के लिए अवकाश न हो।" इण्टरमीडिएट में वह विज्ञान वर्ग का विद्यार्थी था। उस समय अभिषेक के पिता की हार्दिक इच्छा थी कि वह इन्जीनियरिंग की परीक्षा में बैठे। पिता ने इन्जीनियरिंग का फार्म लाकर रख दिया था। फिर भी अभिषेक इन्जीनियरिंग की परीक्षा में नहीं बैठा। पिता की इच्छा के विरुद्ध बी.ए. करने के बाद उसने भीष्म प्रतिज्ञा की कि वह प्रतियोगिता परीक्षाओं में सम्मिलित नहीं होगा। उसकी भीष्म प्रतिज्ञा से आहत होकर बृजमोहन श्रीवास्तव ने व्यंग्य किया—"तुम्हारी साहित्य-साधना तुम्हें मुबारक हो। मैं देखता हूँ कि तुम प्रेमचन्द और जयशंकर प्रसाद बन जाओगे।" शालीन स्वभाव का था अभिषेक लेकिन उस समय उसने जवाब देना उचित समझा। "भले ही मैं प्रेमचन्द और जयशंकर प्रसाद न बन पाऊँ, लेकिन मुझे पूर्ण विश्वास है कि साहित्य-जगत् में मुझे सम्मानजनक स्थान अवश्य मिलेगा।"

इण्टरमीडिएट में पढ़ते वक्त कविताएँ और कहानियाँ लिखने लगा था अभिषेक। पढ़ने का जबरदस्त शौक था अभिषेक को। कथा साहित्य में शरत्चन्द्र, प्रेमचन्द, यशपाल, टैगौर, भगवतीचरण वर्मा और हिमांशु जोशी उसे विशेष प्रिय थे। हिमांशु जोशी का उपन्यास 'छाया मत छूना मन' पढ़कर कई दिनों तक खोया-खोया-सा रहा था वह। उपन्यास की नायिका के चरित्र से बहुत प्रभावित हुआ था वह। कालिदास, रवीन्द्रनाथ, जयशंकर प्रसाद, तुलसीदास, जायसी, गालिब और फैज अहमद फैज की कविताएँ उसे विशेष प्रिय थीं। एम. ए. करने के बाद उसकी कविताएँ और कहानियाँ पत्र-पत्रिकाओं में प्रकाशित होने लगी थीं।

तीन साल के परिश्रम से उसका शोध-कार्य पूरा हुआ। शोध प्रबन्ध प्रस्तुत करने के दो माह बाद उसका इलाहाबाद विश्वविद्यालय में लेक्चरर के पद पर चयन हो गया था। उसकी मंजिल यहीं तक नहीं थी। वह साहित्य और समाज के लिए कुछ करना चाहता था। लेक्चरर का पद उसके लिए साधन था, साध्य नहीं। मित्रों की ओर से बधाइयाँ मिल रही थीं। उसके पिता बृजमोहन श्रीवास्तव इतनी बड़ी सफलता से भी विशेष खुश नहीं थे। प्राइमरी से लेकर विश्वविद्यालय तक के अध्यापकों को वे 'मुदर्रिस' कहा करते थे। विश्वविद्यालय में अध्यापक होना या किसी महत्त्वपूर्ण संस्थान में वैज्ञानिक होना उसके लिए बहुत महत्त्वपूर्ण नहीं था। वे चाहते थे कि उनका बेटा डिप्टी कलेक्टर या पुलिस उपाधीक्षक बनकर धनवसूली केन्द्रों से धन वसूलकर धन वर्षा करे।

वैसी मानसिकतावाले बृजमोहन श्रीवास्तव अकेले नहीं थे। पूर्वांचल की धरती ऐसी टुच्ची मानसिकतावाले वीरों से खाली नहीं थी। शोध प्रबन्ध जमा करने के बाद ही अभिषेक झूँसी में दो कमरों का फ्लैट लेकर रहने लगा था। बहुत ही हवादार फ्लैट था। इधर दो महीनो से माधवी से मुलाकात नहीं हो पायी थी उसकी। अगस्त की खुशनुमा शाम थी। अपने फ्लैट के बरामदे में बैठकर वह अध्ययनरत था। बीच-बीच में प्राकृतिक सौन्दर्य को निहार लेता था वह। फ्लैट के ठीक सामनेवाले खेत में मक्के की फसल लहलहा रही थी। यूकेलिप्टस के दोनों वृक्ष हवा के मन्द-मन्द झोंकों से झूम रहे थे। फ्लैट से सटे हुए नीम के पेड़ पर पक्षी चहचहा रहे थे। खेत के अन्तिम छोर पर स्थित नीम का पेड़ सूर्य की सुनहली किरणों से शोभायामान था। आसमान में बादलों की बहुरंगी आकृतियाँ तैर रही थीं। किसी के कदमों की आहट से उसकी समाधि भंग हुई। माधवी आ रही थी। वह नीली साड़ी में थी। लम्बा कद, गोरा रंग और बड़ी-बड़ी नीली-नीली आँखें। नीली साड़ी में उसका गोरा रंग दमक रहा था। "इलाहाबाद विश्वविद्यालय के नये और स्मार्ट गुरु जी को मेरा प्रणाम। इस सफलता के लिए मैं तुम्हें बधाई देती हूँ।" माधवी कभी-कभी चुलबुलेपन का व्यवहार करती थी। "आओ माधवी, कम-से-कम दो महीने बाद देवी जी के दर्शन तो हुए। मैं तो समझ रहा था कि माधवी मुझे भूल गयी है और उसने दूसरा मित्र तलाश कर दिया है।" अभिषेक भी मजाक करने से नहीं चूका। "तुम आराम से बैठो। थोड़ी देर में मैं आ रहा हूँ।" यह कहते हुए अभिषेक किचेन में चला गया था। सारा सामान बेतरतीब ढंग से बिखरा हुआ था। किसी तरह से अभिषेक भोजन की व्यवस्था कर रहा था। जल्दी-जल्दी चाय बनाकर दो प्याला चाय लेकर वह बरामदे में आया। चाय पीते हुए कुछ देर तक खामोश थे दोनों। "आज पी.सी.एस. की मुख्य परीक्षा का परिणाम आया है। मैंने मुख्य परीक्षा उत्तीर्ण कर ली है। समझ में नहीं आता है कि मैं इण्टरव्यू की तैयारी कैसे करूँ? सच कहती हूँ अभिषेक। प्रशासनिक सेवा में जाने की मेरी अभी भी रुचि नहीं है।" माधवी बोली थी। चाय खत्म हो चुकी थी। चाय के दोनों प्यालों को किचन में रखकर बाहर आया अभिषेक। शाम ढल रही थी। आज मंगलवार था। सहसा अभिषेक को याद आया कि आज उसे संगम स्थित बड़े हनुमान जी का दर्शन करना था। उसने माधवी से कहा—"मैं जल्दी से तैयार हो जाता हूँ। जब से झूँसीवाले फ्लैट में रहने लगा हूँ, हर मंगलवार को बड़े हनुमान जी का दर्शन नियमित रूप से करने जाता हूँ। आज तुम भी मेरे साथ चलो। तुम्हारे इण्टरव्यू के सम्बन्ध में बातें भी हो जायेंगी।" संगम क्षेत्र में पहुँचे दोनों। बहुत भीड़ थी। लेटे हुए हनुमान जी की विशाल प्रतिमा का दर्शन करने आते थे लोग। हनुमान जी का दर्शन करने के बाद दोनों सिविल लाइन्स चले आये। रेस्टोरेण्ट में बैठे थे दोनों। रेस्टोरेण्ट के अन्दर मधुर संगीत बज रहा था लेकिन रेस्टोरेण्ट के बाहर अलग-अलग टेबिलों पर बैठे हुए युवक जोर-जोर से बातें कर रहे थे। "मैं चाहती हूँ कि पी.सी.एस. में मेरा चयन न हो। पी.सी.एस. में चयन हो जाने से मैं तुमसे दूर

हो जाऊँगी। सोच रही हूँ कि अगली बार नेट की परीक्षा में भी बैठूँ।" अभिषेक के उत्तर देने से पहले ही बैरा मेनू लेकर आ गया था। अभिषेक ने मसाला डोसा और कॉफी का ऑर्डर दिया। कुछ देर बाद अभिषेक बोला था—"जीवन भावनाओं से नहीं चलता माधवी। तुम्हारे पिता जी तुम्हें प्रशासनिक अधिकारी के रूप में देखना चाहते हैं। तुम्हें उनकी भावनाओं का सम्मान करना चाहिए। तुम्हारा यह सोचना गलत है कि पी.सी.एस. बन जाने पर तुम मुझसे दूर हो जाओगी।" काफी देर तक दोनों इण्टरव्यू के सम्बन्ध में बातें करते रहे।

इण्टरव्यू के सम्बन्ध में अभिषेक के फ्लैट में अक्सर आती रहती थी माधवी। कभी-कभी अभिषेक भी माधवी के यहाँ जाकर इण्टरव्यू के सन्दर्भ मैं तैयारी करवाता। माधवी का इण्टरव्यू बहुत अच्छा था। दिल्ली विश्वविद्यालय क हिन्दी के प्रोफेसर डॉ. अभिमन्यु त्रिपाठी इण्टरव्यू में विशेषज्ञ के रूप में मौजूद थे। माधवी के जवाबों से बहुत प्रभावित थे प्रोफेसर त्रिपाठी। कुछ दिनों बाद अन्तिम परिणाम निकला। माधवी का चयन हो गया था। उसे सेलटैक्स अधिकारी का पद मिला। उसकी प्रथम पोस्टिंग लखनऊ में हुई। माधवी के दोनों भाई इलाहाबाद विश्वविद्यालय में पढ़ रहे थे। अनिमेष अंग्रेजी साहित्य से एम.ए. कर रहा था। जबकि छोटा भाई परेश बी.एस-सी. करने के बाद किसी अच्छे संस्थान से पत्रकारिता का कोर्स करना चाहता था। माधवी ने गोमती नगर में किराये का एक फ्लैट ले लिया था। अजय शेखर जी को माधवी के विवाह की चिन्ता होने लगी। उनकी नजर में अभिषेक माधवी के लिए ठीक था लेकिन उन दोनों के विवाह में जाति एक समस्या थी। अभिषेक कायस्थ था लेकिन अजय शेखर जी ब्राह्मण थे। यद्यपि अजय शेखर जी खुले विचारोंवाले थे लेकिन वे अपने पिता जयशंकर त्रिपाठी को कैसे समझाते। जटाशंकर जी कट्टर बाह्मण थे। फिर भी अजय शेखर जी ने सोच लिया था कि वे अपने पिता जी को इस विवाह के लिए राजी करवा लेंगे।

अभिषेक का कविता-संकलन 'हरसिंगार के फूल' प्रकाशित हो गया था। हरसिंगार की स्मृतियों को जीवित रखने के लिए उसने अपने संकलन का यह नाम रखा था। प्रसिद्ध समीक्षक डॉ. पलाश त्रिपाठी इस पुस्तक का विमोचन करनेवाले थे। इस संकलन की एक प्रति अभिषेक ने माधवी को समर्पित कर दिया था। जाड़े की गुनगुनी धूप थी। अपने छोटे भाई परेश के साथ अभिषेक के फ्लैट में आयी माधवी! दोपहर को हिन्दुस्तानी एकेडमी के सभागार में कविता-संकलन का विमोचन हुआ। माधवी बहुत खुश थी। माधवी को उसी दिन लखनऊ लौटना था। अभिषेक से विदा लेते वक्त माधवी बोली थी।

"मुझे पूर्ण विश्वास है कि मेरा अभिषेक साहित्य-जगत् में काफी आगे जायेगा। बड़ी इच्छा थी कि आज हम दोनों घण्टों साथ घूमते और साहित्य चर्चा करते। अत्यन्त आवश्यक काम से आज मुझे लखनऊ जाना पड़ रहा है। अगले शनिवार को मैं लखनऊ से यहाँ आऊँगी। रविवार को मैं तुम्हारे साथ बुआ के गाँव चलूँगी।" विदा के हाथ हिले

थे। अगला शनिवार कहाँ आया? नियति को कुछ और मंजूर था। अपनी कार से लखनऊ के लिए प्रस्थान कर गयी माधवी। अँधेरा हो गया था। रायबरेली से ठीक पहले उसकी कार सामने से आते हुए ट्रक से टकरा गयी। जबरदस्त टक्कर थी। ड्राइवर की तत्काल मौत हो गयी। माधवी को रायबरेली के एक नर्सिंग होम में भर्ती करवाया गया। अभिषेक को तत्काल फोन कर दिया गया। अपने मित्र स्वप्निल के साथ बारह बजे रात को रायबरेली के नर्सिंग होम में पहुँचा अभिषेक। जिन्दगी और मौत से जूझ रही थी माधवी। अभिषेक को देखकर उसके मुख पर मुस्कान तैर गयी थी। ''हरसिंगार के फूलों को भूलना मत अभिषेक...'' अस्पष्ट बोल फूटे थे। प्रातः चार बजे वह मौत से हार चुकी थी। आकाश में पीला चाँद दिखलायी दे रहा था। तारे ऊँघ रहे थे।

●

ढाई कमरोंवाला फ्लैट और जी. एन. पी.

एक महीने तक मौसम खराब रहने के बाद आज उजली-उजली धूप निकली थी। जाड़े की गुनगुनी धूप में 'आषाढ़ का एक दिन' नाटक का अध्ययन कर रहा था जी.एन.पी.। अपने मित्रों में वह जी.एन.पी. के नाम से मशहूर था। अपने जीवन के चालीस बसन्त देख चुका था वह लेकिन उसके यौवन का उल्लास क्षीण होता जा रहा था। गत रात्रि को दूरदर्शन पर उसने 'मिस्टर योगी' धारावाहिक देखा था। उसे लग रहा था उसकी स्थिति कहीं मिस्टर योगी की न हो जाये। अपने इस स्थिति के लिए वह स्वयं दोषी था। एम.ए. तक आते-आते उसे पावरवाला चश्मा पहनना पड़ा था। पी-एच.डी. की डिग्री लेते-लेते उसके सिर के आधे बाल झड़ चुके थे। वह सोच रहा था—"क्या मेरे जीवन में बसन्त नहीं आयेगा?—क्या मेरे यौवन का घट रीता-रीता रह जायेगा?" अभी दो दिन पहले मिर्जापुर शहर से एक महोदय अपनी लड़की के लिए विवाह का प्रस्ताव लेकर उसके पास आये थे। लड़की के पिता डॉ. कमला प्रसाद उपाध्याय डिग्री कॉलेज में अर्थशास्त्र के प्राध्यापक थे। लड़की पैंतीस साल की थी। मिर्जापुर शहर के एक इण्टरमीडिएट कॉलेज में संस्कृत की प्रवक्ता थी वह। लड़की का बायोडाटा और फोटो रख लिया था। जी.एन.पी. का चयन राजकीय इण्टर कॉलेज में हिन्दी के प्रवक्ता पद पर हुआ था। दो साल पहले से वह जी. आई. सी. इलाहाबाद में कार्यरत था। जी.एन.पी. मेधावी नहीं था लेकिन परिश्रमी था। इलाहाबाद विश्वविद्यालय से हिन्दी साहित्य में एम.ए. करने के बाद उसने 'जूनियर रिसर्च फेलोशिप/नेट' की परीक्षा उत्तीर्ण कर ली थी। काशी हिन्दू विश्वविद्यालय से हिन्दी से उसने डॉक्टरेट की उपाधि ली। उसका शोध कार्य प्रगतिशील हिन्दी आलोचना पर आधारित था। दो बार उसने उच्चतर शिक्षा सेवा आयोग में इण्टरव्यू दिया था लेकिन चयनकर्त्ताओं ने उसे अयोग्य समझा। जी.एन.पी. के मित्र अभिषेक अपने को हस्तरेखा विशेषज्ञ मानते थे। जी.एन.पी. अपने-आपको वामपन्थी विचारधारा का अनुयायी मानता था। लेकिन लगातार असफलता ने उसे थोड़ा-बहुत नियतिवाद बना दिया था। अभिषेक ने उसका हाथ देखने के बाद कहा था—"मित्र जी.एन.पी. तुम्हारी हस्तरेखा को देखने के बाद

यह लगता है कि तुम शिक्षा के क्षेत्र में जाओगे लेकिन उच्च शिक्षा में जाने का योग बहुत कम है।" जी.एन.पी. के चेहरे पर चिन्ता की रेखाएँ स्पष्ट दिखलायी पड़ी थीं लेकिन अपने को संयत रखते हुए जी.एन.पी. ने कहा था–"जरूरी नहीं कि तुम्हारी भविष्यवाणी सच साबित हो। अक्सर देखा जा रहा है कि डॉ. नारायण दत्त श्रीमाली जैसे राष्ट्रीय ख्याति प्राप्त भविष्यवक्ता की भविष्यवाणियाँ गलत हो जा रही हैं।" फोटो में लड़की सुन्दर दिखलायी दे रही थी। जी.एन.पी. का मन मयूर नृत्य करने लगा। मन के अन्दर कलियाँ चटखने लगीं। भावी दाम्पत्य जीवन की कल्पना में खो गये जी.एन.पी। अपने जीवन में नारी से बहुत अधिक भौगोलिक दूरी बनाये रखा था जी.एन.पी. ने। दूसरे शब्दों में यह कहा जा सकता है कि किसी नारी ने उन्हें अपने अनुकूल नहीं समझा था। जी.एन.पी. के स्वभाव के विषय में उनके सहपाठियों में मतभेद था। कुछ लोग उन्हें शरीफ मानते थे और कुछ लोगों के अनुसार वे नितान्त घोंचू किस्म के जीव थे। उनका मित्र अभिषेक सिंह उन्हें दहेज विरोधी मानता था लेकिन अभिषेक के मित्र सन्तोष द्विवेदी का मत इसके विपरीत था। जी.एन.पी. ने सन्तोष द्विवेदी से एक बार कहा था–

"यार सन्तोष! पैसा किसे काटता है? कई जरूरी काम करने हैं। घर की आर्थिक स्थिति अच्छी नहीं है। धन का कोई और स्रोत मेरे पास नहीं है। ऐसी स्थिति में शादी में ठीक-ठाक दहेज लेकर अपनी स्थिति सुधार सकता हूँ।" अभिषेक सिंह जी.एन.पी. के इस रवैये को समझ नहीं पाता था। जी.एन.पी. अभिषेक से कहा करता था–"विवाह में पैसा मेरे लिये महत्त्वपूर्ण नहीं है। मैं शालीन और पढ़ने में अच्छी लड़की को वरीयता देता हूँ।"

जी.एन.पी. ने इस लड़की से विवाह करने का मन बना लिया था। वह प्रतीक्षा कर रहा था कि लड़कीवाले उसके पास दुबारा आयें ताकि प्रक्रिया आगे बढ़ सके। जब काफी इन्तजार के बाद लड़कीवाले उसके पास दुबारा नहीं आये तो बेचैन होने लगा जी.एन.पी.। बाद में पता चला कि लड़कीवाले इसलिए नहीं आये कि उन्हें जी.एन.पी. नापसन्द थे, बल्कि उन्हें दूसरा बेहतर विकल्प मिल गया था। लड़का इलाहाबाद विश्वविद्यालय में रीडर था और दैवयोग से अभी तक अविवाहित था। विश्व सुन्दरियों का ख्वाब देखते-देखते वह बयालीस वर्ष का हो चुका था। जी.एन.पी. के स्वप्नों का महल ढह गया था। बहुत मुश्किल से उसे एक ऐसा रिश्ता मिला था जिसमें उसकी सारी आकांक्षाएँ पूरी होनेवाली थीं। लड़की सुन्दर थी, संस्कृत की प्रवक्ता थी। उपाध्याय जी ने अपने इस भावी दामाद को दो लाख रुपये नगद और एक चार पहिया वाहन देने का वादा किया था लेकिन वे अपने वादे पर खरे नहीं उतरे। जी.एन.पी. को धोखा देकर और उसकी कश्ती को मँझधार में छोड़कर चले गये थे वे।

जी.एन.पी. के परिवार की आर्थिक स्थिति अच्छी नहीं थी। पिता जी एक साधारण किसान थे। उनके पास कुल आठ बीघे जमीन थी। जी.एन.पी के ताऊ जी उनके

पिता जी की खेती में सहायता करते थे। छोटे चाचा द्वार पर स्थित पोस्ट ऑफिस में पोस्ट मास्टर थे। अपने तीनों भाइयों में सबसे बड़े थे जी.एन.पी.। दोनों भाई पढ़ने में अत्यन्त साधारण थे लेकिन जी.एन.पी. पढ़ने में ठीक था। गाँव के पास स्थित इण्टरमीडिएट कॉलेज से प्रथम श्रेणी से इण्टरमीडिएट की परीक्षा उत्तीर्ण करने के बाद जी.एन.पी. इलाहाबाद चला आया। उत्तर प्रदेश और बिहार के अन्य लोगों की भाँति इनके माता-पिता भी जी.एन.पी. को नीली बत्तीवाली गाड़ी में देखना चाहते थे। एम. ए. करने के बाद जी.एन.पी. प्रतियोगी परीक्षाओं में बैठने लगा। उसे यू.जी.सी. की फेलोशिप भी मिल रही थी। दो बार उसने पी.सी.एस का इण्टरव्यू भी दिया लेकिन उसे सफलता नहीं मिली। जब तक फेलोशिप मिलती रही, जी.एन.पी. के दिन अच्छी तरह कटते रहे। पाँच साल बाद फेलोशिप बन्द हो गयी। जी.एन.पी. के समक्ष अस्तित्व का संकट उत्पन्न हो गया। बहुत सोच-विचार करने के बाद जी.एन.पी. की समझ में यह बात आयी कि जब तक कहीं चयन नहीं होता है, तब तक क्यों न कोचिंग का धन्धा किया जाये। इलाहाबाद में कोचिंग का धन्धा जोरों से चल रहा था। गली-गली में कुकुरमुत्तों की तरह उग गये थे कोचिंग संस्थान। कोचिंगवालों के मध्य गलाकाट प्रतिस्पर्द्धा थी। अच्छे कोचिंग संस्थानों में विश्वविद्यालयों, महाविद्यालयों के प्राध्यापक पढ़ाने जाते थे जबकि छोटे कोचिंग संस्थानों में छात्रावासों के बेरोजगार छात्र पढ़ाते थे। एलेनगंज में एक किराये के कमरे में रहता था जी.एन.पी.। 'डाइरेक्टर' शब्द सुनने में ग्लैमरस लगता है। जी.एन.पी. डाइरेक्टर हो गया था। लिहाजा डाइरेक्टर पद की गरिमा और गम्भीरता बनाये रखना आवश्यक था। कोचिंग चलाने के लिए एक हॉलनुमा कमरा किराये पर लिया गया। डाइरेक्टर महोदय एक कमरे में रहते थे। यह उनकी मर्यादा के खिलाफ था। इसलिए जी.एन.पी. ने म्योराबाद में दो कमरोंवाला फ्लैट किराये पर लिया। वास्तव में उसे हम ढ़ाई कमरोंवाला फ्लैट कह सकते थे। उस फ्लैट में दो बड़े कमरे थे। एक छोटा-सा कमरा भी था जिसमें थोड़ा अँधेरा रहता था। एकमंजिला मकान था। उस मकान में कुल चार फ्लैट थे। एक फ्लैट में मकान मालिक पंकज सिंह नेगी अपनी खूबसूरत पत्नी और दो छोटे-छोटे बच्चों के साथ रहते थे। शेष तीन फ्लैटों में जी.एन.पी. सहित तीन किरायेदार रहते थे। मकान चहारदिवारियों से घिरा हुआ था। मकान के सामने अमरूद और नींबू के एक-एक पेड़ थे। जी.एन.पी. की कोचिंग ममफोर्डगंज में थी। जी.एन.पी. का धन्धा जोरो से चलने लगा। लेकिन एक समस्या बरकरार थी। कुँवारेपन के दर्द से मुक्त नहीं हो रहे थे जी.एन.पी.। मित्र-मण्डली में जब कोई रुचिकर प्रसंग उठता था तो लोग अट्टहास करते थे। तब ऊपर-ऊपर से गम्भीर बने रहते थे जी.एन.पी. लेकिन उनके मन में लड्डू फूटा करते थे। तन पुलकित हो जाता था। अपने शरीर के नैसर्गिक धर्म के साथ अत्याचार करके कोचिंग साधना में तल्लीन थे जी.एन.पी.। साहित्य से नाममात्र का लगाव था जी.एन.पी. को। उसके पास सिर्फ पाठ्क्रम से सम्बन्धित पुस्तकें और सन्दर्भ ग्रन्थ थे। जी.एन.पी. कोचिंग के

प्रति इतने समर्पित थे कि रविवार को भी प्रतियोगी छात्रों को पढ़ाते थे। सन्तोष द्विवेदी ने एक बार व्यंग्य करते हुए जी.एन.पी. से कहा था—"कोचिंग के लिए इतना मरकर क्या हासिल कर पाओगे मित्र? कुछ समय अपने लिये भी तो रखो। तुम्हारी यह स्थिति देखकर यह लगता है कि तुम होली और दीवाली के दिन भी कोचिंग पढ़ाओगे।" कुटिल मुस्कान तैर गयी जी.एन.पी. के चेहरे पर। इस प्रश्न का कोई जवाब नहीं था जी.एन.पी. के पास।

कोचिंग खोलने से पहले जी.एन.पी. ने उसका खूब प्रचार किया था। जी.एन.पी. के कई मित्र छात्रावासों में रहते थे। इसलिए छात्रावासों के कई लड़के जी.एन.पी. के कोचिंग में पढ़ने के लिए तैयार हो गये। कुल चालीस लड़के थे। इसलिए जी.एन.पी. ने बीस-बीस छात्रों के दो बैच तैयार किया। चालीस बच्चों में दस लड़कियाँ भी थीं। सुबह आठ से दस बजे तक और शाम छह बजे से आठ बजे तक जी.एन.पी. अपनी कोचिंग में पढ़ाता था। जी.एन.पी. की कोचिंग चलवाने में अभिलाष त्रिपाठी, जितेन्द्र सिंह, राजीव सचान और राकेश यादव का बहुत योगदान था। ये चारों जी.एन.पी. से जूनियर थे और इलाहाबाद के अधिकांश छात्रों की तरह प्रतियोगी परीक्षाओं की तैयारी कर रहे थे। चारों की जी.एन.पी. से अपेक्षाएँ भी थीं। मशीन की तरह हो गयी थी जी.एन.पी. की जिन्दगी। कभी-कभी अकेलेपन से ऊब जाते थे जी.एन.पी.। अकेलापन काटने को दौड़ता था उन्हें। आखिर हाड़-मांस से बने इन्सान ही तो थे जी.एन.पी.। संकोची होने के कारण अपना दर्द किससे कहते वे?

इधर कुछ दिनों से अपने कपड़ों पर विशेष ध्यान देने लगे थे जी.एन.पी.। प्रत्येक दिन कोचिंग में अलग ड्रेस पहनकर जाता था वह। समयाभाव के कारण कभी-कभी भोजन की समस्या उत्पन्न हो जाती थी। जी.एन.पी. को एक दाई की जरूरत थी। उन्होंने अपनी समस्या राकेश यादव से कही। राकेश यादव ने ममफोर्डगंज से एक दाई की व्यवस्था कर दी। शाम को राकेश यादव के साथ आयी वह। उसका नाम मनोरमा था। जी.एन.पी. उसे घूरकर देख रहा था—"श्याम तन, भर बँधा यौवन।" कुछ देर तक उसे दिशा निर्देश देता रहा जी.एन.पी.। लौट गयी वह। अगले दिन से उसे काम पर आना था। रात को जी.एन.पी. की आँखों में नींद नहीं थी। अभी तक ब्रह्मचर्य व्रत का दृढ़ता से पालन किया था जी.एन.पी. ने। उसके और किसी स्त्री के बीच की भौगोलिक दूरी बहुत अधिक थी। बहुत देर तक करवटें बदलने के बाद भी उसे नींद नहीं आयी। नींद न आने के कारण छत पर टहलने चला आया वह। शरद् पूर्णिमा की रात थी। चाँद पूरे यौवन पर था। अपनी जिन्दगी को मन-ही-मन कोस रहा था जी.एन.पी.। अब तक क्या पाया इस जीवन में? न खुदा मिला न विसाले सनम। मुझसे अच्छा जीवन तो उन लड़कों का है जिन्हें हम आवारा और लोफर समझते थे। उन लोगों ने जिन्दगी का भरपूर आनन्द लिया। यौवन के स्वर्णिम क्षणों का सदुपयोग किया ऐसे लड़कों ने।

आज वे सब भौतिक रूप से सुखी भी हैं। अपने बारे में क्या कहूँ? "रेत ज्यों तन रह गया है।" विचारों का क्रम चलता रहा। कब उसे नींद आयी, पता ही नहीं चला। वह दूसरे लोक की सैर कर रहा था। मायामय संसार दिखलायी पड़ रहा था उसे। अगले दिन रविवार था। दाई प्रतिदिन ग्यारह बजे काम पर आती थी लेकिन आज वह एक घण्टे विलम्ब से पहुँची। जी.एन.पी. को आज नहीं पढ़ाना था। काफी सजकर आयी थी मनोरमा। खरीदारी का अनुभव नहीं था जी.एन.पी. को, लेकिन गृहस्थी के सामान को कौन खरीदता? जी.एन.पी. ने मनोरमा से पूछा—"मैंने एक कड़ाही और एक करछुल खरीदा है। देखो, वह ठीक है। न?" "आप खरीदे हैं तो ठीक ही होगा बाबू जी। आपसे एक बात पूछनी है बाबू जी। क्या अकेलपन से ऊबते नहीं आप? हमें काम सही समय पर करना चाहिए। जवानी ढल जाने पर विवाह करने पर पछतावा होता है।" कुटिल मुस्कान तैयार गयी मनोरमा के मुख पर। "तुम अपने काम से मतलब रखो।" मनोरमा की बात अच्छी नहीं लगी थी जी.एन.पी. की। अपना काम करके चली गयी मनोरमा। चिन्तनमग्न हो गया जी.एन.पी.। "क्या गलत कहा था उसने? हर चीज का एक समय होता है। ठीक समय पर खाद और पानी न देने पर क्या फसल वैरो ही लहलहाती है? अपनी इस स्थिति के लिए मैं ही तो जिम्मेदार हूँ। किसने कहा था कि विश्व सुन्दरी को तलाशो। इसके साथ ही वह विश्व सुन्दरी विदुषी भी हो तथा धनपशु की बेटी भी हो। सब-कुछ कहाँ मिलता है हमें?" फरवरी का प्रथम सप्ताह चल रहा था। मकान की छत पर बैठा हुआ था। जाड़े की उजली-उजली धूप में नहाया हुआ चर्च बहुत सुन्दर लग रहा था। हवा में हलकी-सी सिहरन थी। आस-पास की छतों पर बच्चे पतंग उड़ा रहे थे। नीम के पेड़ की शाखों में एक पतंग फँसी हुई थी। छोटे-छोटे बच्चों को देखकर अपने सुखमय दाम्पत्य जीवन की कल्पना में खो गये जी.एन.पी.। बहुत देर तक वैसे ही बैठे रहे। समय का पता ही नहीं चला। बी.ए. करते वक्त ही जी.एन.पी. की शादी के लिए लड़कीवाले आने लगे थे। लेकिन जी.एन.पी. के पिता लड़कीवालों को ठीक-ठाक उत्तर नहीं दे पाते थे। इधर जी.एन.पी. की माँ सरस्वती देवी अपने बेटे का ब्याह देखने के लिए व्याकुल रहती थीं। उन्हें साँस की बीमारी थी। उनका शरीर भी कमजोर था। जी.एन.पी. के पुकार का नाम बबलू था। सरस्वती देवी अपने पति से बोली थीं—"बबलू की शादी जल्दी कर दीजिये। मेरा कोई ठिकाना नहीं है। मरने से पहले कम-से-कम बहू और पोते-पोतियों को देखना चाहती हूँ।" जी.एन.पी. उस समय बी.ए. द्वितीय वर्ष का विद्यार्थी था। आनन-फानन में जी.एन.पी. की शादी तय कर दी गयी। मई के प्रथम सप्ताह में उसकी परीक्षा खत्म हो गयी। जून के प्रथम सप्ताह में जी.एन.पी. की शादी थी। लड़की पास के गाँव की थी। अन्तर्द्वन्द्व में जी रहा था जी.एन.पी.। एक ओर बूढ़ी माँ का खयाल आता था तो दूसरी ओर अपने अनिश्चित भविष्य को देख रहा था वह। बहुत बड़े धर्मसंकट में था वह। बड़ी धूमधाम से बारात गयी। उस दिन बहुत बेचैन था जी.एन.पी.। बारात शाम को सात बजे गाँव में पहुँची।

गाँव के प्राथमिक विद्यालय में रुकी थी बारात। एकाएक दुस्साहस का परिचय दिया जी.एन.पी. ने। ताऊ राममोहन पाठक जी.एन.पी. को बहुत मानते थे, "चाचा, मैं यह शादी नहीं कर पाऊँगा। मेरा दम घुट रहा है।" जी.एन.पी. बोला था। अवाक् रह गये चाचा जी। "अब क्या किया जा सकता है बबलू? तुम्हें यह पहले बतलाना चाहिए था।" लेकिन जी.एन.पी. अपनी बात पर अड़ा रहा। बात जी.एन.पी. के पिता श्याममोहन पाठक तक पहुँची। वे अपने बेटे की इस हरकत पर बहुत नाराज हुए। बारात लौट नहीं सकती थी। इसलिए इस विकट समस्या का समाधान जरूरी था। जी.एन.पी. का चचेरा भाई रामप्रवेश उनसे केवल सात महीने छोटा था। लड़कीवालों से सलाह-मशविरा करके रामप्रवेश को दूल्हा बनाया गया। इस घटना के बाद लगभग दो साल तक श्याममोहन पाठक अपने बेटे से नहीं बोले थे।

इण्टरमीडिएट कॉलेज में प्रवक्ता बनने के बाद जी.एन.पी. के जीवन में स्थिरता आनी चाहिए थी लेकिन ऐसा हो न सका। अन्तर सिर्फ इतना आया कि जहाँ जी.एन.पी. सुबह और शाम कोचिंग में पढ़ाते थे और दोपहर को विश्वविद्यालय में अतिथि प्रवक्ता के रूप में पढ़ाने जाते थे, अब सिर्फ शाम को अपनी कोचिंग में पढ़ाने लगे। इधर जी.एन.पी. के व्यक्तित्व में एक बदलाव आ गया था कि अब वह शाम को टहलने लगा। कभी-कभी वह अपने मित्र अभिषेक सिंह के साथ कटरा मार्केट में घूमता था। चाय की दुकान पर चाय पीते हुए वह सोलह साल की कन्याओं से लेकर पैंतालीस साल तक की महिलाओं को घूरता था। उसके व्यक्तित्व में नया बदलाव यह आया था कि अब वह सिविल लाइन्स क्षेत्र में घूमने लगा था। देर तक रंग-बिरंगी हसीन बालाओं और महिलाओं के सौन्दर्य को निहारने के बाद वह आठ बजे के बाद फ्लैट में लौटता था। फ्लैट की चाभी छोड़कर जाता था वह। शाम सात बजे के आस-पास मनोरमा आती थी। खाना तैयार करके वह अपने घर लौट जाती थी। सिविल लाइन्स की परिक्रमा करके लौटता था जी.एन.पी.। कमरे की सूनी दीवारें और नल से टपकती हुई पानी की बूँदें उसका स्वागत करतीं। तीनों फ्लैटों में जिन्दगी की धड़कन सुनायी पड़ती, बच्चों की किलकारियाँ गूँजतीं लेकिन जी.एन.पी. के ढाई कमरोंवाले फ्लैट में श्मशानी शान्ति छायी रहती। शरीर का नैसर्गिक धर्म उसे व्याकुल कर देता था लेकिन वह विवश था। मध्यवर्गीय संस्कारों से बँधा होने के कारण वह दूसरे विकल्पों की तलाश नहीं कर पा रहा था। उसकी दमित इच्छाएँ सपनों की दुनिया में पूरी होती थीं। किसी नवयौवना के बाहुपाश में लिपटा होता वह। किसी के साथ रेस्टोरेण्ट में बैठकर कॉफी पी रहा होता, किसी नवयुवती के साथ सिनेमाहॉल में शाकाहारी या मांसाहारी फिल्म देख रहा होता, कभी वह पंकज सिंह नेगी की अत्यन्त खूबसूरत बीबी पंकजा से आलिंगनबद्ध होता और कभी अपनी शिष्या के साथ चाँदनीरात में नौका विहार कर रहा होता। नींद टूटने पर उसे बहुत बुरा लगता था। हसीन और रंगीन दुनिया आँखों से ओझल हो जाती थी और सपनों का कारवाँ गुजर जाने के बाद गुबार भी नहीं देख पाता था वह।

प्रवक्ता बनने के ठीक बाद एक रिश्ता आया था उसके लिए। लड़की बनारस की रहनेवाली थी और इण्टरमीडिएट कॉलेज में अंग्रेजी की प्रवक्ता थी। उसके नैन नक्श अच्छे थे। उसके पिता जी मिर्जापुर में आबकारी निरीक्षक के पद पर कार्यरत थे। उनकी तीन लड़कियों में यह दूसरे नम्बर पर थी। पहली लड़की की शादी में त्रिपाठी जी ने दो लाख रुपये नकद और एक कार दी थी। धनवसूली केन्द्र में रहने के कारण त्रिपाठी जी मालामाल थे। जी.एन.पी. का मनमयूर नृत्य करने लगा। भावी पत्नी की कल्पना में खो गया वह। उसके पास कई रिश्ते आये थे इसलिए उसके पास लड़कियों की तस्वीर की कमी नहीं थी। सुबह उठने के बाद वह लड़कियों की फोटो टेबिल पर रख देता था और टेबिल लैम्प जला देता था। लैम्प की रोशनी में तस्वीरों को बड़ी बारीकी से देखता था वह। भ्रमित हो जाने पर वह अपने मित्रों की सलाह लेता था। उसके मित्रों का यह मत था कि यह लड़की सबसे सुन्दर है। लड़की का नाम था—स्वप्नप्रिया। अभिषेक ने टिप्पणी की थी—"कितना कोमल और भावपूर्ण नाम है यह। स्वप्नप्रिया का अर्थ है—जो सपने में अच्छी लगे। स्वप्न में तो लड़कियाँ प्रिय लगती थीं। वे सब स्वप्न की प्रियाएँ थीं, यह यथार्थ जगत् की स्वप्नप्रिया है।" कुटिल मुस्कान तैर गयी जी.एन.पी. के चेहरे पर। स्वप्नप्रिया में रुचि लेने लगा था जी.एन.पी.। स्वप्नप्रिया से गोदौलिया के एक रेस्टोरेण्ट में मिला था वह। स्वप्नप्रिया के परिवारवालों को इसकी भनक लग गयी। वे लोग आश्वस्त हो चुके थे कि लड़का अपनी मुट्ठी में है। त्रिपाठी अपने भावी समधी से न मिलकर भावी दामाद से मिल रहे थे। लेकिन जी.एन.पी. उतना सीधा नहीं था, जितना वह दिखायी देता था। लड़कीवाले चाहते थे कि यह शादी सस्ते में निपट जाय लेकिन जी.एन.पी. के पिता श्याममोहन पाठक उन लोगों में थे जो पैसे को दाँत से पकड़ते थे। जी.एन.पी. भी पूर्वांचल के उन अधिकांश लड़कों की तरह था जो ऊपर से तो सिद्धान्तों की बात करते थे लेकिन जब दहेज की बात आती थी तो आदर्श बेटे बन जाते थे। स्वप्नप्रिया का अध्याय यहीं समाप्त हो गया था।

बहुत-से रिश्ते आते रहे लेकिन बात नहीं बन पाती थी। किसी-न-किसी बिन्दु पर बात अटक जाती थी। जी.एन.पी. की बूढ़ी माँ बबलू की शादी का अरमान लिये हुए स्वर्ग सिधार गयीं। श्याममोहन पाठक जी.एन.पी. के प्रति उदासीन रहने लगे थे। जी. एन.पी. के जीवन में कोई फर्क नहीं आया। जिन्दगी वैसे ही चलती रही। आज वह बयालीस वर्ष का हो चुका है। लेकिन ऐसा लगता है कि उसकी जन्मकुण्डली में विवाह का योग नहीं है या हम यूँ कह सकते हैं कि उसने आजीवन ब्रह्मचर्य व्रत पालन करने की भीष्म प्रतिज्ञा कर ली है। क्या ढाई कमरोंवाले फ्लैट का भाग्योदय नहीं होगा? कब सुनायी पड़ेगी इसमें चूड़ियों की खनक और पायल की झनकार, कब गूँजेगी बच्चों की किलकारी?

●

तक्षशिला के लौह कपाट

"भावुक होना कमजोरी है। भावुकता के अतिरेक में इन्सान जिन्दगी की दौड़ में पिछड़ जाता है, जीती हुई लड़ाई हार जाता है। अतिशय भावुकता के कारण वह छोटी-मोटी असफलताओं से विचलित हो जाता है। भावुकता मनुष्य की प्रगति में बाधक बन जाती है। दुनिया की नजर में मैं एक सफल व्यक्ति हूँ। लेकिन क्या यह सच है? अपनी सफलता की कीमत चुकानी पड़ी है मुझे।

हिन्द सहासागर की उत्ताल तरंगें, शमारेल की सतरंगी धरती और लांग माउण्टेन की पर्वतमालाएँ सम्मोहित करती हैं मुझे लेकिन एकान्त क्षणों में एक उदासी छा जाती है मुझ पर। जाड़े की गुनगुनी धूप में सिविल लाइन्स में टहलना, रेस्टोरेण्ट में बैठकर संगीत की स्वर लहरियों में खोये रहना, छात्रावास के प्रवेश-द्वार पर स्थित इमली के पेड़ पर सुबह की धूप का इठलाना, सरस्वती घाट पर स्थित सिमेण्टेड छतरी के नीचे बैठकर यमुना की लहरों को एकटक देखना—स्मृतियों के संसार में रच-बस गया है सब-कुछ।"

अपनी डायरी के इस अंश को पढ़कर उदास हो गया अजीत। आज फिर अपने देश की बहुत याद आयी उसे। महसूस कर रहा था वह भारत की मिट्टी की सोधी गन्ध। दो साल से मॉरिशस विश्वविद्यालय में लेक्चरर है फिर भी सन्तुष्ट नहीं है। भारत के विश्वविद्यालयों में स्थापित होने का कितना प्रयास किया था उसने लेकिन असफलता हाथ लगी थी उसे। भारत के विश्वविद्यालयों में व्याप्त भ्रष्टाचार के मकड़जाल के सामने टिक नहीं पाया था वह। उसे अपना पहला इण्टरव्यू याद आ रहा था। राजस्थान लोक सेवा आयोग में इण्टरव्यू देने गया था वह। दो दिन बाद उसे मॉरिशस पहुँचना था। बम्बई से फ्लाइट थी। साक्षात्कार में सम्मिलित होना नहीं चाहता था वह। लेकिन दोस्तों के दबाव में वह अजमेर पहुँच गया था। चयन समिति के सदस्यों को यहाँ तक नहीं मालूम था कि अभिमन्यु अनत लेखक का नाम या पुस्तक का। उसे लगा था कि उसकी

पीढ़ी के बहुत-से छात्र रीडरों और प्रोफेसरों से योग्य थे। अपने मित्रों और परिचितों से अक्सर वह कहा करता था कि–"भारत जैसे देश में मात्र पद के आधार पर किसी की योग्यता का मूल्यांकन नहीं किया जा सकता। यह महज संयोग है कि कौन कहाँ है?" उसके पिता जी उसके विचार से सहमत नहीं थे। उनकी नजर में उनका बेटा जमाने के हिसाब से मूर्ख और अव्यावहारिक था। फिलहाल इण्टरव्यू देने के बाद वह बम्बई चला गया था। लांग माउण्टेन स्थित 'हिन्दी प्रचारिणी सभा' द्वारा आयोजित अन्तरराष्ट्रीय संगोष्ठी में आमन्त्रित था वह। एक माह के मॉरिशस-प्रवास के बाद वह भारत लौटा था। अब उसके पास 'फॉरेन रिटर्न' का तमगा था लेकिन दो इण्टरव्यू देने के बाद उसे लगा था कि विश्वविद्यालय में चयन के लिए यह पर्याप्त योग्यता नहीं थी। वह देख सकता था कि लोग कहाँ से पहुँचे जा रहे थे। प्रोफेसर की पुत्र-पुत्रियाँ उच्च संस्थानों में स्थापित होती जा रही थीं। कुछ स्वप्न सुन्दरियाँ भी उससे आगे निकल चुकी थीं और वह वहीं-का-वहीं रह गया था–आत्मकेन्द्रित, हताश और टूटा हुआ। निराशा का गहन अन्धकार था। उस अन्धकार में आशा की एक किरण के रूप में थी नीलम। नीलम के साथ वह कम्पनीबाग में बैठा हुआ था। हवा में शीतलता का स्पर्श था। आज पुस्तकालय बन्द था। पुस्तकालय के ऊपर कबूतर उड़-उड़कर बैठ रहे थे। सूरज वृक्षों की शाखा में छिप रहा था। पूरे वातावरण में मौन संगीत का जादू था। नीलम के बोलने पर खामोशी टूटी हुई थी। "तुम्हारी खामोशी से कभी-कभी भय लगता है अजीत। तुम संघर्षशील व्यक्ति हो। तुम्हारे व्यक्तित्व से प्रेरणा मिलती है मुझे। जब तुम विचलित हो जाओगे तो मेरा क्या होगा। तुम बार-बार 'सोये हुए पलाशवन दहकेंगे' नामक काव्यकृति का जिक्र करते हो। तुमने एक बार मुझसे कहा था कि अव्यवस्था और अन्याय के भयानक दौर में संघर्ष की मशाल बुझने नहीं देना चाहिए।"

नीलम के शब्दों से राहत मिली थी उसे। "ऐसा न कहो नीलम! संघर्ष की मशाल को बुझने नही दूँगा मैं। लेकिन कभी-कभी मेरा मन आहत हो जाता है। मानवीय दुर्बलताएँ मेरे अन्दर भी हैं। योग्य होने पर भी उपेक्षित होना अत्यन्त कष्टप्रद है इससे भी अधिक कष्ट की बात यह है कि अपने जीवन के स्वर्णिम क्षणों को रोजगार की तलाश में व्यय करना पड़ रहा है हमें। आस-पास की हलचलों और जिन्दगी की विसंगतियों से उद्वेलित हो जाता हूँ मैं। इसके बावज़ूद मैं तुम्हें यह विश्वास दिलाता हूँ कि परिस्थितियाँ कितनी ही भयावह क्यों न हों लेकिन मैं संघर्ष करने से पीछे नहीं हटूँगा।"

साँझ की लालिमा मिट चुकी थी। अँधेरा गहराने लगा था। कुछ देर बाद अजीत और नीलम सिविल लाइन्स में घूम रहे थे। आभिजात्य संस्कृति का केन्द्र सिविल लाइन्स अपने वैभव के मद में डूबा हुआ था। एक जमाना था जब सामान्य लोगों का यहाँ पर प्रवेश निषिद्ध था। आजादी के बाद धीरे-धीरे इसका स्वरूप जनतान्त्रिक होता गया। वैसे ज्यादा जनतान्त्रिक होने पर सिविल लाइन्स के सौन्दर्य पर आँच आ सकती

थी। सिविल लाइन्स के दोनों ओर स्थित नीम और इमली के पेड़ कृत्रिम सौन्दर्य के बीच प्राकृतिक सौन्दर्य की उपस्थिति का सुखद अहसास करा रहे थे। दोनों एक रेस्टोरेण्ट के पास पहुँचे। लैम्प पोस्ट का प्रकाश नीम की पत्तियों से छनकर नीचे आ रहा था। युवाओं का समूह यौवन के आवेग में बहा जा रहा था। अजीत और नीलम रेस्टोरेण्ट के अन्दर बैठे। मद्धिम-मद्धिम संगीत गूँज रहा था। तबले की धमक के साथ सितार के सुरों की रिमझिम-रिमझिम बारिश में दोनों भीग रहे थे। "मुझे कभी-कभी लगता है कि लक्ष्य मुझसे दूर होता जा रहा है। यदि इसी तरह योग्यता को नजरअन्दाज किया जाता रहा तो कितनी भयावह स्थिति होगी। आदर्श सिर्फ किताबों में जिन्दा है। जिन्दगी का सच कुछ और है। विश्वविद्यालय में लेक्चरर बनने के लिए प्रोफेसर का पुत्र या दामाद होना विशेष योग्यता है।" कॉफी की चुस्की लेते हुए बोला था अजीत। मन्द-मन्द मुस्कान तैर गयी नीलम के चेहरे पर। कम-से-कम इस समय तो अपने फ्रस्ट्रेशन से मुक्त रहो। जिन्दगी के खुशनुमा क्षणों को अपने तनाव से बोझिल मत बनाओ। जिन्दगी बहुत बड़ी है। फैज अहमद फैज का एक शेर याद आ रहा है–

"माना कि यह सुनसान घड़ी सख्त घड़ी है,
हिम्मत करो जीने की अभी उम्र पड़ी है।"

रेस्टोरेण्ट में हँसी का ठहाका गूँज रहा था। लगभग दो घण्टे तक दोनों रेस्टोरेण्ट में बैठे रहे। रेस्टोरेण्ट के बाहरवाली कुर्सियों पर बैठै हुए अधिकांश लोग जा चुके थे। नीलम को रिक्शे पर बैठाने के बाद छात्रावास लौट गया अजीत।

अतीत का पुनरावलोकन कर रहा था अजीत। उस समय वह बी. ए. अन्तिम वर्ष का छात्र था। अपने मित्र अभिषेक के साथ शृंगवेरपुर के युवा महोत्सव में सम्मिलित हुआ था वह। संस्कृत पाठशाला में रुके थे सारे प्रतिभागी। पाठशाला के दोनों ओर आम के बाग थे। थोड़ी ही दूर पर गंगा का किनारा था। युवा महोत्सव तीन दिन तक चला। कार्यक्रम का अन्तिम दिन अविस्मरणीय था अजीत के लिए। मेघयुक्त आकाश में चाँद अपने पूरे यौवन पर था। दुग्ध धवल गंगा की धारा दिखलायी पड़ रही थी। अजीत के काव्य-पाठ करते वक्त श्रोता खामोश थे। उसके काव्य-पाठ से सभी प्रभावित थे। उसे नहीं मालूम था कि श्रोताओं की भीड़ में उसका एक जबरदस्त प्रशंसक मौजूद था। अगले दिन सुबह कार्यक्रम कीं समीक्षा हो रही थी। पटियाला विश्वविद्यालय की छात्रा नीलम शर्मा सकुचाते हुए उसके पास आयी और उससे बोली–"आपके अन्दर गजब की प्रतिभा है अजीत जी। यद्यपि आपसे मेरा कोई परिचय नहीं फिर भी मैं आपसे अनुरोध करती हूँ कि भौतिक सुख-सुविधाओं के जाल में फँसकर साहित्य-साधना से विचलित मत हो जाइयेगा।"

उस समय कुछ बोल नहीं पाया था अजीत। विदा के क्षणों में नीलम शर्मा की आँखों में आँसू थे। दोनों ने एक-दूसरे का पता नोट किया। एकाध साल तक दोनों में पत्र-व्यवहार चला लेकिन एकाएक वह शृंखला टूट गयी। आज वर्षों बाद नीलम शर्मा

की याद आयी थी उसे। क्या रिश्ता था नीलम शर्मा से उसका? जिन्दगी के एक मोड़ पर वह उससे मिली थी और गुमनामी के अँधेरे में खो गयी थी लेकिन एक खुशगवार हवा का झोंका थी वह। जिन्दगी के लम्बे सफर में बहुत-से साथी मिलते हैं और बहुत-से बिछड़ जाते हैं लेकिन उनकी याद में रो-रोकर जीवन में ठहराव नहीं लाया जा सकता, जीवन चक्र अन्ततः चलता रहता है। उसने मन-ही-मन कहा—"दिल को बहलाने का गालिब ये ख्याल अच्छा है।"

अपने मित्रों और शुभेच्छुओं से वह अक्सर कहा करता था—"लेक्चरर बनना मेरे लिये साधन है, साध्य नहीं, साध्य तो साहित्य-साधना है।" साधन और साध्य के इस द्वन्द्व से मुक्त नहीं हो पा रहा था वह। उसकी नजर तक्षशिला विश्वविद्यालय पर थी। तक्षशिला विश्वविद्यालय पुरातनपन्थियों का जबरदस्त गढ़ था। अजीत को यह बात मालूम थी कि तक्षशिला विश्वविधिालय के गढ़ को तोड़ना आसान नहीं है। एक उदाहरण उसके सामने मौजूद था। अजीत के पिता की ममेरी बहन की शिक्षा-दीक्षा तक्षशिला विश्वविद्यालय से हुई थी। उनका नाम था डॉ. अनामिका। अनामिका जी ने आचार्य त्रैलोक्यनाथ के निर्देशन में शोधकार्य किया था। अत्यन्त होनहार छात्रा थीं अनामिका। इण्टरमीडिएट करने के बाद उनका इन्जीनियरिंग परीक्षा में चयन हो गया था लेकिन उन्होंने अपने लिये दूसरा रास्ता चुना था। ज्ञान के महासागर में डूबना चाहती थीं वह। उन्हें पूरा विश्वास था कि उनका चयन तक्षशिला विश्वविद्यालय में हो जायेगा। चार पदों के लिए साक्षात्कार हुआ था। आचार्य त्रैलोक्यनाथ के सुयोग्य पुत्र बजरंग बहादुर भी इस पद के दावेदार थे। आचार्य त्रैलोक्यनाथ जोड़-तोड़ में सिद्धहस्त थे। पदों के लिए बन्दरबाँट शुरू हो गयी थी। आचार्य त्रैलोक्यनाथ जी डॉ. अनामिका की शालीनता और सादगी से कुढ़ते रहते थे। लेकिन अपनी इस कुढ़ को वे अपनी शिष्या से कैसे कहें? इधर डॉ. बजरंग बहादुर का अगाध पाण्डित्य प्रशंसनीय था। 'तार सत्पक' के कवियों का नाम उन्हें नहीं मालूम था। वे डॉ. शिवप्रसाद सिंह और शिवमंगल सिंह सुमन को एक समझते थे। विष्णु प्रभाकर, कन्हैयालाल मिश्र 'प्रभाकर' और प्रभाकर माचवे में भेद न कर पाना उनके बायें हाथ का खेल था। इस प्रकार अद्वैतवादी चिन्तन में उनकी अखण्ड आस्था थी। दूसरा पद कुलपति प्रोफेसर रमेश दीक्षित के दामाद डॉ. दामोदर दीक्षित को सुपुर्द किया गया। तीसरा पद स्थानीय सांसद के भतीजे डॉ. रामेन्द्र सिंह को प्रदान किया गया। सांसद महोदय के एहसान के कर्ज को चुका दिया था। चौथा पद कुलसचिव की पुत्रवधू को मिला। प्रोफेसर रमेश दीक्षित का परिवार प्रेम प्रशंसनीय था। उनके परिवार के कई सदस्य विश्वविद्यालय के विभिन्न विभागों में स्थापित थे और अपने अखण्ड ज्ञान से अज्ञान के अन्धकार को दूर कर रहे थे। कुलपति जी की कृपा से उनके परिवार के सदस्य विश्वविद्यालय रूपी चरागाह को ईमानदारी से चर रहे थे और इधर डॉ. अनामिका का संकल्प डिग गया था। उनका जन्म मध्यमवर्गीय परिवार से सम्बद्ध किसान परिवार में हुआ। उनके पति ने एम.एस-सी.

किया था लेकिन पैतृक सम्पत्ति की देखभाल के लिए उन्होंने सरकारी नौकरी के लिए प्रयास नहीं किया। कुछ साल बाद डॉ. अनामिका कस्बे के एक डिग्री कॉलेज में लेक्चरर हो गयीं लेकिन वे इससे सन्तुष्ट नहीं थीं। डॉ. अनामिका रिश्ते में उसकी बुआ थीं। वह अक्सर उनसे मिलने जाया करता था। डॉ. अनामिका उसको अक्सर समझाया करती थीं—"तुम होनहार छात्र हो, अत्यन्त परिश्रमी हो। केवल प्रोफेसरों के चक्कर में मत पड़ो। लेक्चररशिप को विकल्प के रूप में रखो। आई.ए.एस. और पी.सी.एस. की परीक्षाओं के लिए समर्पित हो जाओ। तुम्हें सफलता अवश्य मिलेगी।"

लेकिन ऐसा हुआ कहाँ? उसे तो विश्वविद्यालय में प्राध्यापक बनने की धुन सवार थी। उसके पिता क्रोध में कहा करते थे—"मेरे बेटे पर तो मुदर्रिसी का भूत सवार है। कभी-कभी अजीत को लगता था कि सपना देखना गलत है। सपने सच नहीं होते। कल्पना की दुनिया का यथार्थ की दुनिया से बहुत बड़ा विरोध है। धारा के खिलाफ चलना बहुत कठिन होता है। सभी लोग ग्लैमर की तरफ भाग रहे हैं। कोई मूल्य नहीं रहा। उपभोक्तावाद की आँधी मे उसने ज्ञान की साधना करने का दृढ़ संकल्प लिया था। कितना कठिन है यह कार्य। उसके शोध निर्देशक प्रोफेसर शशिकान्त श्रीवास्तव उसकी साहित्यिक प्रतिभा के प्रशंसक थे। धीर-गम्भीर व्यक्तित्व था उनका। मन्द-मन्द मुस्कान से युक्त अपनी बातचीत मैं वे चुटीले व्यंग्य भी करते थे। वे उसे निरन्तर प्रेरित भी करते रहते थे। लेकिन जमाने के हिसाब से वे बिलकुल सीधे थे। जोड़-तोड़ और तिकड़म में माहिर न होने के कारण वे अपने शिष्यों को विश्वविद्यालयों में एडजस्ट नहीं करा पाये थे। विभागाध्यक्ष प्रोफेसर हरिनाथ द्विवेदी की स्थिति इससे बिलकुल अलग थी। इनका अतीत अत्यन्त उज्ज्वल था। इण्टरमीडिएट की परीक्षा में ये दो बार फेल हुए थे। बी.ए. की परीक्षा इन्होंने द्वितीय श्रेणी में उत्तीर्ण की थी। हरिनाथ जी की दास्य भाव की भक्ति प्रसिद्ध थी। तत्कालीन विभागाध्यक्ष प्रोफेसर जगन्नाथ त्रिपाठी की कृपा से ये हिन्दी विभाग में ही क्लर्क बन गये थे। अपने गुरु का हर काम बड़ी निष्ठा से करते थे हरिनाथ। सब्जी लाना, गेहूँ पिसवाना तथा ट्रेनों में आरक्षण करवाना—ये सभी काम शौक से करते थे हरिनाथ। साथ-ही-साथ एम.ए. भी कर रहे थे। एम.ए. की परीक्षा में एकाएक चमत्कार हुआ। एम.ए. की परीक्षा में इन्होंने टॉप किया। विभाग में चर्चा यह थी कि टॉप करने के पीछे इनकी प्रतिभा का नहीं अपितु एक बोरा बासमती चावल का कमाल था। अजीत के शुभचिन्तक शैलेन्द्रनाथ ने प्रोफेसर हरिनाथ के निर्देशन में पी-एच.डी. की उपाधि प्राप्त की थी। आचार्य जी ने अपने इस होनहार शिष्य को प्रतियोगी परीक्षाओं में बैठने नहीं दिया था। सात साल में उनका शोध कार्य पूरा हुआ। विवाह बहुत पहले हो गया था।

तीन लड़कियों का बोझ और ऊपर से बेरोजगारी की पीड़ा। घर की माली हालत से तंग आकर इनके एक छोटे भाई ने कुछ साल पहले आत्महत्या कर ली थी। शैलेन्द्रनाथ की दयनीय स्थिति को देखकर अजीत को दुख भी होता था और क्रोध भी

आता था। ग्रीष्म की चिलचिलाती धूप में शैलेन्द्रनाथ अपनी जर्जर साइकिल पर बैठकर अपने गुरु के लिए कभी पान लेने जाते और कभी दही। उनकी विनम्रता दैन्यभाव का पर्याय थी। उनकी इस दीनहीन दशा को देखकर एक बार अजीत उनके घर उनकी पत्नी के सामने ही बिफर पड़ा था—"शैलेन्द्र भैया को समझाती क्यों नहीं भाभी जी? उस घोंचू और खूसट प्रोफेसर हरिनाथ के चक्कर में ये अपना जीवन क्यों बरबाद कर रहे हैं? भैया इस मुगालते में हैं कि हरिनाथ जी इनका भला करेंगे। जो व्यक्ति अपने सगे भाई का नहीं हुआ, वह दूसरों के किस काम आ सकता है?"

घर की जर्जर दीवारें दयनीय स्थिति की दास्ताँ बयान कर रही थीं। दीवारों का पलस्तर टूटा हुआ था। उनकी बूढ़ी माँ रोगग्रस्त थीं। उन्हें दमा की समस्या थी, आँखों में मोतियाबिन्द था। पैसों के अभाव में उनका समुचित इलाज नहीं हो पा रहा था। तीनों लड़कियों का शैशव असमय में ही दम तोड़ रहा था। भद्रजनों की तरह इनका ऐडमीशन अच्छे और महँगे स्कूल में नहीं हो पाया था। दो लड़कियों का भविष्य नगर-पालिका के जर्जर प्राथमिक विद्यालय में सँवर रहा था। बड़ी लड़की एक कामचलाऊ इण्डरमीडिएट कॉलेज में पढ़ रही थी। शैलेन्द्रनाथ के पिता जी ए. जी. ऑफिस के रिटायर्ड क्लर्क थे। उनकी पेन्शन से किसी तरह परिवार की गाड़ी घिसट-घिसटकर चल रही थी। शैलेन्द्रनाथ की पत्नी की आँखों में आँसू थे।

"तुमसे क्या छिपाना है अजीत भैया। इनको समझाते-समझाते हार चुकी हूँ मैं। मुझे अपनी चिन्ता नहीं है। इन्हीं से पूछिये कि शादी के बाद कितनी बार ये मेरे साथ मार्केटिंग करने गये हैं। तीन लड़कियों की शादी का बोझ कौन सँभालेगा? मैं इनको लगातार समझाती रही कि अन्य नौकरियों के लिए भी प्रयास करो लेकिन ये मेरी बात सुनते कब हैं? इन्हें तो आचार्य रामचन्द्र शुक्ल बनना है।" शैलेन्द्रनाथ ने अपनी पत्नी की बात का जवाब नहीं दिया। मुस्कराकर रह गये वे। अजीत समझ नहीं पा रहा था कि वे किस माटी के बने हैं। इतनी विषम परिस्थितियों में भी न झुकने को जीवटता कहा जाय या उनकी थेथरई। अजीत ने मन-ही-मन सोचा। शैलेन्द्रनाथ अजीत से सात साल बड़े थे। अजीत को कम-से-कम इस बात से सन्तोष था कि उसकी स्थिति शैलेन्द्रनाथ से बहुत अच्छी थी। चिन्तामग्न हो गया अजीत। देख रहा था वह उच्च शिक्षा के भविष्य को।

अपने से बड़े लोगों के अनुभव से उसे मालूम हुआ कि जो लोग अपने समय में साधारण विद्यार्थी थे या वे लोग जो पुस्तकों के गम्भीर अध्ययन से कोसों दूर थे, विश्वविद्यालयों में लेक्चरर, रीडर और प्रोफेसर के पदों पर कब्जा किये हुए बैठे थे।

तक्षशिला विश्वविद्यालय के हिन्दी विभाग में वर्षों से इण्टरव्यू नहीं हो पाया था। पाँचवीं बार पद विज्ञापित हुआ था। कुलपति पर दबाव पड़ रहा था कि वे इस बार इण्टरव्यू करवा दें। बहुत-से दिग्गज और गज लोग हिन्दी विभाग में घुसपैठ करने के लिए व्याकुल थे। उन्हीं दिग्गजों में एक थे डॉ. दीनदयाल। वे अक्सर यह बयान दिया

करते थे कि यदि उनका चयन नहीं हुआ तो विश्वविद्यालय में खून की नदियाँ बह जायेंगी। आवेदन-पत्र भरने के बाद अजीत डॉ. अनामिका से मिलने गया था। अनामिका जी अपने जीवन के पैंतालीस बसन्त देख चुकी थीं। घर में आर्थिक समृद्धि थी। विश्वविद्यालय की नौकरी के आकर्षण से अपने-आपको मुक्त कर चुकी थीं वे। अजीत के घर का हाल-चाल लेती रहीं वे। जब अजीत उनसे विदा लेने लगा तो डॉ. अनामिका ने उससे कहा–

"मेरी शुभकामनाएँ तुम्हारे साथ है अजीत। फिर भी मैं एक सलाह दे रही हूँ कि निरपेक्ष भाव से इण्टरव्यू देना। ज्यादा अपेक्षा करने पर गहरा आघात भी लग सकता है। यहाँ पर तुम्हारा चयन बहुत कठिन है। इसके लौह कपाट सामान्य लोगों के लिए लगभग बन्द हैं। तुम्हारे गुरु शशिकान्त जी बहुत अच्छे इनसान हैं लेकिन वे कुछ नहीं कर पायेंगे। विभागाध्यक्ष प्रोफेसर द्विवेदी ज्ञान विरोधी और भयंकर जातिवादी हैं। प्रोफेसर द्विवेदी जैसे आचार्यों का नेटवर्क पूरे देश में फैला हुआ है। इनके पुत्र-पुत्रियाँ, दामाद और चमचे महत्त्वपूर्ण विश्वविद्यालयों और संस्थानों में बैठे हैं। भारत के विश्वविद्यालयों में इनका अघोषित आरक्षण है। तुम समझोगे कि मैं पूरी तरह निराशावादी हूँ लेकिन ऐसा नहीं है। तुम केवल दस प्रतिशत चमत्कार की उम्मीद कर सकते हो।"

अगले दिन तक्षशिला विश्वविद्यालय में एक भूचाल आ गया था। उर्दू विभाग की छात्रा शबनम ने आत्महत्या कर ली थी। प्रोफेसर जावेद अहमद के निर्देशन में उर्दू उपन्यासों पर रिसर्च कर रही थी वह। मरने से पहले छोटा-सा पत्र लिख गयी थी वह। पत्र की पंक्तियाँ थीं–"जिन्दगी बहुत खूबसूरत होती है लेकिन कुछ लोग जिन्दगी को खूबसूरल देखना नहीं चाहते। जिन्दगी के चटख लाल रंग को मटमैला कर देते हैं ये। इधर कई महीने से अजीब कशमकश था मेरे अन्दर। प्रोफेसर जावेद का व्यवहार बदला-बदला-सा लग रहा था। उनकी आँखों में मैं एक कामान्ध पशु को देख रही थी। शोधकार्य में सहयोग भी नहीं कर रहे थे। एक दिन तो उन्होंने अपने चैम्बर में मुझसे घृणित प्रस्ताव रखा। क्रोधवश मैं चैम्बर से तुरन्त बाहर निकल गयी। कल्पनातीत लगा था मुझे यह। मेरे बिल फार्म पर शोध निर्देशक का हस्ताक्षर नहीं हो रहा था इसलिए कई महीने तक मुझे फेलोशिप नहीं मिल पायी। मुझे लगने लगा था कि एक शोध छात्रा होना यातना के मार्ग से गुजरना है। एक लम्बी जद्दोजहद के बाद मैंने जिन्दगी को खत्म करने का निर्णय लिया। मैं दुनिया को यह बता देना चाहती हूँ कि पूरे होशो-हवास में मैंने निर्णय लिया है।" इस घटना से विश्वविद्यालय परिसर दहल उठा था। विश्वविद्यालय अनिश्चितकाल तक के लिए बन्द कर दिया गया था। इस घटना के कई महीने बाद तक्षशिला विश्वविद्यालय में लेक्चरर के पद के लिए इण्टरव्यू हुआ। बहुत अच्छा इण्टरव्यू होने के बावजूद अजीत का चयन नहीं हो पाया। शैलेन्द्रनाथ को भी निराशा हाथ लगी। योग्यता दफन हो गयी थी। अयोग्यता का दानव अपनी विजय

पर अट्टहास कर रहा था। भारत के विश्वविद्यालयों से अजीत का मोहभंग हो गया था। कई महीने तक निराशा के गहन क्षणों में जीता रहा वह। खुशी के क्षण तब आये थे जब मॉरिशस विश्वविद्यालय ने लेक्चररशिप के लिए उसे आमन्त्रित किया। तब भी उसे विशेष खुशी नहीं हुई। उसकी योग्यता का सम्मान तो हुआ लेकिन उसे अपनी कीमत चुकानी पड़ी थी। उनका प्रिय शहर इलाहाबाद उससे छूट रहा था। छूट रहे थे संगी-साथी।

उसका मोहासक्त मन 'चन्द्रगुप्त' नाटक की इन पंक्तियों द्वारा अपने-आपको सान्त्वना दे रहा था—"महत्त्वाकांक्षा का मोती निष्ठुरता की सीपी में रहता है।" नीलम उसके आवास पर उससे मिलने आयी थी। उसने उसको बहुत संयत रखने का प्रयास किया था लेकिन अपनी भावुकता को रोक नहीं पाया था अजीत। "मैंने बहुत पहले तुमसे कहा था कि संघर्ष की मशाल को बुझने नहीं देना चाहिए लेकिन मैं तो पलायन कर रहा हूँ। अब पलाशवन नहीं दहकेगा। युवाओं का संघर्ष कुचला जाता रहेगा। सच कहता हूँ नीलम, तक्षशिक्षा हमारे लिये नहीं है। उसके लौह कपाट बन्द हैं। भयानक विषधरों को मारकर वहाँ पहुँचना पड़ेगा। इनके विषैले दाँतों को तोड़ना बहुत कठिन है। जो इन्हें चुनौती देगा, वह बुरी तरह पराजित होगा। आज का अभिमन्यु रथ का टूटा पहिया लेकर इनके चक्रव्यूह को भेद नहीं पायेगा।" नीलम चुपचाप उसे सुनती रही। कुछ क्षणों की चुप्पी के बाद वह बोली—"मेरा यह मानना है कि पलायन समस्या का समाधान नहीं है। हाँ, यह सच है कि अपनी जमीन से अलग होने का दर्द तो होता ही है लेकिन उसके लिए क्या किया जाये? फिर भी आशावादी बनो और भारत वापसी का निरन्तर प्रयास करना।"

कुछ देर बाद दोनों वहाँ से घूमने के लिए निकले। हलकी-हलकी गर्मी प्रारम्भ हो गयी थी। यूनिवर्सिटी रोड की दुकानों में भीड़ थी। चाय की दुकानों में अलग-अलग समूहों में बैठे हुए लड़के चाय पी रहे थे। कुछ लड़के इधर से गुजरती हुई लड़कियों को देखकर अपनी नेत्रों की ज्योति बढ़ा रहे थे। रिक्शे पर बैठी हुई लड़कियों पर कमेण्ट करके वे निःस्वार्थ सेवा में तत्पर थे। विज्ञान संकाय से गुजरते हुए दोनों कम्पनीबाग पहुँचे। काफी देर तक दोनों विक्टोरिया पार्क के पास बैठकर बातें करते रहे।

मॉरिशस जाने की तिथि नजदीक आती जा रही थी। उसके दोनों प्रिय शहर उससे छूटने जा रहे थे। शाम को दशाश्वमेध घाट की सीढ़ियों पर बैठकर वह गंगा की लहरों को शान्त भाव से देखता रहता था। उस ओर शाम ढल रही होती और वह खोया-खोया-सा रहता। उसे महसूस होता कि गंगा और यमुना को निहारती आँखें हिन्द महासागर की उत्ताल तरंगों को देखेंगी। बहुत-कुछ पीछे छूट जायेगा। तक्षशिला विश्वविद्यालय का सुन्दर कैम्पस गंगा के किनारे स्थित सुन्दर घाट, बस्की बाँध से दिखायी देते हुए सुन्दर खेत, सिविल लाइन्स का वैभव, टैगोर टाउन की खामोशी, संगम का प्रशान्त-क्षेत्र सब-कुछ दुर्लभ हो जायेगा।

मन के अन्दर तरह-तरह के भाव उठ रहे थे। अब सोया हुआ पलाशवन नहीं दहकेगा। वक्त की मार को झेलता हुआ युवा मन विद्रोह नहीं कर पायेगा। क्रान्ति की मशाल खामोश हो जायेगी। संसद् में और विधानसभाओं में प्रतिभा पलायन पर बहस जारी रहेगी लेकिन प्रतिभा पलायन होता रहेगा।

मॉरिशस जाने से पहले वह अपनु गुरु प्रोफेसर श्रीवास्तव से मिला। उन्होंने अजीत को काफी प्रेरित किया। उनका कहना था कि अजीत की प्रतिभा का लोहा भारत के विश्वविद्यालय एक दिन जरूर मानेंगे। डॉ. अनामिका से मिलने के बाद वह डॉ. शैलेन्द्रनाथ से मिलने गया था। उनके परिवार में लगता था जैसे मातम छाया हो। शैलेन्द्रनाथ जी ने पी.सी.ओ. खोल लिया था। पी.सी.ओ. पर अक्सर शैलेन्द्रनाथ के पिता जी बैठते थे। कभी-कभी शैलेन्द्र की पत्नी और स्वयं शैलेन्द्रनाथ भी बैठते थे। शाम को शैलेन्द्रनाथ ट्यूशन भी करने लगे। शैलेन्द्रनाथ ट्यूशन पढ़ाकर लौटे ही थे कि अजीत उनके आवास पर पहुँच गया। शैलेन्द्रनाथ ने मुस्कराते हुए कहा–"हम विषपायी जन्म के सह बोल कुबोल। नवीन जी की पंक्तियाँ हमारे जैसे बदनसीबों पर अक्षरशः लागू होती हैं। मुझे खुशी है कि तुम्हें तो इस नरक से मुक्ति मिली।" पूरा परिवार बड़ी आत्मीयता से मिला उससे। नीलिमा भाभी की आँखों में आँसू थे–"हमें भूलियेगा मत अजीत भैया। गरीबी में सगे-सम्बन्धी भी नहीं पूछते हमारी खोज-खबर लेनेवाले बिरले लोगों में आप एक हैं।"

अतीत से वर्तमान में लौट आया था अजीत। क्या वह संघर्ष करना छोड़ दे या संघर्ष की मशाल को और तेज जलाये? त्रूबिस का समुद्र-तट। झावे के पेड़ हवा के झोंकों से झूम रहे थे। बँगले से निकलकर सागर-तट पर पहुँचा वह। लहरें तट से टकराती थी और लौट जाती थीं। दूर सागर में प्रवाल रेखा बन गयी थी। चारों ओर खामोशी छायी हुई थी।

भारत की व्यवस्था में भले ही खामियाँ हों लेकिन अपनी अस्मिता तो वही है। यहाँ हिन्द महासागर के इस खूबसूरत द्वीप में भौतिक सुविधाएँ उपलब्ध हैं लेकिन मानसिक सन्तुष्टि कहाँ है? हिन्दी का रचनात्मक संसार सिमटता जा रहा है। नयी पीढ़ी फ्रेंच संस्कृति के जाल में उलझती जा रही है। यहाँ पर प्राकृतिक सौन्दर्य बिखरा हुआ है, चारों ओर शान्ति है लेकिन उसके लिए आत्म निर्वासन है। वह हार नहीं मानेगा, नयी चुनौतियों को स्वीकार करेगा। जिन्दगी के समर में कई मोर्चे हैं, सारे मोर्चों पर उसकी पराजय नहीं हुई है। उसके अन्दर जूझने का हौसला है। उसका समर शेष है अभी।

●

मिट्टी का तन, मस्ती का मन

जाड़े की उजली-उजली धूप में नहाया हुआ था हजरतगंज। 'कैफे कॉफी डे' में बैठकर मिथिलेश्वर के कहानी-संग्रह 'चल खुसरो घर आपने' का अध्ययन कर रहा था पलाश। पाश्चात्य संगीत गूँज रहा था कॉफी हाउस में। कॉफी हाउस के शीशे के दरवाजे पर सुनहरी धूप पड़ रही थी। सामने से भागता हुआ शहर दिखलायी पड़ रहा था। किशोर और किशोरियाँ यौवन के आवेग में बहे चले जा रहे थे, लेकिन इन लोगों की उपस्थिति से बेखबर पलाश कहीं और खोया हुआ था। अपने गाँव के जिन्दादिल युवक अखिलेश सिंह की मौत की खबर सुनकर बहुत दुःख पहुँचा था पलाश को। उनकी मौत की सूचना दस दिन बाद मिली थी उसे। उनके अन्तिम दर्शन न कर पाने का मलाल था पलाश को। बड़े जिन्दादिल इन्सान थे अखिलेश सिंह।

भागलपुर विश्वविद्यालय के अंग्रेजी विभाग में लेक्चरर था पलाश। लखनऊ विश्वविद्यालय द्वारा आयोजित राष्ट्रीय संगोष्ठी में भाग लेने आया था वह। लखनऊ से उसने अपने गाँव में फोन किया तो पता चला कि गाँव के हर समारोह में अत्यन्त उल्लास से सम्मिलित होनेवाले और अपने मजाकिया अन्दाज से रोते हुए व्यक्ति को भी हँसा देनेवाले अखिलेश सिंह अब इस दुनिया में नहीं रहे। सबसे दुःखद बात तो यह है कि मरते वक्त उसके हिस्से में मात्र दो बीघे जमीन रह गयी थी। गत पाँच वर्षों में उसकी आठ बीघे जमीन बिक चुकी थी। दो लड़कियों के विवाह में सात बीघा जमीन बेचनी पड़ी थी उन्हें। एक बीघा जमीन कैन्सर के इलाज में निकल गयी। उनके मित्रों ने भी कैन्सर के इलाज में उनका आर्थिक सहयोग किया था, लेकिन उन्हें मौत के पंजे से बचाया नहीं जा सका।

पलाश को बहुत मानते थे अखिलेश सिंह। गाँव के रिश्ते से पलाश के चाचा लगते थे। लगभग चार पीढ़ी पहले पलाश और अखिलेश सिंह के परिवारों के मध्य बँटवारा

हुआ था। मौत के दो महीने पहले उनका पत्र अखिलेश सिंह को मिला था। उन्हें अपने आसन्न मौत का पूर्वाभास हो गया था। पत्र की पंक्तियाँ संवेदित कर गयीं पलाश को। "मेरे जीवन के थोड़े दिन शेष रह गये हैं। मैं जीना चाहता हूँ, लेकिन इस तरह घुट-घुटकर कैसे जी सकूँगा मैं। गले के पास कई टीके लगे हुए हैं, इसलिए बोल भी नहीं पा रहा हूँ। डॉक्टरों का कहना है कि धीरे-धीरे आप बोल पायेंगे। तुम तो जानते हो पलाश कि इस तरह घुट-घुटकर जीना पसन्द नहीं है मुझे। डॉक्टर सिर्फ दिलासा दे रहे हैं मुझे। कुछ खा नहीं पा रहा हूँ। तुम तो जानते हो कि चटकदार चीजों को खाने का शौकीन हूँ मैं। उस जीवन से क्या फायदा, जिसमें हमें अपनी इच्छाओं का दमन करना पड़े। एक-न-एक दिन तो सबको मरना ही है। लेकिन मुझे इस बात का मलाल नहीं कि मैंने जिन्दगी को अच्छी तरह नहीं जिया। अध्यात्म की ऊँची-ऊँची बातों को नहीं मानता मैं। मैं तो शुद्ध रूप से भोगवादी संस्कृति में विश्वास करता हूँ। मैंने इस बात को अपने जीवन का मूलमन्त्र माना है कि जिन्दगी जिन्दादिली का नाम है। आर्थिक अभाव की स्थिति में भी मैंने जीवन के उल्लास को कम नहीं होने दिया। तुमने नीम की पत्तियों का रस पीने का सुझाव दिया था। डॉक्टर मेहरोत्रा ने भी मुझसे कहा था कि नीम कैन्सर प्रतिरोधी है। तुम मेरी बात का बुरा मत मानना। पता नहीं क्यों मुझे यह लगता है कि मुझे झूठी दिलासा दी जा रही है। मुझे ऐसा लग रहा है कि जीवन में रस नही रह गया, उल्लास नहीं रह गया। जब जीवन का रस निचुड़ रहा हो तब नीम की पत्तियों के रस से क्या हो सकता है? मेरी बातों को तुम जिन्दगी से निराश और हताश व्यक्ति की कुण्ठा मान सकते हो। आसन्न मौत के कदमों की आहट को निरन्तर सुन रहा हूँ मैं। परिवार के लिए क्या कर पाया मैं? मेरे मरने के बाद कुछ लोग मुझे दोषी ठहरायेंगे। तुम्हीं बताओ कि मैं कितना दोषी हूँ। मैंने यथा-सम्भव पारिवारिक दायित्व का निर्वाह किया। पारिवारिक दायित्वों के कारण मैं उच्च शिक्षा से वंचित रहा गया। पिता जी के मरते वक्त हम दोनों भाइयों के सिर पर कर्ज का भारी बोझ था। किसी तरह से कर्ज को चुकाकर हम लोग दूसरा काम कर पाये थे। हाँ, मैं अपने दोनों बेटों और पत्नी का गुनहगार हूँ। मैं उनके लिए अधिक नहीं कर पाया। मैं तुमसे विनम्र निवेदन करता हूँ कि तुम मेरे दोनों बेटों का मार्गदर्शन करना। तुम्हारा चाचा। अखिलेश सिंह।"

स्मृतियों का पंछी उन्मुक्त गगन में उड़ने लगा। स्मृतियाँ सुखद लगती हैं, लेकिन वे कभी-कभी हमें बचैन भी कर देती हैं। अखिलेश सिंह का जिन्दादिल व्यक्तित्व अतीत के चलचित्र की तरह पलाश के मानस-पटल पर अंकित था। मृत्यु के कुछ साल पहले अखिलेश सिंह और उनके बड़े भाई रमाकान्त सिंह के बीच अलगौझी हो गयी थी। अलगौझी या सम्पत्ति का बँटवारा गाँव के लिए कोई नयी बात नहीं थी। दोनों भाइयों में बहुत प्रेम था, लेकिन दोनों की औरतें छोटी-छोटी बातों को लेकर लड़ती रहती

थीं। अखिलेश सिंह की माँ रामरती देवी अत्यन्त शान्तिप्रिय और समझदार महिला थीं। उन्होंने अपनी दोनों बहुओं को समझाने का बहुत प्रयास किया, लेकिन उन्हें सफलता नहीं मिली। मनमुटाव इतना बढ़ता गया कि एक ही आँगन में दो चूल्हे जलने लगे। रामरती देवी धर्मसंकट में पड़ गयीं। भला माँ अपनी ममता का बँटवारा कैसे करे? जिस दिन अखिलेश सिंह के आँगन में पहली बार दो चूल्हे जले, उस दिन वे बहुत उदास थे। होली का उल्लास एक सप्ताह पहले समाप्त हुआ था। हलकी-हलकी गर्मी पड़ रही थी। अखिलेश का घर बड़ा था और घर के सामने बड़ी चहारदीवारी थी। चहारदीवारी के अन्दर एक हैण्डपाइप लगा था। उसके पास लाल कनेर का वृक्ष था। घर के पश्चिमी दिशा में नीम का एक बड़ा पेड़ था। नीम की सघन छाँव में अपने मित्र विजय के साथ बैठे हुए थे अखिलेश। पूरा वातावरण पक्षियों की चहचहाहट से गूँज रहा था। सामने पोखर में भैसों का झुण्ड जलक्रीड़ा कर रहा था। वीरेन्द्र प्रताप सिंह का चरवाहा पनारू उच्च स्वर में गा रहा था—"फुलवा फुलल बसन्त रे, बउरायल मोरा जियरवा।" इस पर विजय सिंह ने हँसते हुए—"बउरायल जियरवा का इलाज गोजी है बेटा। यहाँ तो कब बसन्त आता है और चला जाता है, पता ही नहीं चलता।" जोरदार ठहाका लगा था। अखिलेश सिंह के उदास चेहरे रौनक आ गयी थी। "आज मैं सुबह से तनाव में था, घर में कलह बना रहता है। मैंने दोपहर का भोजन अभी तक नहीं किया है। आज मेरे आँगन में दो चूल्हा जला है। मैंने भाभी को बहुत समझाया, लेकिन वे कितनी जिद्दी हैं। भैया उनके आगे विवश हैं। जिस बात पर वे अड़ जाती हैं, उससे टस-से-मस नहीं होतीं। समझ नहीं पा रहा हूँ कि क्या करूँ? मैं नहीं चाहता कि माँ के जीवित रहते घर का बँटवारा हो। कितना कुछ सहा है माँ ने। माँ ही जानती है कि हमारे समाज में विधवा होना कितनी बड़ी पीड़ा है। कर्ज का बोझ था हमारे परिवार पर। जो औरत बाहरी लोगों से बहुत कम मिलती थी, वह जीवन-संग्राम में कूद पड़ी थी। पैसा देनेवाले लगातार तगादा कर रहे थे। उन विषम परिस्थितियों में भी माँ ने धैर्य नहीं खोया। पिता जी की मृत्यु के समय बड़े भैया सात साल के थे और मैं पाँच साल का। इन बातों को तुमने गाँव के लोगों से सुना होगा, लेकिन मेरे मुख से पहली बार सुन रहे हो। अपने बहुमूल्य गहनों को बेच-बेचकर माँ ने काफी कर्ज चुकाया। थोड़ा-बहुत कर्ज खेती से चुकाया गया। हम दोनों भाइयों को पढ़ाने के लिए उसने कितना त्याग किया, जो हम दोनों ही जानते हैं। अपनी इच्छाओं का दमन करते हुए भी उसके चेहरे पर शिकन नहीं आयी। मैं इस बात से बहुत दुःखी हूँ कि परिवार के विभाजन से माँ को मर्मान्तक पीड़ा होगी।" विजय सिंह अपने मित्र की व्यथा-कथा को बड़े गौर से सुन रहे थे। अखिलेश सिंह को इतना चिन्तित होते कभी नहीं देखा था, विजय सिंह ने। अपने मित्र को सान्त्वना देते हुए विजय बोला, "अपने परिवार के लिए इतना दिमाग क्यों खपा रहे तुम? मैं तुम्हारी वेदना को समझ रहा हूँ, लेकिन सिर्फ तुम्हारी अच्छी सोच

से क्या होगा? अपने परिवार की समस्या नियति पर छोड़ दो। जो होना होगा, वह होकर रहेगा।" भोजन करके लौट अखिलेश सिंह। सांसारिक चिन्ताओं से मुक्त होकर दोनों मित्र वहाँ से उठे। शाम को गाँव के लड़के क्रिकेट खेलते थे। अखिलेश और विजय दोनों अच्छे खिलाड़ी थे और इन दोनों की बदौलत अमौढ़ी गाँव की टीम क्षेत्रीय क्रिकेट प्रतियोगिता में कई बार विजेता और उपविजेता रह चुकी थी। अखिलेश सिंह तेज गेंदबाज थे, जबकि विजय सिंह लेग स्पिनर माने जाते थे। कभी-कभी उनकी गेंद बहुत स्पिन होती थी। पता नहीं यह उनकी उँगलियों का कमाल था या खलिहान की पिच का। अखिलेश सिंह अक्सर मजाक में कहा करते थे, "विजय की लेग स्पिन गेंदों को सुनील गावस्कर भी अच्छी तरह नहीं खेल पायेंगे। वे कई बार बीट होगे और कई बार क्लीन बोल्ड हो जायेंगे।" पलाश और गाँव के अन्य लड़के इस बात पर खूब हँसते थे। पलाश और उसके साथी क्रिकेट खेलने के दीवाने थे। पलाश को होली की वह घटना बहुत अच्छी तरह याद आ रही थी। उस समय पलाश इलाहाबाद विश्वविद्यालय में बी.ए. प्रथम वर्ष का छात्र था। होली की छुट्टी में अपने गाँव आया था। चारों ओर होली का हुड़दंग था। होली खेलने के बाद गाँव के लड़के क्रिकेट खेलते थे। दो टीमों के बीच क्रिकेट खेला जा रहा था। उधर अखिलेश सिंह के नेतृत्व में कुछ युवकों को समूह होली खेलकर लौटा था। सभी का चेहरा काला हो चुका था। क्रिकेट खेलनेवाले बच्चों में से किसी ने मजाक किया, "वह देखो! काले खिलाड़ी आ रहे हैं। यह किस देश की टीम है?" अखिलेश सिंह तपाक से बोल पड़े, "हम लोग वेस्टइण्डीज के क्रिकेट प्लेयर हैं। हम लोगों को हरानेवाला पैदा ही नहीं हुआ है।" सब लोग हँसने लगे थे। फिर अखिलेश सिंह के नेतृत्व में तथाकथित वेस्टइण्डीज की टीम और युवा टीम के बीच मैच हुआ। आश्चर्य की बात यह थी कि अखिलेश सिंह की टीम पराजित हुई। इस पर अखिलेश सिंह की टिप्पणी थी, "आज तो अन्धे के हाथों बटेर लग गयी है।" अंग्रेजी में एक कहावत है, "हॉकी बाई प्रैक्टिस, क्रिकेट बाई चान्स, फुटबाल बाई पॉवर, वॉलीबाल बाई डान्स।" हार मानने को तैयार नहीं थे अखिलेश सिंह। उनका फक्कड़ाना अन्दाज शाम को देखते ही बन रहा था। पूरा परिवेश होली के रंग में रँगा हुआ था। ढोल और मजीरे की धमक गूँज रही थी। दूसरी तरफ विजय सिंह के बँगले में गाँव के गँजहों का समूह एकत्र था। आज गँजहे पूरी लय में थे। उनके हाव-भाव दिलचस्प थे, उन सभी ने शंकर जी की बूटी भाँग का सेवन कर रखा था। वेस्टइण्डीज की टीम की तरह इस टीम का नेतृत्व भी अखिलेश सिंह ही कर रहे थे। उनकी आँखें चढ़ी हुई थीं। उनके घने बाल बिखरे हुए थे। अखिलेश का जोश बरसाती नदी की तरह तरंगित था। उन्होंने घोषणा कर दी कि उनके अन्दर कवित्व की अपार प्रतिभा भरी हुई है। सबके ऊपर भाँग का असर चढ़ता जा रहा था। अखिलेश सिंह ने स्वरचित कविता का सस्वर पाठ आरम्भ किया—

"हमहन त पियल जाई।" चारों ओर से वाह-वाह, वाह-वाह की आवाज आने लगी। "चुप हो जाओ तुम लोग। मेरी कविता के बीच में टोका-काकी करने लगे। तुम लोगों को कविता की जरा-सी भी समझ नहीं है।" कुछ क्षणों तक समाधिस्थ रहे अखिलेश सिंह। पलाश उनका मुँहलगा था। उसने कहा—"समस्यापूर्ति कीजिये, चाचा जी।" अखिलेश सिंह ने समस्यापूर्ति इस प्रकार की—

"हमहन त पियल जाई गाँजा,
हमहन के आयी माँजा।"

सबके ऊपर भाँग का असर चढ़ता जा रहा था। गँजहों का समूह अपनी हर फिक्र को धुएँ में उड़ाता चला जा रहा था। काफी देर तक उछल-कूद करने के बाद जोशीले युवक अपने-अपने घर पहुँचे। दोपहर को पलाश अपने बँगले के बाहर बैठकर बच्चनजी की कविताएँ पढ़ रहा था। नीम के पेड़ की डाली पर मैना फुदक रही थी। यूकेलिप्टस के पेड़ पर बैठा हुआ कौआ काँव-काँव कर रहा था। अपने-आप में खोया हुआ था पलाश। "किस पुस्तक में डूबे हुए हो पलाश?" अखिलेश सिंह की आवाज सुनकर उसकी समाधि भंग हुई थी। अखिलेश सिंह चारपाई पर पलाश के बगल में बैठ गये। हिन्दी साहित्य की बहुत कम जानकारी थी अखिलेश सिंह को, लेकिन कविताओं में उनकी थोड़ी-बहुत रुचि थी। "मिट्टी का तन, मस्ती का मन, क्षण-भर जीवन-मेरा परिचय" इन पंक्तियों से बहुत प्रभावित हुए अखिलेश। हरिवंश राय बच्चन की 'प्याला' कविता को पूरा पढ़ गये अखिलेश सिंह। "पल में मृत पीनेवाले के कर से गिर भू पर जाऊँगा, जिस मिट्टी से था मैं। निर्मित उस मिट्टी में मिल जाऊँगा।" भावुक हो गये थे अखिलेश सिंह। उन्होंने पलाश से कहा—"यह कविता मुझे बहुत पसन्द है। इसे मैं अपनी डायरी में नोट करूँगा।" बाद में अखिलेश सिंह ने उस कविता को अपनी डायरी में नोट कर लिया था।

दोनों भाइयों के न चाहते हुए भी अखिलेश सिंह के घर का बँटवारा हो गया। जमीन-जायदाद का बँटवारा हुआ, घर की वस्तुओं का बँटवारा हुआ, कर्ज का बँटवारा हुआ। एक समस्या रह गयी—माँ का बँटवारा कैसे हो? दोनों भाइयों ने मिलकर निर्णय लिया कि बँटवारे में माँ किसी एक के पास नहीं रहेगी। वह अपनी इच्छानुसार दोनों भाइयों में किसी के यहाँ भोजन कर सकती है। रामरती देवी धर्मसंकट में पड़ गयीं, लेकिन शीघ्र ही उन्होंने अपने-आपको सँभाल लिया। बड़ी बहू बिमला जिद्दी और क्रोधी थी, जबकि छोटी बहू शारदा सौम्य और शालीन थी, इसलिए रामरती देवी छोटी बहू की शरण में चली गयीं, लेकिन ऐसा नहीं था कि बिमला अपनी सास का बिलकुल खयाल नहीं रखती थी। कभी-कभी रात को वह अपनी सास का पाँव दबाती थी। उनके पूजा पाठ में कभी-कभी सहयोग करती थी। जिन्दगी अपने ढर्रे पर चल रही थी। रामरती देवी को बँटवारे से बहुत दुःख पहुँचा था, लेकिन उन्हें इस चीज से सुकून मिला था

कि कम-से-कम रोज-रोज का कलह तो खत्म हुआ, शान्ति का माहौल तो है। उन्होंने एक दिन अखिलेश से कहा कि–"बेटा! एक-न-एक दिन सब अलग होते ही हैं। तुम दोनों में बँटवारा हुआ है, यह कोई नयी बात नहीं है। मुझे तुम्हारे दिवंगत पिता की अन्तिम इच्छा पूरी न होने का कष्ट है। उन्होंने मुझसे कहा था–"अखिलेश की माँ, तुम्हारे जिन्दा रहते हुए दोनों बेटों में सम्पत्ति का बँटवारा नहीं होना चाहिए।" मैं क्या करती? मैंने पूरी कोशिश की, लेकिन होनी को कौन टाल सकता है जो भी हो, जैसा भी हो तुम दोनों खुश रहो, इसी में मुझे खुशी होगी।"

बड़े-बड़े जख्मों को सहने की अद्भुत क्षमता थी अखिलेश सिंह में। बँटवारे से उनके दिल को बड़ी चोट पहुँची थी, लेकिन बाहर से ऐसा नहीं लगता था। उनका उन्मुक्त अट्टहास जारी रहा। लगता था किसी दूसरी मिट्टी के बने थे वे। क्रिकेट के अतिरिक्त अखिलेश सिंह वॉलीबाल के भी बहुत अच्छे खिलाड़ी थे। अखिलेश के सबसे अजीज मित्र विजय सिंह अक्सर कहा करते थे–"अखिलेश भाई की प्रतिभा का सदुपयोग नहीं हो पा रहा है। यदि इनकी आगे की पढ़ाई जारी रहती और इनका दाखिला किसी स्पोर्ट्स कालेज में हुआ तो निस्सन्देह ये देश की राष्ट्रीय टीम के सदस्य होते।" उनका कहना गलत तो नहीं था। वॉलीबाल प्रतियोगिता में काफी आगे तक खेलने का अवसर मिला था इन्हें। रणधीर सिंह जैसे राष्ट्रीय स्तर के खिलाड़ी ने अखिलेश की भूरि-भूरि प्रशंसा की थी। विजय सिंह के दादा बालेश्वर सिंह कांग्रेस के सांसद रह चुके थे। वे ईमानदार नेता थे। उनकी ईमानदारी की मिसाल दी जाती थी। अपने पाँच भाइयों में वे सबसे छोटे थे। आजादी के कुछ साल पहले बालेश्वर सिंह तहसीलदार के पद पर थे। तहसीलदार का धनवर्षा का पद माना जाता था। बालेश्वर सिंह जमींदार परिवार से थे। उनके पूर्वज कई पीढ़ी पहले अलवर जिले से आये थे। बालेश्वर सिंह की मृत्यु के बाद उनकी याद में 'बालेश्वर सिंह स्मृति वॉलीबाल प्रतियोगिता' का आयोजन होता था। प्रतियोगिता विवेकानन्द इण्टर कॉलेज के प्रांगण में आयोजित होती थी। इस कॉलेज की स्थापना बालेश्वर सिंह ने की थी। कॉलेज का गेट अत्यन्त भव्य और आकर्षक था। गेट के ऊपर स्वामी विवेकानन्द की प्रतिमा लगी थी। प्रिन्सिपल ऑफिस से लेकर पुस्तकालय तक की एकमंजिली इमारत अंग्रेजी भाषा 'E' आकृति की थी। कॉलेज में कई ग्राउण्ड थे। सबसे बड़े ग्राउण्ड में क्रिकेट, हॉकी और फुटबाल खेला जाता था। उसके ठीक सामनेवाले मैदान में वॉलीबाल खेला जाता था। मैदान के दोनों ओर कटहल के वृक्ष थे। वॉलीबाल ग्राउण्ड के उत्तर दिशा में कॉलेज का बहुत बड़ा बाग था, जिसमें आम, अमरूद और जामुन के पेड़ थे। बालेश्वर सिंह की मृत्यु के दो साल बाद विवेकानन्द इण्टर कॉलेज के मैदान में उनकी स्मृति में वॉलीबाल प्रतियोगिता प्रारम्भ हुई। प्रतियोगिता के आयोजन समिति में कॉलेज के कई अध्यापक और क्षेत्र के कुछ प्रतिष्ठित लोग सम्मिलित थे। इस प्रतियोगिता को पहली बार अमौढ़ी गाँव की टीम

ने जीता था। अमौढ़ी की टीम के कप्तान अखिलेश सिंह थे। वॉलीबाल प्रतियोगिता को जीतकर जब अखिलेश सिंह की टीम गाँव में पहुँची तो उसका अभूतपूर्व स्वागत हुआ। विजय सिंह के दादा परमात्मा सिंह अपने पाँचों भाइयों में सबसे बड़े थे। बालेश्वर सिंह पाँचों भाइयों में सबसे छोटे थे। परमात्मा सिंह, अखिलेश को बहुत मानते थे। अखिलेश सिंह के नेतृत्व में पूरी टीम परमात्मा सिंह के बँगले पर पहुँची थी। परमात्मा सिंह ने भावविभोर होकर अखिलेश को गले लगा लिया था। "बेटे, आज तुमने फिर गाँव का नाम रोशन किया है। मुझे तुम पर गर्व है। लेकिन एक बात का अफसोस हमेशा रहेगा मुझे। तुम्हारी प्रतिभा का बहुत कम उपयोग हो पाया। यदि गाँव से आगे निकलकर विश्वविद्यालय या महाविद्यालय में तुम्हारी पढ़ाई हुई होती तो तुम कम-से-कम प्रदेश की टीम के सदस्य होते।" परमात्मा सिंह टीम के सारे सदस्यों को बधाई दे रहे थे।

गाँव के हर तरह के कार्यक्रम में उनकी मौजूदगी रहती। गाँव का कोई व्यक्ति बीमार होता तो अखिलेश वहाँ तुरन्त पहुँच जाते। गाँव से सात किलोमीटर दूर बावनपुर कस्बा था। अपनी स्कूटर से वे मरीज को बावनपुर ले जाते, डॉक्टर को दिखाते और गाँव लौटते। उनके परिवार के लोग उनकी दरियादिली को मूर्खता समझते थे। "स्वास्थ्य के लिए घातक है इतनी दरियादिली। स्कूटर पेट्रोल से चलती है पानी से नही।" पत्नी अक्सर कहा करती थी। पत्नी की बात को हँसकर टाल जाते थे अखिलेश। गाँव पहलेवाले गाँव नहीं रह गये थे। राजनीति के दलदल में फँसते जा रहे थे गाँव। पहले जैसा भाई-चारा और आत्मीयता नहीं रही। पक्षधरता अस्पष्ट थी। पता नहीं चल पाता था कि कौन किसके साथ है। नये समीकरण बनते थे और बिगड़ते थे। अमौढ़ी गाँव इसका अपवाद नहीं था। जब तक पलाश की पढ़ाई गाँव में होती रही, तब तक वह गाँव के बदलते समीकरणों से अवगत रहा। जब वह इलाहाबाद चला गया तो स्थिति दूसरी हो गयी। इलाहाबाद से लौटने पर पता चलता था कि फलाँ घर के लोगों से फलाँ घर की बातचीत बन्द है। अखिलेश उन लोगों में थे जिनकी पक्षधरता स्पष्ट थी। वे जिसके साथ रहते, खुलकर रहते, हानि-लाभ की परवाह नहीं थी उन्हें। ग्राम सभा के प्रधान के चुनाव में उन्होंने रमाकान्त त्रिपाठी का खुलकर साथ दिया। अखिलेश के बड़े भैया और भाभी इस बात पर नाराज थे कि उन्होंने राजपूत प्रत्याशी का साथ न देकर एक ब्राह्मण का साथ दिया। अखिलेश ने बड़े भैया से कहा था, "भैया, मेरे लिये मित्रता जाति से बड़ी चीज है। रमाकान्त मेरे बचपन का मित्र रहा है। सुख-दुःख में हमेशा साथ दिया है उसने। हमारे गाँव में अब तक राजपूत प्रधान होते रहे हैं। यदि एक गैर राजपूत पहली बार प्रधान बन जायेगा तो गाँववालों के सेहत पर फर्क नहीं पड़ना चाहिए।" रमाकान्त के जिताने में अखिलेश ने दिन-रात एक कर दिया था। रमाकान्त विजयी हुए थे और भरी सभा में स्वीकार किया था कि उनकी जीत में सबसे बड़ा योगदान अखिलेश सिंह का था।

अतीत के पन्नों को उद्‌घाटित कर रहा था पलाश। अखिलेश महीनों से परेशान थे। कस्बे के डॉक्टर उनके मर्ज को पकड़ नहीं पा रहे थे। तीखे स्वाद को उनकी जीभ बर्दाश्त नहीं कर पा रही थी। नीम हकीमों के इलाज से परेशान होकर उन्होंने बनारस में इलाज कराने का निश्चय किया। अपने मित्र विजय सिंह के साथ व कैन्सर-संस्थान के प्रांगण में प्रवेश कर रहे थे तब उनका दिल धड़क रहा था। बायोप्सी द्वारा कैन्सर की पुष्टि हुई। विजय सिंह के साथ अपने गाँव लौट आये अखिलेश। कुछ दवाएँ भी लेते आये। बीच-बीच में उन्हें बनारस जाना पड़ता था। जीभ के कैन्सरग्रस्त हिस्से की रेडियोथैरेपी की जाती थी। कई महीने तक ऐसा चला लेकिन विशेष आराम नहीं मिला उन्हें। कभी-कभी गहन निराशा का अन्धकार छा जाता था अखिलेश की आँखों के सामने। जीने की इच्छा नहीं रह जाती थी लेकिन दूसरे ही क्षण उनकी अदम्य जीवनशक्ति उन्हें जीने के लिए प्रेरित करती थी। जीने की लालसा नहीं हो रही थी। जिन्दगी जिन्दादिली का नाम है तो क्यों मातम मनायें अपना बीमारी का? वे अक्सर ऐसा सोचते। शाम को गाँव के युवकों के साथ वॉलीबाल खेलते लेकिन थोड़ी देर बाद थकावट महसूस होने के बावजूद उनके चेहरे पर मुस्कान तैरती रही। शाम को वे अपने घर लौटते। रात को लालटेन के प्रकाश में पढ़ने बैठते। ‘‘मिट्‌टी का तन, मस्ती का मन, क्षण-भर जीवन मेरा परिचय’’। पूरी कविता संवेदित कर जाती इन्हें। प्रतिदिन रात को अपनी डायरी खोलते अखिलेश और इस कविता को अवश्य पढ़ते। मिट्‌टी का यह शरीर मिट्‌टी में मिल जायेगा। आत्मीयजन रायेंगे, शव को कन्धा देंगे, चिता पर रख देंगे और शेष रह जायेगी केवल राख। अत्यन्त उदासी के क्षणों में उनकी आँखों में आँसू आ जाते। उनके चले जाने के बाद भी कुछ नहीं बदलेगा। खेत-खलिहान वैसे ही रहेंगे, आकाश में वैसे ही बिछता रहेगा तारों का जाल, कर्मनाशा की धारा वैसे ही बहती रहेगी, सब-कुछ वैसा रहेगा। फर्क सिर्फ इतना होगा कि वे नहीं रहेंगे। अखिलेश सोचते।

धीरे-धीरे उनकी दशा खराब होती जा रही थी। विजय सिंह और अखिलेश के बड़े भाई रमाकान्त उन्हें बनारस लाये। डॉ. प्रशान्त बनर्जी के नर्सिंगहोम में भरती कराया गया उन्हें। रमाकान्त गाँव लौट आये। उनकी देखभाल के लिए अकेले रह गये विजय। उनकी जीभ में तेज दर्द होने लगा था। भोजन करने में परेशानी हो रही थी। पलाश के चचेरे भाई परेश के विवाह में आये थे अखिलेश। आज उदास थे अखिलेश। यदा-कदा उनके होठों पर फीकी मुस्कान तैर जाती थी। उनके परम मित्र विजय सिंह भी साथ थे। विजय सिंह ने पलाश से एकान्त में कहा—‘‘गाँव का सबसे जिन्दादिल इन्सान आज जिन्दगी और मौत से संघर्ष कर रहा है। तुम तो अखिलेश की आर्थिक स्थिति से अवगत ही हो। डॉ. प्रशान्त बनर्जी का कहना है कि जीभ का ऑपरेशन करना पड़ेगा। काफी खर्च पड़ रहा है। भाभी जी ने अपना गहना बेचकर कुछ पैसा एकत्र किया है। हम लोग भी यथासम्भव आर्थिक सहायता करेंगे। तुम्हारा दायरा विस्तृत है यदि

कोशिश करते तो कुछ और आर्थिक सहायता प्राप्त हो जाती। जिन्दगी और मौत तो ऊपरवाले के हाथ में है लेकिन हमसे जो बन सके, वह हमें करना चाहिए। मैं नहीं चाहता कि आर्थिक अभाव के कारण मेरे मित्र के इलाज में कमी आये।'' विजय सिंह की आँखों में आँसू थे। ''मैं पूरी कोशिश करूँगा कि अखिलेश भाई के इलाज में आर्थिक अभाव न आने पाये।'' विजय सिंह को आश्वस्त किया पलाश ने लेकिन उसके मन में संशय था। क्या उसके मित्र आर्थिक सहायता करेंगे? गाँव के भूतपूर्व प्रधान रमपति जी की बात से उसे हार्दिक कष्ट हुआ था। उन्होंने कहा था—''इलाज के लिए पैसा चाहिए। किसी भी व्यक्ति का इलाज चन्दे से थोड़े ही होता है।'' इसी बात को यदि वे सामान्य ढंग से कहते तो कोई बात नहीं थी, उसके कहने का लहजा व्यंग्यपूर्ण था। आदमी इतना निर्मम और संवेदनहीन हो गया है कि उसे किसी व्यक्ति के बड़े-से-बड़े दुःख से भी फर्क नहीं पड़ता। एक व्यक्ति जीवन और मौत के बीच झूल रहा है और दूसरा व्यक्ति उसकी स्थिति पर व्यंग्य कर रहा है, सोच रहा था पलाश। काफी भाग-दौड़ के बाद वह अखिलेश के इलाज के लिए कुछ पैसा एकत्र कर पाया था। डॉ. प्रशान्त के नर्सिंग होम में कंई सर्जन थे। डॉ. मोहन्ती ने अखिलेश सिंह की जीभ का ऑपरेशन किया। सर्जरी द्वारा जीभ के कैन्सरग्रस्त हिस्से को निकाल दिया गया और वहाँ दूसरा मांस लगा दिया। डॉक्टरों का कहना था कि कई महीने बाद अखिलेश बोलने लगेंगे लेकिन पहले जैसी स्थिति नहीं रहेगी, ऑपरेशन सफल था। सब लोग खुश थे, लेकिन सबसे दुःखद बात थी अखिलेश के परिवार की उनके प्रति उदासीनता। अखिलेश की पत्नी और उनके दोनों बेटे ऑपरेशन के बाद चले गये थे। विजय सिंह अकेले रह गये थे उनकी देखभाल के लिए। अखिलेश के परिवार के सदस्यों को यह भ्रम था कि कैन्सर एक संक्रामक रोग है। उनके परिवार के सदस्य उनसे कटने लगे थे। हँसमुख और जिन्दादिल अखिलेश आहत थे, परिवार के सदस्यों के व्यवहार से। संकट की इस घड़ी में मित्र ही काम आ रहा था। गर्मियों के दिन थे, ग्रीष्मावकाश में वह बनारस लौटा था। शाम को अखिलेश सिंह को देखने डॉ. प्रशान्त के नर्सिंगहोम में पहुँचा वह। कमरे में खामोशी छायी हुई थी। अखिलेश के साथ विजय सिंह थे। कमरे का सामान बेतरतीब ढंग से बिखरा था। पलाश के देखते ही अखिलेश के चेहरे पर थोड़ी देर के लिए मुस्कान तैर गयी। ''अखिलेश जैसे जिन्दादिल इन्सान का भी संकल्प कभी-कभी डिग जा रहा है। परिवार के लोगों के व्यवहार से अत्यन्त आहत हैं अखिलेश। गाँव के लोगों के सुख-दुःख में दिन-रात एक कर देनेवाला अखिलेश जिन्दगी और मौत से संघर्ष कर रहा है और यहाँ लोग इतने निर्मम और संवेदनहीन हो गये हैं कि ऐसे निश्छल और मस्तमौला व्यक्ति से इस तरह का व्यवहार कर रहे हैं। आज अखिलेश अपने जीवन की सबसे बड़ी लड़ाई लड़ रहे हैं। इस लड़ाई में उनकी हार तय है लेकिन इस थके हुए नायक की लड़ाई हम लड़ेंगे। तुम्हारे आने

पर बड़ा सम्बल मिलता है हमें।" विजय सिंह अपने-आपको रोक नहीं पाये थे। फूट-फूटकर रोने लगे थे। अखिलेश सिंह की आँखें नम थीं। अखिलेश सिंह बोल नहीं पा रहे थे। इसलिए उन्होंने कॉपी पर कुछ लिखकर पलाश की ओर बढ़ा दिया। इसलिए उन्होंने कॉपी पर कुछ लिखकर पलाश की ओर बढ़ा दिया।

"अपनी संकल्पशक्ति से कब तक मौत से लड़ूँगा मैं? मै जानता हूँ कि मैं बहुत कम दिन का मेहमान हूँ। मैं अभी जीना चाहता हूँ पलाश लेकिन इस कटु सत्य से कैसे इन्कार कर सकता हूँ कि कैन्सर से कहाँ बचता है कोई। मेरी जिन्दगी के बहुत कम दिन शेष रह गये हैं इसलिए प्रकृति के हर रंग को जी भरकर देखना चाहता हूँ मैं। मौत के कदमों की आहट को सुन रहे हैं "मेरे कान, लेकिन मौत की चिन्ता में जीवन के शेष क्षणों को मातमी नहीं बनाना चाहता मैं।" खिड़की की ओर देख रहा था पलाश। घरों और वृक्षों पर शाम की धूप चमक रही थी। शाम की धूप चर्च पर भी पड़ रही थी। चर्च पर बैठा हुआ कबूतरों का झुण्ड गुटरगूँ कर रहा था। तकिये के नीचे से अपनी डायरी को निकाला अखिलेश ने उनके चेहरे पर मुस्कान थी। उन्होंने पलाश को अपने पास बुलाया। डायरी के अन्तिम पृष्ठ पर हरिवंश राय बच्चन की इन काव्य पंक्तियों को नोट किया था अखिलेश ने "मैं सखी सुराही का साथी, सहचर मधुबाला का ललाम, अपने मानस की मस्ती से उफनाया करता आठ याम, कल क्रूरकाल के गालों में जाना होगा—इस कारण ही कुछ और बढ़ा दी है मैंने अपने जीवन की धूमधाम। इन मेरी उल्टी चालों पर संसार खड़ा करता विस्मय मिट्टी का तन, मस्ती का मन, क्षण-भर जीवन मेरा परिचय।"

उस रात पलाश वहीं रुक गया। विजय सिंह से देर रात तक बातचीत होती रही उसकी। बातचीत का विषय अखिलेश पर केन्द्रित था। अखिलेश के बहाने समाज के लोगों की स्वार्थपरता और निष्ठुरता पर भी बातचीत होती रही। सुबह वह डॉ. आलोक टण्डन से मिला। कैन्सर के विषय में बातचीत करने लगा वह। डॉ. आलोक टण्डन विजय सिंह से बहुत प्रभावित थे। विजय सिंह की तारीफ करते हुए कहने लगे थे—"विजय सिंह के व्यक्तित्व से मैं अभिभूत हूँ पलाश जी। आज के इस अति भौतिकवादी और उपभोक्तावादी समाज में ऐसे लोग दुर्लभ हैं। अखिलेश के लिए जितना विजय सिंह कर रहे हैं, उतना तो अपना सगा भाई भी नहीं करता। अपने मित्र की सेवा में इसने दिन-रात एक कर दिया। विजय सिंह को देखकर मुझे ऐसा लगता है कि कलियुग में मित्र से बड़ा रिश्ता कोई नहीं है।" विजय सिंह वास्तव में तारीफ के काबिल थे। अपने इस मित्र को बचाने के लिए वे तन, मन, धन से लगे हुए थे।

उसी दिन शाम को 'फरक्का—एक्सप्रेस' से पलाश भागलपुर चला गया। अध्ययन और लेखन में लगा रहता था वह लेकिन अखिलेश की चिन्ता से मुक्त नहीं था। एक सप्ताह बाद अखिलेश अस्पताल से निकलकर गाँव चले गये थे। कभी-कभी फोन करके

वह उनके बारें में पूछ लिया करता था। कृष्ण-जन्माष्टमी के उत्सव में सम्मिलित होने के लिए अपने गाँव गया था पलाश। पूरा गाँव कृष्ण-जन्माष्टमी के उल्लास में डूबा हुआ था और उधर अखिलेश सिंह अपनी कोठरी में उदास बैठे हुए थे। पलाश के चचेरे भाई रतन ने आकर उससे कहा—"अखिलेश चाचा इधर दो दिनों से अत्यन्त उदास रहने लगे हैं। कोई उनसे मिलने जा रहा है तो वे गुस्से में आ-जा रहे हैं। विजय भैया और मैंने उन्हें कई बार समझाया था कि नीम की पत्तियों का रस पिया कीजिये लेकिन वे तो किसी की सुनते ही नहीं। शराब पीना और बढ़ गया है। इनका मानना है कि हम लोग इन्हें झूठी दिलासा दे रहे हैं। विजय भैया से कहने लगे कि जब मरना ही है तो क्यों घुट-घुटकर मरूँ। मरने के पहले खूब शराब पीऊँगा। रोग के कारण मैं मौज-मस्ती को नहीं छोड़ सकता।" अखिलेश सिंह से मिलने गया वह। वे अपनी कोठरी में उदास बैठे हुए थे। पलाश को देखकर फूट-फूटकर रोने लगे वे। पलाश की भी पलकें भीग गयीं। ऑपरेशन के कारण अस्पष्ट बोलते थे अखिलेश। इसलिए अपनी बात वे डायरी में लिखकर बतलाते थे। अखिलेश लिख रहे थे—"अभी जीना चाहता हूँ पलाश लेकिन नियति को तो कुछ और मंजूर है। जीने की ललक कम नहीं हुई है लेकिन यह जानकर कि मौत जल्दी ही मुझे अपने आगोश में ले लेगी, निराश हो जाता हूँ मैं। मित्र विजय और तुम न होते तो मैं अब तक आत्महत्या कर चुका होता।"

अगले दिन वह भागलपुर लौट गया था। अपने चचेरे भाई रतन से उसे पता चला कि मौत के कुछ दिन पहले अखिलेश सिंह बहुत अधिक पीने लगे थे। चेहरे पर व्याप्त निराशा गायब हो गयी थी। गाँव के युवकों के साथ देर तक बैठकबाजी होने लगी। लोग कैरम खेलते, ताश खेलते, कभी-कभी जुए का दौर चलता। जीवन की मस्ती और उल्लास को अधिक-से-अधिक पी लेना चाहते थे अखिलेश। बहुत जल्दबाजी में थे वे। चिराग बुझानेवाला था इसलिए उसकी लौ तेज हो गयी थी। दोपहर के बाद गाँव के युवकों का समूह क्रिकेट खेलता, अखिलेश दर्शक के रूप में उनका उत्साहवर्द्धन करते। एकान्त के क्षणों में बहुत निराश हो जाते थे अखिलेश इसलिए उन्हें अकेला नहीं रहने दिया जाता था। रात को विजय सिंह अखिलेश की ही कोठरी में सोने लगे थे। मौत के एक दिन पहले दोपहर को अपनी पत्नी शारदा के कमरे में गये थे। शारदा उदास थी आज। उसका सौन्दर्य पहले जैसा नहीं रह गया था। अपनी डायरी शारदा की ओर बढ़ा दी थी अखिलेश ने। डायरी में पत्नी को सम्बोधित करती पंक्तियाँ थीं—"प्रिय शारदा। मुझे माफ कर देना। जीवन में मैं तुम्हें भौतिक सुविधाएँ नहीं दे पाया। कभी-कभी शराबी की पत्नी कहलाकर अपमानित भी हुई तुम। मैं तुम्हारा गुनहगार हूँ।" पत्नी के सामने हाथ जोड़कर खड़े थे अखिलेश। शारदा की आँखों से झर-झर आँसू बह रहे थे। अपने पति को कुछ नहीं समझा पा रही थी वह। उसकी आँखों से बहते हुए आँसू मानो यह कह रहे थे—"तुम निर्दोष हो। मैंने तुम्हें माफ किया।"शारदा ज्यादा व्याकुल न हो जाये इसलिए उसकी जेठानी विमला उसे अपने कमरे में ले गयी।

अगले दिन दीपावली थी, पूरा गाँव रोशनी के समन्दर में नहाया हुआ था। आज अखिलेश विशेष रौ में थे। उन्होंने अपने विवाह का सूट पहन रखा था। उनके विवाह को बीस बरस हो चुके थे। बहुत सहेजकर रखा था उन्होंने अपने सूट को। विजय सिंह को पैसा देकर उन्होंने कई बोतल शराब मँगवा लिया था। शाम को पियक्कड़ों का दल कोठरी में आ चुका था। आज अखिलेश मानो इस तत्त्वज्ञान को समझ गये थे कि "मिट्टी का शरीर है, मिट्टी में मिल जायेगा। मेरा मन मस्ती का है। जिस वस्तु के सेवन से मेरी आत्मा तृप्त होती हो, उससे परहेज क्यों? मैं पीना चाहता हूँ, मैं जी भरकर पीना चाहता हूँ ताकि चैन से मर सकूँ?" हवा में सिहरन थी लेकिन पियक्कड़ों पर ठण्ड का असर नहीं था। अखिलेश की पत्नी शराब पीने के लिए मना कर रही थीं लेकिन विजय सिंह ने उनको एकान्त में ले जाकर—"भाभी आज मत रोको उसे। वह अपने मन का राजा है। किसी की नहीं सुनेगा। उसकी बातचीत से लगता है कि उसे अपनी मौत का आभास हो गया है। उसे लगने लगा है कि वह दो-चार दिन का मेहमान है।" विजय सिंह स्थिति को पूरी तरह समझ रहे थे। अखिलेश द्वारा आयोजित आनन्दोत्सव में वे भी सम्मिलित हो गये। वर्षों से अतृप्त और चिर प्यासी आत्माएँ आज तृप्त हो रही थीं। पियक्कड़ों के दल का कोई भी सदस्य ऐसा नहीं था जिसकी आर्थिक स्थिति बहुत अच्छी हो। वैवाहिक कार्यक्रमों में यदा-कदा उन्हें थोड़ी-बहुत शराब नसीब हो पाती थी। प्रतिदिन अपने पैसों से शराब पीने पर गृह कलह का डर था। दूसरों से रोज पीने पर इन्हें कोई आपत्ति नहीं थी। विजय सिंह कभी-कभार मजाक में कहते थे—"मेरे गाँव में कुछ लोग पीने के इतने शौकीन हैं कि यदि उन्हें फ्री का पेट्रोल मिले तो उसे भी पी जायें।"

काफी देर तक उछल-कूद करने के बाद अधिकांश युवक अपने घर चले गये। विजय सिंह को लेकर अपनी कोठरी में गये अखिलेश। विजय सिंह की ओर अपनी डायरी बढ़ा दिया। "हारी हुई लड़ाई लड़ रहा हूँ मैं। यह लड़ाई मुझसे और नहीं लड़ी जाती विजय। पूरी तरह थक चुका हूँ। मैं जानता हूँ कि सबको एक दिन मरना ही है, लेकिन असामयिक मौत सिर्फ दो तरह के लोगों की होती है, महान् लोगों की या दुर्भाग्यशालियों की। भगवान् किस दण्ड की सजा दे रहे हैं मुझे। किसी का कुछ बिगाड़ा नहीं मैंने, किसी को सताया नहीं। हमेशा दूसरों की सहायता के लिए तत्पर रहा। जीवन की आपाधापी में अपने सुख की कहाँ परवाह की मैंने। कब बचपन बीता, कब किशोरावस्था आयी, पता ही नहीं चला और यहाँ तक कि मौत को भी बहुत जल्दी है कि वह मुझे गले लगा ले। हाँ अधिक-से-अधिक एक गुनाह किया है मैंने। मैंने शराब का आवश्यकता से अधिक सेवन किया है। कुछ लोंग मुझे शराबी समझते हैं, लेकिन वैसे शरीफ लोगों द्वारा समय-समय पर धोखा खाया हूँ। मैं दुनिया के लोगों से यह सवाल पूछ रहा हूँ कि कौन अच्छा इन्सान है, निश्छल शराबी या शराब से मुक्त

धोखेबाज? हम सभी अपनी-अपनी लड़ाइयाँ अपने ढंग से लड़ते हैं? किसी की हार होती है और किसी की जीत। कौन अच्छा है और कौन बुरा, इसका फैसला तो ऊपरवाला करेगा।'' विजय सिंह चुपचाप अखिलेश की डायरी को पढ़ रहे थे। उनके दार्शनिक अन्दाज से चिन्तित हो गये विजय। मैं अपने घर जा रहा हूँ थोड़ी देर में आ जाऊँगा।

अखिलेश बहुत जल्दी में थे। विजय सिंह अपने घर से लौटकर उनकी कोठरी में पहुँचे। कोठरी में अँधेरा था। माचिस ढूँढ़कर उन्होंने लालटेन जलाया। चौंक उठा वह। अखिलेश सिंह जमीन पर लेटे हुए थे निस्पन्द। विजय ने पास आकर देखा। जिन्दगी की लड़ाई हार चुके थे अखिलेश सिंह।

अतीत से वर्तमान में लौट आया था पलाश। वह सोच रहा था—''काश! मरने से पहले उनसे मिल पाता मैं। ऐसे जिन्दादिल इन्सान का असमय चले जाना, हम लोगों के लिए अत्यन्त कष्टप्रद है। जब तक जिये, शान से जिये। किसी के सामने सिर झुकाया नहीं उन्होंने। 'मिट्टी का तन, मस्ती का मन' बच्चन जी की इन पंक्तियों को अपने जीवन में चरितार्थ कर गये वे।'' आज वे इस दुनिया में नदीं हैं, लेकिन उनका उन्मुक्त अट्टहास मानो पलाश के कानों में गूँज रहा था। उनकी जिन्दादिली और स्वाभिमानी स्वभाव से बहुत से लोग उनके प्रशंसक हो गये थे। काश! उनकी जिजीविषा मजबूत होती तो वे बच सकते थे। जिन्दगी की लड़ाई वे इतनी जल्दी नहीं हारते।

●

पलाश के फूल

आकाश में बादलों की बहुरंगी आकृतियाँ तैर रही थीं। कहीं पहाड़ नजर आता और कहीं नदी का रेतीला तट। नीम के पेड़ पर चिड़ियों की चहचहाहट जारी थी। कभी-कभी गिलहरी की चिक-चिक सुनायी पड़ रही थी। लॉन के सामने छात्रावास था। बारिश से धुले सागौन के पत्ते बहुत सुन्दर दिख रहे थे। अतीत के पन्नों को पलट रही थीं डॉ. सुमेधा। वे गर्मियों के दिन थे। तब वे इण्टरमीडिएट की छात्रा थीं। मल्होत्रा जी का परिवार मुरादाबाद से इस छोटे-से शहर में आया था। शहर क्या, कस्बा कह सकते थे उसे। अजय मल्होत्रा स्टेट बैंक में प्रबन्धक थे और उनका स्थानान्तरण उल्हासपुर के लिए हो गया था। उल्हासपुर भले ही छोटा शहर था लेकिन प्राकृतिक सौन्दर्य का वरदान था मिला इसे। चारों ओर पहाड़ियाँ थीं। शहर से तीन किलोमीटर दूर पलाश के वन थे। शहर के एक ओर खूबसूरत झील थी जिसके बारे में तरह-तरह की दन्तकथाएँ प्रचलित थीं। शाम को सूरज पहाड़ियों के उस पार ढल रहा होता और सुमेधा अपने मकान की छत पर बैठकर ढलते हुए सूरज को एकटक निहारा करतीं। शहर के अन्दर और बाहर चारों ओर ताड़ के वृक्ष दिखलायी देते थे। अजय मल्होत्रा परिवार सहित सुमेधा के बंगलवाले मकान में रहने लगे थे। उनके दो बच्चों में बड़ा लड़का मृदुल इण्टरमीडिएट का छात्र था। सुमेधा के पिता डॉक्टर आशुतोष श्रीवास्तव महाविद्यालय में अंग्रेजी साहित्य के प्राध्यापक थे। गोरा रंग, घुँघराले बाल और नीली आँखोंवाला गृदुल किसी से जल्दी घुल-मिल नहीं पाता था।

लड़कियों के मामले में तो वह बहुत शर्मीला था। लड़कियों से भौगोलिक दूरी बनाये रखने में उसके व्यक्तित्व का बहुत बड़ा योगदान था। सुमेधा और मृदुल के बीच संवाद स्थापित होने में महीनों लग गये। पहल सुमेधा की तरफ से हुई थी। "आप इतने आत्मकेन्द्रित हैं कि आपसे बात करने की हिम्मत नहीं पड़ रही थी। सोचा कि

संवादहीनता की स्थिति है को ही तोड़ डालूँ। घर में बैठी-बैठी बोर होती रहती हूँ। वैसे तो मैं बातूनी मानी जाती हूँ लेकिन आपको ज्यादा परेशान नहीं किया करूँगी।'' धीरे-धीरे निकटता बढ़ने लगी। जब तक परीक्षा का दबाव था, दोनों एक-दूसरे के घर ही मिलते थे लेकिन फाइनल परीक्षा होते ही दोनों के व्यवहार में उन्मुक्तता आने लगी। वे कैशोर भावुकता के क्षण थे। पहली बार दोनों पलाश के जंगल में घूमने गये थे। शाम ढल रही थी। सूरज का गोला पहाड़ियों के उस पार डूब रहा था और इधर पलाश के फूल दहक रहे थे। मन्त्रमुग्ध थे दोनों। रीतिकालीन कवि पद्माकर की गोपियों को कृष्ण के विरह में किंशुक, गुलाब, कचनार और अनार की डालों पर फूल नहीं बल्कि अंगारों के पुंज दिखलायी देते हैं। यहाँ तो पलाश के वृक्ष पर मानो अंगारे सुलग रहे थे। पलाश की दाहकता की आँच सुमेधा और मृदुल दोनों महसूस कर रहे थे। आकाश सिन्दूरी हो उठा था। ''कितना बनावटी जीवन होता जा रहा है। हमारे जीवन में सहजता नहीं है, लय नहीं है, संगीत नहीं है। शहर कंक्रीट के जंगल में तब्दील होता जा रहा है। घर में गमले रखकर हम जंगल का भ्रम पाल रहे हैं। अब पक्षियों के चहचहाने से हम आह्लादित नहीं होते। नदियों का कल-कल- छल-छल और निर्झर का झर-झर स्वर सम्मोहित नहीं कर पा रहा है हमें।'' सुमेधा बोली थी। उसकी बात का जवाब नहीं दिया था मृदुल ने। दोनों देर तक बैठे-बैठे प्रकृति का अन्त संगीत सुनते रहे। पास में ही शिव मन्दिर था। शिव मन्दिर के सामने तालाब था। तालाब की सीढ़ियों पर बैठ गये दोनों। अँधेरा गहराने लगा। तालाब के शान्त जल में बत्तखें तैर रही थीं।

''हम दोनों निश्छल भाव से मिल रहे हैं सुमेधा, लेकिन समाज की सोच इतनी व्यापक नहीं है। वे लोग हमारे मेल-जोल का गलत अर्थ लगायेंगे। मैं अपने किसी मित्र के साथ यहाँ आता तो समाज को आपत्ति नहीं होगी। किसी लड़की के साथ घूमने पर समाज का नजरिया पता नहीं क्यों बदल जाता है। निश्छल हृदय से समय के साथ संवाद कर रहे हैं हम।'' ऐसा कहने के बाद मृदुल कुछ देर के लिए मन्दिर के अन्दर गया। आकाश में चाँद उग आया था। तालाब के जल मे चाँद के प्रतिबिम्ब को एकटक देख रही थी सुमेधा। कुछ देर तक खामोश बैठे रहे दोनों। ''बहुत देर हो चुकी है। अब हमें चलना चाहिए।'' खामोशी भंग हुई थी सुमेधा के इस वाक्य में। दोनों घर लौट गये।

समय का पंछी उन्मुक्त भाव से उड़ रहा था। गर्मियों के दिन कब बीत गये पता ही नहीं चला। इण्टरमीडिएट करने के बाद मृदुल ने इलाहाबाद विश्वविद्यालय में प्रवेश ले लिया। सुमेधा ने भागलपुर के टी. एन. बी. कॉलेज में प्रवेश लिया। भागलपुर में सुमेधा के मामा रहते थे। अज्ञेय की कविताएँ सम्मोहित करती थीं उसे। अज्ञेय की कविताओं के अध्ययन के दौरान उसकी नजर 'टेसू' कविता पर पड़ी। उसे मालूम था कि टेसू पलाश को ही कहते हैं। कई बार इस कविता को पढ़ा सुमेधा ने लेकिन टेसू के प्रतीक को समझ नहीं पाया वह। प्रोफेसर नीरज अस्थाना से मिली वह। अपनी

समस्या को बतलाया उसने। प्रोफ़ेसर अस्थाना ने बतलाया था–"टेसू प्रकृति का दहकता हुआ बिम्ब है। इस कविता में अखण्ड आस्था का स्वर मुखरित हुआ है। टेसू अपने-आपको ग्रीष्म का अग्रदूत मानता है। वह कहता है कि जब तक ग्रीष्म नहीं आता है, तब तक उसकी अखण्ड आस्था का साक्षी होकर मैं मशाल जलाऊँगा। मैं पूरे वन प्रान्त में आग दे दूँगा। मशाल जलाने से तात्पर्य पलाश की दाहकता से है।" कविता के मर्म को समझ सकी थी वह। अखण्ड आस्था का स्वर प्रेरित कर रहा था उसे। उसे लग रहा था कि जीवन में सम्बन्धों के प्रति दृढ़ आस्था होनी चाहिए। वह देख रही थी कि कितने उपयोगितावादी होते जा रहे थे सम्बन्ध। कई महीने बाद मृदुल से मुलाकात हुई उसकी। दशहरा की छुट्टी में इलाहाबाद से अपने घर आया था। इधर सुमेधा का कॉलेज काफी दिनों के लिए बन्द था। दशहरा, दीपावली और छठ को सम्मिलित करके अवकाश घोषित था। दोपहर को दोनों पंचवदन घूमने गये थे। पंचवदन में एक सुन्दर शिव मन्दिर था। शिव मन्दिर के सामने एक तालाब था। सड़क को छोड़ने के बाद एक पगडण्डी पंचवदन तक पहुँचती थी। दोनों तालाब के पास पहुँचे। तालाब में कमल खिले हुए थे। सूरज की सुनहरी धूप तालाब के जल में पड़ रही थी।

"तुम्हारे चले जाने के बाद एक खालीपन छा गया था मेरे अन्दर। कई दिनों तक मुझे बिलकुल भी अच्छा नहीं लगा था। मात्र कॉलेज जाने के लिए मैं घर से बाहर निकलती थी। आज तुम्हारे साथ घर से बाहर निकली हूँ। दिन-भर गुमसुम रहती थी मैं। शाम को छत पर जाकर बैठ जाती। देर तक ढलते सूरज को देखा करती। मैं तरह-तरह की कल्पनाएँ करती रहती। कभी-कभी सोचती थी कि तुम मुझसे बहुत दूर चले जाओगे।" सुमेधा बोल रही थी। तालाब में तैर रहे पक्षियों को देख रहा था मृदुल। सुमेधा की बात को सुन रहा था वह लेकिन उसे देखकर ऐसा लग रहा था कि उसका ध्यान दूसरी ओर है।

"भविष्य के विषय में सोचकर क्यों चिन्तित हो जाती हो सुमेधा? वर्तमान में जीने की कोशिश करो। अतीत की मधुर स्मृतियों के सहारे भी जिया जा सकता है। हम अतीतजीवी होते हैं, स्मृतिजीवी होते हैं। स्मृतियों के सहारे हम उन क्षणों में पुनः जी लेते हैं। इसके बावजूद इस बात का ध्यान रखना चाहिए कि अतीत की यादों में खोकर हम ज्यादा आत्ममुग्ध न हो जायें। आत्ममुग्धता कहीं-कहीं कमजोर कर देती है हमें। हम दोनों किशोर भावुकता के क्षणों में जी रहे हैं। जिन्दगी की आपाधापी में कब कौन कहाँ, होगा कौन जानता है इसे। सब-कुछ अपने हाथ में नहीं होता सुमेधा। जीवन की घटनायें संयोग पर आधारित होती हैं।" खामोश होकर सुन रही थी मृदुल को सुमेधा। वह चकित थी कि इतना परिपक्व कैसे हो गया मृदुल? तालाब के किनारे स्थित वृक्ष धीरे-धीरे झूम रहे थे। कुछ दूरी पर बच्चे पतंग उड़ा रहे थे। कुछ देर पहले बगुलों का

झुण्ड तालाब के ऊपर से उड़ गया था। सुमेधा ने सोचा कि गम्भीर माहौल को थोड़ा हलका किया जाये। वह बोली, ''तुम्हारे अन्दर इतनी परिपक्वता कैसे आ गयी मृदुल? तुम तो मृदुल हो। तुम्हारी कल्पनाएँ भी मृदुल होनी चाहिए। तुमने तो मुझे अच्छा उपदेश पिलाया। मैं तुम्हारी सलाह पर ध्यान दूँगी।'' मृदुल सोच रह था—''सुमेधा को किशोर भावुकता से बचने की सलाह देकर कहीं मैं अपने दिल को सान्त्वना तो नहीं दे रहा हूँ?''

शाम ढल रही थी। पहाड़ियों की ओर का आसमान लाल हो चुका था। कुछ देर तक दोनों चुप रहे थे। कुछ देर बाद सूरज का नारंगी गोला पहाड़ी की चोटी पर टिक गया था। उसे देखकर ऐसा लगता था कि वह पहाड़ी के नीचे ढुलक जायेगा। पशुओं का रेबड़ लौट रहा था। कुछ देर बाद सूरज पहाड़ियों के पीछे छिप गया।

''काश! ऐसा होता कि हम दोनों हमेशा ऐसे ही मिलते रहते, प्रकृति के पल-पल परिवर्तित रंग को देखते। समय के साथ संवाद करते। मैं तो ऐसे जीवन की कल्पना ही नहीं करता जहाँ मुझे प्रकृति से बहुत दूर रहना पड़े। कंक्रीट क जंगल में सुख-सुविधाओं से भरा जीवन मुझे पसन्द नहीं है। यहाँ की पहाड़ियाँ मुझे लुभाती हैं, पलाश के जंगल बार-बार बुलाते हैं। झील का शान्त जल बेचैन कर देता है मुझे।'' अँधेरा होने लगा था। दोनों अपने घर लौट गये थे। दिन बहुत अच्छे बीत रहे थे। मृदुल की छुट्टियाँ जल्दी बीत गयीं इसलिए वह इलाहाबाद लौट आया।

अगले साल मृदुल के पिता अजय मल्होत्रा का स्थानान्तरण लखनऊ हो गया। अकेले में बहुत रोयी थी सुमेधा। अब मृदुल से मुलाकात कैसे हो पायेगी? यह सोचकर चिन्तित हो उठी वह। पड़ोसी होने के नाते मृदुल के साथ उसके मेल-जोल को परिवारवाले बुरा नहीं मानते थे लेकिन वे एक हद तक ही उन्मुक्त विचारोंवाले थे। सामाजिक मर्यादाओं की चिन्ता सुमेधा के परिवारवाले करते थे। एक महीने तक उसे बिलकुल अच्छा नहीं लगा। अपने-आपको बहुत समझाने का प्रयास किया उसने लेकिन उसकी बेचैनी खत्म नही हुई। मामा के यहाँ सब लोग रात को सो गये। उसकी आँखों में नींद नहीं थी। छत पर टहलने लगी वह। चाँद अपने पूरे यौवन पर था। छत से सटे नीम के पेड़ पर चाँदनी बरस रही थी। अपने कमरे में आ गयी सुमेधा। टेबिल लैम्प जलाकर मृदुल को पत्र लिखने लगी वह—

''पहली बार पत्र लिख रही हूँ तुम्हें। समझ में नहीं आ रहा है कि क्या लिखूँ। पूरी प्रकृति चाँदनी की चादर ओढ़ सो रही है और इधर मेरी आँखों में नींद नहीं है। जिस दिन तुम्हारा परिवार यहाँ से जा रहा था, वह क्षण मेरे लिये अत्यन्त कष्टप्रद था। उस दिन एकान्त में मैं देर तक रोयी थी। अब तुमसे कहाँ मुलाकात हो पायेगी। तुमने कहा था मैं वर्तमान में जीने की कोशिश करूँ। क्या ऐसा कर पाना पूरी तरह से सम्भव है? बचपन में हम घरौंदे बनाते थे, उसे अपना घर समझते थे हम नहीं जानते थे कि इन घरौंदें में हमारा बसेरा नहीं हो सकता था। किशोर भावुकता भी ऐसी ही होती है। इसके

बावजूद हम किशोर भावुकता के क्षणों में आत्ममुग्ध रहते हैं, प्रसन्न रहते हैं। बुनियादी माया जाल से दूर हम एक ऐसे मनोरम संसार में विचरण करते हैं जहाँ पर रंग-बिरंगी तितलियाँ उड़ती रहती हैं, सरोवरों में हंस तैरते रहते है, कलियाँ मुस्कुराती हैं, हिरन शावक कुलाँचें भरते रहते हैं। कहाँ गया वह हमारा भोला बचपन। तितलियों को पकड़ने के लिए दूर-दूर तक भागते थे हम। तितलियों के पंख टूट जाते थे। और अनजाने में ही एक सौन्दर्य का अन्त हो जाता था। लेकिन वह हमारा निर्दोष भाव था। तितलियों को पकड़ने की ललक एक पवित्र भावना थी। तुम इस पत्र को पढ़ोगे तो तुम्हें शायद मेरा पत्र अपरिपक्व लगे। लेकिन मैं क्या करूँ। कल्पनाओं को जैसे पर लग गये हैं।

तुम जानते ही हो कि तुम्हारे सिवा मेरा कोई मित्र नहीं है। अपने मन की आकुलता को तुम्हारे सामने व्यक्त करके सन्तुष्ट हो जाती थी मैं। अब अपने अन्तर्मन की बात किससे कहूँ? पत्र का जवाब जरूर देना।''

अगले दिन उसने पत्र को पोस्ट आफिस में डाल दिया। पत्रोत्तर की प्रतीक्षा में व्याकुल रही वह। एक महीने बाद एक छोटा-सा पत्र आया।

''तुम्हारा पत्र मिला। अपने-आपको सँभालो। भावनाओं में ज्यादा मत बहो। अपने कैरियर पर ध्यान दो। ईश्वर ने चाहा तो फिर मिलेंगे हम।'' पत्र पढ़कर उदास हो गयी थी वह। मन में तरह-तरह के विचार आ रहे थे। क्या मृदुल उसके प्रति उदासीन है? भावुकतापूर्ण पत्र का ऐसा उत्तर क्यों दिया उसने? हो सकता है कि वह मेरे हित में सोच रहा हो।

बी. ए. कब पूरा हो गया, पता ही नहीं चला। इस बीच उसके और मृदुल के बीच पत्र-व्यवहार बहुत कम हुआ। मृदुल के पते पर उसने पत्र भी लिखे लेकिन उनका जवाब नहीं मिला। बी. ए. करने के बाद सुमेधा पटना विश्वविद्यालय से हिन्दी में एम. ए. करने लगी। पटना विश्वविद्यालय का हिन्दी विभाग उसे बहुत अच्छा लगता था। हिन्दी विभाग ऊपर था। उसके नीचे गंगा बहती थी। हिन्दी विभाग की छत पर बैठकर वह गंगा की लहरों को एकटक देखा करती थी। पटना विश्वविद्यालय के गर्ल्स हॉस्टल में रहती थी सुमेधा। दिन-भर किताबों से चिपकी रहती। शाम को कभी-कभी बुक स्टालों पर पुस्तकों और पत्रिकाओं की खोज में निकलती। दिसम्बर तक ऐसे ही चलता रहा। उसे नहीं पता था कि अगले महीने कुछ विशेष घटना घटेगी।

पन्द्रह दिनों तक लगातार कुहरा छाया रहा। लोग धूप के लिए तरस गये थे। पटना विश्वविद्यालय के हिन्दी विभाग द्वारा निराला व्याख्यानमाला का आयोजन था। व्याख्यान के दिन सुबह से ही खुशनुमा मौसम हो गया था। गुनगुनी धूप के स्पर्श से रोमांचित थी वह। दोपहर को दिल्ली विश्वविद्यालय के प्रोफेसर कृष्णकान्त का व्याख्यान था। सभागार खचाखच भरा हुआ था। व्याख्यान समाप्त होने के बाद लोग हॉल से बाहर निकलने लगे। तभी उसे मृदुल दिखलायी पड़ा। वह मुदृल के पास गयी, ''अरे तुम यहाँ कैसे? तुम तो भागलपुर में थी।'' चौंककर बोला मृदुल।

"मेरे प्रति ऐसी उदासीन ठीक नहीं है मृदुल। पटना से मैंने तुम्हें दो पत्र लिखे लेकिन तुमने दोनों पत्रों का जवाब नहीं दिया।" सुमेधा बोली थी। मृदुल ने उसे बाहर चलने का इशारा किया। दोनों सभागार के बाहर निकले।

"तुम कैसे समझ गयी कि तुम्हारा पत्र मुझे मिला है। मैंने अपना कमरा छोड़ दिया था और कुछ दिनों तक मैं अपने एक मित्र के यहाँ रहा। इसके बाद में दिल्ली चला गया। मैंने सोचा कि तुम्हें पत्र लिखूँ लेकिन ऐसा सम्भव नहीं हुआ क्योंकि जिस डायरी में तुम्हारा भागलपुरवाला पता लिखा हुआ था, वह डायरी बस में खो गयी थी।"

प्रोफेसर कृष्णकान्त के साथ आया हुआ हूँ, हम लोग होटल में रुके हुए हैं। शाम को मगध-एक्सप्रेस से हमें दिल्ली जाना है। अभी मैं प्रोफेसर कृष्णकान्त जी को यह बतलाकर आता हूँ कि मैं थोड़ी देर बाद होटल पहुँचूँगा। तब हम दोनों आराम से बातें करेंगे।"

प्रोफेसर कृष्णकान्त से मिलकर वह तुरन्त लौटा। दोनों एक रेस्टोरेण्ट में जाकर बैठे। रेस्टोरेण्ट में बहुत कम भीड़ थी। मृदूल ने दो कॉफी का आर्डर दिया। रेस्टोरण्ट में मधुर संगीत की ध्वनि गूँज रही थी। खामोशी टूटी थी मृदुल के इस वाक्य से—"उल्हासपुर छूटने के बाद बहुत-कुछ खोया है मैंने। प्रकृति से कितना दूर हो गया हूँ मैं। एक खालीपन छाता चला गया मेरे अन्दर। मन की अतृप्त इच्छाएँ कभी-कभी सपने में पूरी होती हैं। कभी-कभी स्वप्न में देखता हूँ कि हम दोनों पलाश के वन में घूम रहे हैं। डालों पर पलाश के फूल दहक रहे हैं। पलाश के दो फूल तोड़कर तुम्हारे जूड़े में लगा देता हूँ मैं। तुम मुस्कुरा देती हो। अचानक एक बाज दोनों फूलों को लेकर उड़ जाता है। यह स्वप्न मैं कई बार देख चुका हूँ। इसका निहितार्थ मैं समझ नहीं पाया।"

दोनों काफी देर तक रेस्टोरेण्ट में बैठे रहे। एक-दूसरे से बिछुड़ना नहीं चाहते थे लेकिन ऐसा सम्भव नहीं था। सुमेधा बोली—"दिल्ली जाकर मुझे भूल न जाना मृदुल। मेरी भावनाओं का ख्याल रखना। तुम्हारे साथ बिताये गये एक-एक क्षण अमूल्य हैं। उन क्षणों को याद करके अतीत को जी लूँगी मैं। आज मैं तुम्हारे साथ-साथ इस रेस्टोरेण्ट में बैठकर समय के साथ संवाद कर रही हूँ। काल के अनन्त प्रवाह में हर क्षण मूल्यवान् होते हैं। वर्तमान से हम असन्तुष्ट रहते हैं, अतीत लुभावना लगता है लेकिन हम अतीत से पूरी तरह सन्तुष्ट नहीं हो पाते। हम चाहते हैं कि अतीत के वे मधुर क्षण लौट आयें। लेकिन क्या ऐसा हो पाता है?" काफी समय हो चुका था। रेस्टोरण्ट लगभग खाली था। सुमेधा की दृष्टि रेस्टोरेण्ट की दीवार पर टँगे हुए कैलेण्डर पर अटक गयी थी।

सागर की उत्ताल तरंगों पर तैरता हुआ जलपोत, सूरज का लाल गोला सागर में डूबने ही वाला है, एकाध पक्षी उड़ रहे हैं। सागर के जल का अथाह नीलापन। ऐसा लग रहा था कि सागर का जल कैलेण्डर पर रिसने लगेगा। "बहुत देर हो गयी है। अब हमें चलना चाहिए।" मृदुल के इस वाक्य से उसका खोयापन भंग हुआ था। मृदुल ने सुमेधा को उसके हॉस्टल तक छोड़ा था।

इसके बाद घटनाक्रम तेजी से चला था। पटना विश्वविद्यालय से पी-एच. डी. करने के बाद वह उल्हासपुर के विवेकानन्द महाविद्यालय में लेक्चरर हो गयी थी। उधर मृदुल एम. ए. करने के बाद सिविल सेवा की तैयारी करने लगा था। दोनों में पत्र-व्यवहार नियमित रूप से हो रहा था। अपने दूसरे प्रयास में मृदुल भारतीय प्रशासनिक सेवा के लिए चुन लिया गया था। मृदुल की इस सफलता पर बहुत खुश थी सुमेधा। उसके मन के किसी-न-किसी कोने में मृदुल की जीवनसंगिनी बनने की आकांक्षा थी ही लेकिन संकोची होने के कारण इस बात को वह कह नहीं पा रही थी। उसे पूरा विश्वास था उसका मृदुल उसे ही अपनी जीवनसंगिनी बनायेगा।

उधर मृदुल की इस सफलता पर बधाई देनेवालों का ताँता लगा हुआ था। मृदुल जबरदस्त अन्तर्द्वन्द्व में जी रहा था। एक तरफ थी सुन्दर, सौम्य और शालीन डॉ. सुमेधा तो दूसरी ओर बड़े-बड़े अधिकारियों और राजनेताओं द्वारा अत्यधिक धनराशि की पेशकश। भारतीय परिवेश में अक्सर जैसा होता है, वही हुआ। धन-दौलत के आकर्षण के समक्ष प्रेम की पराजय हुई और मृदुल ने एक आदर्श बेटे की भूमिका का निर्वाह करते हुए एक आई. ए. एस. अधिकारी की बेटी से विवाह किया। सुमेधा को पत्र लिखने की भी हिम्मत नहीं कर पाया मृदुल।

इस घटना से बहुत गहरा आघात लगा था डॉ. सुमेधा को। डॉ. आशुतोष श्रीवास्तव को सुमेधा के विवाह की चिन्ता थी लेकिन सुमेधा को पुरुषों से चिढ़ हो गयी थी। उसने विवाह न करने का दृढ़ संकल्प कर लिया था। बहुत दिनों तक सुमेधा सोचने लगी—"मैं इस स्थान को नहीं छोड़ूँगी। यहाँ मेरे जीवन के स्वर्णिम क्षण बीते हैं। मृदुल मुझसे दूर चला गया है लेकिन कुछ तो देकर गया है। प्रकृति के अन्तःस्पन्दन को महसूस कर रही हूँ मैं। ऋतु चक्र चलता रहेगा। हर साल पलाश के जंगल में पलाश के फूल दहकते रहें। पलाश की दाहकता से अखण्ड आस्था की प्रेरणा लूँगी। पलाश के जंगल और खूबसूरत झील को छोड़कर दूर नहीं जा सकती मैं। ऐसा करने पर सूख जाऊँगी। यहाँ से दूर जाने पर मुझे ऐसा लगेगा कि पलाश के फूल उसे बुला रहे हैं—वे कह रहे हैं—हमारी लालिमा को देखो, हमारी तेजस्विता को देखो, मानवीय सम्बन्धों में ऐसी लालिमा और तेजस्विता कहीं है क्या? वह गुनगुना रही थी—"प्रियतम जब-जब जंगल आना फूल पलाश के ला देना।"

डॉ. सुमेधा ने जीवन को अपने ढंग से जीना शुरू कर दिया। मृदुल को भुलाने का उन्होंने पूरा प्रयास किया लेकिन जब-जब वे पलाश के वन से होकर गुजरतीं तो उन्हें घुँघराले बालों और नीली आँखोंवाले लड़के की याद आने लगती थी और वे बेचैन हो जाती थीं। जब वे पंचवदन जातीं तो वहाँ भी अतीत उनका पीछा नहीं छोड़ता था। डॉ. सुमेधा ने इन दोनों जगहों पर ज़ाना बहुत कम कर दिया था। अतीत से भाग रही थी डॉ. सुमेधा। लेकिन अतीत उनका पीछा कहाँ छोड़नेवाला था?

●

बैण्डिट क्वीन

नालन्दा विश्वविद्यालय के प्रोफेसर कुमार विकल देखने में धीर-गम्भीर व्यक्तित्व के लगते थे। वैसे उनके सहकर्मियों का मत था कि उनके अन्दर ओढ़ी हुई गम्भीरता है। उनके चेहरे के भाव को समझना आसान नहीं था। उसके घुँघराल बालों के ऊपर चाँद नजर आता था। चश्मे के अन्दर से झाँकती हुई उसकी आँखों में धूर्तता नजर आती थी। अपनी नजाकत और नफासत के लिए प्रसिद्ध थे प्रोफेसर विकल। अमरूद खाते वक्त उनके मसूड़ों में दर्द होने लगता था, दूध पीने से उनका हाजमा खराब हो जाता था और स्कूटर से चलने में उन्हें छींक आती थी। चावल खाने से उनका स्नोफिल्स बढ़ जाता था। और दही खाने से उन्हें जुकाम हो जाता था। प्रश्न यह उठता है कि प्रोफेसर विकल खायें तो क्या खायें? उनकी पत्नी निशारानी उनसे मात्र दस साल बड़ी थीं और अपना बड़प्पन अक्सर जताया करती थीं। उनका अतीत अत्यन्त गौरवमय था और उनसे जुड़ी हुई थीं अनेक अमर देहगाथाएँ। उनकी वर्तमान भौगोलिक स्थिति को देखकर अतीत में उनके हुस्न के जादू का अनुमान लगाया जा सकता था। उनके ढलते हुए यौवन को देखकर उर्दू का यह शेर याद आता था—

"रहत, है कब बहारे जवानी तमाम उम्र,
मानिद बू, ए गुल इधर आयी, उधर गयी।"

प्रोफेसर विकल कई रूढ़ियों के शिकार थे। वे दिन के हिसाब से कपड़ा पहनते थे। सोमवार को वे काली पैण्ट के साथ लाल बुश्शर्ट पहनते थे। मंगलवार को काली पैण्ट के साथ सफेद शर्ट पहनते थे। इस पोशाक में वे हनुमान मन्दिर जाते थे लेकिन धर्म से उन्हें कोई विशेष लेना-देना नहीं था। मन्दिर जाने का उनका मुख्य मकसद नयन सुख लेना था। बुधवार को वे सफेद पैण्ट पर पीला कुर्ता पहनते थे। रमेश अस्थाना अक्सर कहा करते थे—"कुमार विकल बी. ए. और एम. ए. में मेरा सहपाठी रहा है।

एम. ए. करते वक्त इसका नीला अवस्थी से परिचय हुआ और यह परिचय प्रगाढ़ प्रेम में परिवर्तित हुआ। दोनों अक्सर साथ देखे जाते थे। एम. ए. पूरा होने के बाद नीला इलाहाबाद से चली गयी। उसके बारे में कोई जानकारी नहीं मिली। नीला की याद में यह हफ्ते में दो दिन नीले रंग का कपड़ा पहनता है।" रमेश अस्थाना की बात में कितनी सच्चाई थी, यह कोई नहीं जानता था। हिन्दी विभाग के कई प्राध्यापक प्रोफेसर अस्थाना की बात को 'कोरी' गप्प मानते थे। बृहस्पतिवार को कुमार विकल नीली जीन्स के साथ लाल टी शर्ट धारण करते थे। इसी परिधान में वे विक्रमशिला विश्वविद्यालय में प्रोफेसर का इण्टरव्यू देने गये थे। डॉ. राजेन्द्र सिंह ने टिप्पणी की थी–

"प्रोफेसर कुमार विकल कई प्रकार की ग्रन्थियों के शिकार हैं। उसकी पत्नी उससे दस साल बड़ी है और तुम तड़ाक कहकर बात करती है। उसके आशिकों की लम्बी फेहरिस्त है। कुमार विकल इन चीजों को जानते हुए भी खुशमिजाज बने रहने का अभिनय करता है। सच्चाई यह है कि उसका जीवन खोखला है। अपनी हीन भावना को छिपाने के लिए वह लाल, पीले, नीले, रंग-बिरंगे कपड़े पहनता है।"

डॉ. निशारानी का अतीत गरीबी और जहालत से शुरू हुआ था और कई भाग्यविधाताओं के साथ देहगाथा का सृजन करते हुए पुष्पित और पल्लवित हुआ। निशारानी के दादा परितोष घोष भागलपुर से आकर बनारस में बस गये थे। जीविकोपार्जन के लिए परचून की दुकान थी। उस समय देश में क्रान्तिकारी आन्दोलन जोरों से चल रहा था। प्रसिद्ध क्रान्तिकारी राजेन्द्र लाहिड़ी कभी-कभी परितोष की दुकान पर आया करते थे। क्रान्तिकारियों के गुप्त ठिकानों पर पुलिस का छापा पड़ता था। एक बार तो परितोष के घर पर पुलिस तलाशी लेने आयी थी। राजेन्द्र लाहिड़ी घर के पिछले दरवाजे से निकल गये थे। निशारानी के पिता अरिन्दम घोष भी परचून की दुकान पर बेठते थे। काकोरी काण्ड के सिलसिले में राजेन्द्र लाहिड़ी को फैजाबाद जेल में फाँसी हुई। इस समाचार को सुनकर परितोष बनर्जी को हार्ट अटैक हुआ था और कुछ दिनों बाद ही वे इस दुनिया से चल बसे। छोड़ गये थे वे एक जर्जर मकान जिसमें पाँच प्राणी रहते थे—निशारानी, निशारानी की दादी, उसके पिता, माँ और इकलौता भाई पारिजात। तीन कमरोंवाले उस मकान के बीच में आँगन था और आँगन के ठीक मध्य में था नीम का एक पेड़। बाद में अरिन्दम घोष की पत्नी ने एक और पुत्री को जन्म दिया। परिवारवालों ने उसका नाम रखा—मधुमिता। दोनों बहनें नार्मल स्कूल में पढ़ने जाती थीं। मधुमिता अत्यन्त सौम्य और शान्त थी जबकि निशारानी चंचल और खिलन्दड़े स्वभाव की थी। हाईस्कूल के बाद निशारानी का ऐडमिशन आदर्श इण्डरमीडिएट कॉलेज में कराया गया। माँ-बाप की इच्छा थी कि उनकी बेटी किसी गर्ल्स स्कूल में पढ़े लेकिन दुर्भाग्य से घर के आस-पास कोई गर्ल्स स्कूल नहीं था। इस प्रकार निशारानी का साक्षात्कार एक नये संसार से हुआ। कॉलेज में सह-शिक्षा होने के कारण उसके चेहरे पर रौनक आ गयी थी।

उसकी बड़ी-बड़ी आँखों से शरारत टपकती थी। उसकी बातचीत की अदाओं से मनचले लड़के फिदा थे। 'यौवन नृपति प्रवीन' निशारानी के अंग-प्रत्यंग में वृद्धि कर रहा था। जब वह स्नानागार में स्नान करती तो उसका पूरा शरीर रोमांचित हो जाता था। अपनी पीठ, पेट, पुष्ट स्तन, जंघा प्रदेश और नितम्बों का स्पर्श करने से उसके तन-मन में सिहरन होती थी। किशोरावस्था में ही निशारानी प्रेम का पाठ सीख चुकी थी। मोहल्ले के ही एक लड़के से उनका इश्क हुआ और दोनों लुका-छिपी का खेल खेलते रहे। अकेले में निशारानी दर्पण के सामने खड़े होकर अपने-आपको निहारती। अपने उत्फुल्ल यौवन को देखकर उसके मन के अन्दर कलियाँ चटखने लगतीं। उसके तन के पोर-पोर में यौवन का ज्वार उठता। उसे समझ में नहीं आता था कि वह क्या करे? उसका प्रेमी शार्दूल कुमार सिंह संकोची और शर्मीला था लेकिन उसकी सत्संगति में आकर वह थोड़ा-सा मुखर हुआ था। जाड़े की गुनगुनी धूप में एक दिन दोनो अस्सी घाट स्थित गंगा के उस पार बैठे हुए थे। चारों ओर रेतीला था। निशारानी की बड़ी-बड़ी आँखों में मादकता छायी हुई थी। "इस तरह छुप-छुपकर कब तक मिलते रहेंगे।" हम दोनों के प्रेम-प्रसंग की जानकारी केवल मधुमिता को है। मैंने उसे फुसलाकर रखा है। कुछ देर तक दोनों गंगा के रेतीले तट पर प्रगाढ़ आलिंगन में आबद्ध रहे। सूरज की गुनगुनी धूप के स्पर्श से उनका रोम-रोम पुलकित हो रहा था। पास में ही चकवा और चकवी क्रीड़ा कर रहे थे।

अगले दिन मोहल्ले मे हंगामा खड़ा हो गया था। निशारानी अपने खानदान का नाम रोशनी करती हुई शार्दूल के साथ इलाहाबाद भाग गयी थी। दो दिन तक दोनों लापता थे। तीसरे दिन निशारानी के भाई पारिजात ने दोनों को रामबाग रेलवे स्टेशन पर देखा था। उसने निशारानी की दैहिक समीक्षा की और शार्दूल को डाँटा था। निशारानी को लेकर पारिजात बनारस लौटा था। इलाहाबाद-प्रवास में निशारानी के जीवन में पहली बार देहगाथा का सृजन हुआ था। इस घटना के बाद शार्दूल कुमार सिंह ने निशारानी से पर्याप्त भौगोलिक दूरी बनाये रखा। परिवार की तरफ से निशारानी पर कड़ी नजर रखी जाने लगी। इण्टरमीडिएट करने के बाद निशारानी ने नालन्दा विश्वविद्यालय में प्रवेश लिया। नालन्दा के सुरम्य परिसर को देखकर निशारानी का मन-मयूर नृत्य करने लगा। बी. ए. में सह-शिक्षा न होने के कारण निशारानी ने अपने-आपको थोड़ा-सा संयत और मर्यादित रखा लेकिन इतिहास से एम. ए. करते वक्त उसका आवारा मन उन्मुक्त आकाश में उड़ान भरने लगा था। इस बीच उसकी दादी इस संसार से विदा हो चुकी थी और अरिन्दम घोष लकवाग्रस्त हो गये थे। निशारानी का यौवन समन्दर की लहरों की तरह उफान मार रहा था। उसके उरोजों का उभार, आँखों की चपलता, जंघाओं का मोटापा और नितम्बों की पुष्टता को देखकर लोग आहें भरते थे। जब वह मन्थर गति से चलती थी तो निराला की ये पंक्तियाँ जेहन में बरबस आ जाती थीं—

"उन्नत उरोज,
पीन क्षीण, कटि
नितम्ब भार
चरण सुकुमार गति मन्द मन्द,
छूट जाता धैर्य ऋषि मुनियों का।"

प्राचीन इतिहास विभाग के डॉ. आशुतोष द्विवेदी अपनी रसिकता के लिए प्रसिद्ध थे। एम. ए. की क्लास के हर बैच में कोई-न-कोई लड़की उन्हें बहुत पसन्द आती थी। निशारानी पर वे विशेष रूप से मेहरबान थे। वे गंजे थे और उनकी लड़की निशारानी की उम्र की थी। शकल-सूरत से वे सामान्य थे। कुछ लोगों ने उन्हें निशारानी को अपने स्कूटर पर बैठाकर घुमाते देखा था। कभी-कभी निशारानी विभाग में डॉ. द्विवेदी के साथ आती थी। डॉ. राममनोहर त्रिपाठी इन दोनों को एक साथ देखकर कहा करते थे—"अंगूर के साथ लंगूर।" वह दौर नारी-विमर्श का नहीं था फिर भी निशारानी देहमुक्ति में विश्वास रखती थी। यौन शुचिता को दकियानूसी विचार माननेवाली निशारानी जानती थी कि देहयात्रा से गुजरते हुए वह भौतिक सुविधाओं को पा लेगी। उसके घर की माली हालत खराब हो चुकी थी। फिलहाल निशारानी को डॉ. आशुतोष द्विवेदी की अंकशायिनी बनने का अखण्ड सौभाग्य प्राप्त हुआ। इसका भौतिक परिणाम भी सामने था। डॉ. निशारानी को एम.ए. में प्रथम श्रेणी मिली।

आशुतोष द्विवेदी ने उससे कहा—"इवनिंग कॉलेज में लेक्चरर के पद के लिए विज्ञापन निकला है। तुम फार्म भर दो। मैं तुम्हारा सेलेक्शन करवा दूँगा।" आशुतोष द्विवेदी के चेहरे पर कुटिल मुस्कान तैर गयी। उस समय इवनिंग कॉलेज के प्राचार्य थे डॉ. रामेन्द्र वाजपेयी। इनके गिरोह में सम्मिलित थे—हिन्दी के लेक्चरर लक्ष्मी प्रसाद सिंह, प्राचीन इतिहास के लेक्चरर अनिल पाण्डेय और हेड क्लर्क संजय सिंह। शाम को आशुतोष द्विवेदी डॉ. लक्ष्मी प्रसाद सिंह के आवास पर पहुँचा। ड्राइंग-रूम में महफिल जमी हुई थी। सोमरस के आशिक सारे मयकश इकट्ठे थे। टेबिल पर कई तश्तरियाँ रखी हुई थीं। डॉ. रामेन्द्र वाजपेयी, लक्ष्मी प्रासाद सिंह, अनिल पाण्डेय, अवध ेश राय और संजय सिंह ड्राइंग-रूम में बैठे हुए थे। "आओ आशुतोष, तुम सही समय पर आये। हम लोग तुम्हारा ही इन्तजार कर रहे थे।" रामेन्द्र वाजपेयी ने हँसते हुए कहा। "सर आपसे एक निवेदन था। मेरी एक छात्रा है निशारानी घोष। उसने प्राचीन इतिहास का लेक्चरर बनने के लिए आवेदन किया है। आपकी कृपा होगी तो उसके चयन में मुश्किल नहीं होगी।" रामेन्द्र वाजपेयी, लक्ष्मी प्रसाद सिंह की ओर मुखातिब होकर बोले—"देख रहे हो न लक्ष्मी भाई। आशुतोष द्विवेदी कमाल का आदमी है। मछलियाँ फँसाने में इसका जवाब नहीं।" आशुतोष द्विवेदी के चेहरे पर कुटिल मुस्कान उभर आयी। वह बोला—

"वह मात्र मछली नहीं है सर, बंगाली रसगुल्ला भी है। निशारानी बंगाली होने के कारण मछली खाने की शौकीन है जबकि आपको मछलियाँ और बंगाली रसगुल्ले दोनों

पसन्द हैं।" जोरदार ठहाका गूँजा था। महफिल देर तक चलती रही। जब सब लोग विदा होने लगे रामेंन्द्र वाजपेयी डॉ. आशुतोष द्विवेदी को एक कोने में ले जाकर बोला—"तुम कल अपनी मछली को मेरे बँगले पर छोड़ देना। मैं कल परीक्षण करके देखूँगा कि तुम्हारा शिकार कैसा है?"

अगले दिन शाम को आशुतोष द्विवेदी निशारानी को लेकर प्रिन्सिपल वाजपेयी के बँगले पर पहुँचा था। साथ में ले गया था वह दो बोतल शराब। निशारानी को देखकर वाजपेयी के चेहरे पर रौनक आ गयी थी। उसकी जीभ से लार टपकने लगी थी। वह निशारानी को ऐसे देख रहा था जैसे शिकारी शिकार को देखता है। आज बहुत दिनों बाद उसे नारी के शरीर का मादक स्पर्श सुख मिलनेवाला था। उसी पत्नी गतयौवना थी। इसलिए वह कुण्ठित रहता था। रामेन्द्र वाजपेयी सिद्धहस्त हस्तसिद्ध और अव्वल दर्जे का सुरानुरागी था। आज सुबह से ही खुशनुमा मौसम था। आज शरद् पूर्णिमा की रात थी। आसमान में चाँद अठखेलियाँ कर रहा था रात को रामेन्द्र वाजपेयी ने निशारानी के साथ बकरे का गोश्त खाया। आज उसका तन-मन रोमांचित था। निशारानी के साथ वह अपने बेडरूम में गया। नीले रंग की मद्धिम रोशनी का बल्ब जल रहा था। कमरे में इत्र की भीनी-भीनी खुशबू फैल रही थी। निशारानी के बाल बिखरे हुए थे। नीली साड़ी में वह अत्यन्त आकर्षक लग रही थी। कुछ देर तक चीरहरण का क्रीड़ा कौतुक चलता रहा। निशारानी के नयनों के डोरे टहटह लाल हो रहे थे। इधर रामेन्द्र वाजपेयी की आँखों में मदिरा का नशा छाया हुआ था। वह कामोन्मत्त था। भौगोलिक दूरी मिट चुकी थी। आज उसके अस्त्र में जबरदस्त स्तम्भन था। दो बड़े-बड़े स्वर्ण कलशों का मादक स्पर्श पाकर रामेन्द्र वाजपेयी आग की दरिया में स्नान कर रहा था। एक बड़ी मछली बार-बार तड़पती थी, जल रही थी लेकिन उस जलन में भी एक अलौकिक आनन्द मिल रहा था। त्रिबली, नाभि और नितम्ब सभी इस दरिया में बहे जा रहे थे। रामेन्द्र वाजपेयी को जीवन में ऐसे आनन्द की अनुभूति कभी नहीं हुई थी। सीत्कार सुनायी पड़ी रही थी—'बस बस।' लेकिन एक मगरमच्छ बड़ी मछली को समूचा निगल जाना चाहता था। सागर की लहरों की शोर में बाहर का शोर सुनायी नहीं पड़ रहा था। अगले दिन लक्ष्मी प्रसाद सिंह, रामेन्द्र वाजपेयी से मिलने आया था। "आप बड़े ऊँचे खिलाड़ी हैं सर! आशुतोष द्विवेदी की मछली का अकेले-अकेले उपयोग किया आपने। हमारे जैसे गरीबों को वह सुख कब मिलेगा," इतना कहकर लक्ष्मी प्रसाद सिंह ने हँस दिया। "अरे यार, इतने बेताब क्यों हो? आशुतोष ने एक नायाब चीज दी थी। मैं बहुत खुश हूँ। मैं आशुतोष से कहकर कल निशारानी से तुम्हारा मिलन करा दूँगा। एक राज की बात तुमसे कहूँ मैं? निशारानी तो 'न्यूफोमाइक' (मैन हण्टर) है। क्या तुम्हें अपनी क्षमता पर विश्वास है न?" रामेन्द्र वाजपेयी के ऐसा कहने पर लक्ष्मी प्रसाद सिंह ने जोरदार ठहाका लगाया। "आप भी सर, क्या बात करते हैं। मैं देवरिया का क्षत्रिय हूँ। मेरी बिरादरी के लोग शिकार के शौकीन रहे हैं। मेरी धमनियों में उस जाति का लहू है जिसने अपने पुरुषत्व का प्रदर्शन समाज के कई क्षेत्रों में किया है।" "ठीक है सिंह

साहब, कल आपको अपने पौरुष प्रदर्शन का अवसर मिलेगा।" इण्टरव्यू के पहले तक निशारानी लक्ष्मी प्रसाद सिंह, आशुतोष द्विवेदी और संजय सिंह के पुरुषत्व परीक्षण की यात्रा से गुजरी। नियत तिथि पर इण्टरव्यू प्रारम्भ हुआ। विशेषज्ञ ने सवाल दागा–

"अपने नाम का अंग्रेजी में अनुवाद कीजिये।" डॉ. रामेन्द्र वाजपेयी ने मुस्कराते हुए कहा–"आप तो जानते ही हैं सर कि किसी के नाम का अनुवाद कहाँ होता है।" विशेषज्ञ डॉ. इकबाल बहदुर सिंह घुटे हुए आदमी थे। उन्होंने कहा–"आपकी बात से मैं सहमत हूँ। प्रिन्सिपल साहब लेकिन नाम का भी अनुवाद हो सकता है। आपको एक किस्सा सुनाता हूँ। स्कूल के प्राध्यापक ने एक लड़के का परिचय पूछा। उसने उत्तर दिया–"सर! मेरा नाम सूर्य प्रकाश है और मेरे पिता का नाम है–जीवनपुत्र।" अध्यापक ने पुनः पूछा–"अब अपना परिचय अंग्रेजी में दो।" इस पर लड़के ने उत्तर दिया–"सर माइ नेम इज़ सनलाइट एण्ड फादर्स नेम इज़ लाइफब्वाय।" जबरदस्त ठहाका लगा। डॉ. रामेन्द्र वाजपेयी ने पूछा–"क्या आप निशारानी का मतलब जानती हैं?" निशारानी मौन रही। इण्टरव्यू बोर्ड के सदस्यों के चेहरों पर कुटिल मुस्कान तैर गयी। इवनिंग कॉलेज में डॉ. निशारानी का चयन हो गया। निशारानी चक्रानुक्रम से रामेन्द्र वाजपेयी, लक्ष्मी प्रसाद सिंह, आशुतोष द्विवेदी, अनिल पाण्डेय और संजय सिंह की अंकशायिनी बनती रही।

कुछ साल बाद इवनिंग कॉलेज में कुमार विकल का चयन लेक्चरर के पद पर हुआ। कुमार विकल स्मार्ट था इसलिए रामेन्द्र वाजपेयी के गिरोह के सदस्यों ने कुमार विकल का परिचय डॉ. निशारानी से करवा दिया। उसने विक्रमशिला विश्वविद्यालय से एम.ए. किया था। फिराक सम्प्रदाय में दीक्षित डॉ. मन्मथनाथ सिंह की कुमार विकल पर विशेष कृपा थी। इधर निशारानी और कुमार विकल का रोमान्स जोरों पर चल रहा था। दोनों अविवाहित थे लेकिन कुँवारे नहीं थे। कुमार विकल के मित्र डॉ. हरिमोहन दुबे लक्सा के पास रहते थे। कभी-कभी कुमार विकल डॉ. निशारानी के साथ डॉ. हरिमोहन दुबे के यहाँ पहुँचता था। कुछ महीनों बाद प्रोफेसर कुमार विकल को लगने लगा कि डॉ. निशारानी की जैविक माँग को वह पूरा नहीं कर पायेगा। डॉ. निशारानी का उद्दाम कामावेग उसे भयभीत कर देता था। निशारानी लगातार उससे शादी करने का दबाव बना रही थीं लेकिन वह अपने शोध निर्देशक डॉ. पृथ्वीपाल सिंह से डरता था पृथ्वीपाल सिंह का बड़ा बेटा अमिताभ उम्र में छोटा होने पर भी कुमार विकल का मित्र था। पृथ्वीपाल सिंह कभी-कभी कहा करते थे–"मुझे तो यह विश्वास के काबिल नहीं लगता।" कुमार विकल निशारानी से शादी के सन्दर्भ में गोल-मटोल बातें करने लगा। इस पर वह अपने उन आशिकों के पास गयी जो उसके भूगोल और इतिहास के सच्चे सहभागी थे। वह उन सबके पास जाकर रोने लगी। उसके रुदन से लक्ष्मीप्रसाद सिंह का क्षात्र धर्म जग गया और उसने कुमार विकल को चेतावनी देते हुए कहा–

"मैं क्षत्रिय हूँ और निशारानी हमारी बहन है। हम लोग अपने बहन का अपमान बर्दाश्त नहीं कर सकते। तुम हमारी बहन से शादी कर लो नहीं तो इसका अंजाम बहुत बुरा होगा। हम लोग अंग-भंग आन्दोलन के अनुयायी हैं।" बेचारा कुमार विकल जो कायस्थ कुलोद्भव था, क्षत्रियत्व की उस हुंकार से डर गया और उसने निशारानी से विवाह की हामी भर दी। न कोई बाराती, न घराती, न बैण्ड-बाजा न जनवासा—अत्यन्त सादगी के साथ डॉ. हरिमोहन दुबे के आवास पर शादी हुई और निशारानी जो वास्तव में रातों की रानी थी, लक्ष्मीप्रसाद सिंह के गिरोह की दीवानी थी, कुमार विकल को विकल करती हुई उसकी जीवनसंगिनी बन गयी। कहा जाता है कि उससे विवाह में मन्त्रोच्चार किया था हरिमोहन दुबे ने। यह विवाह कुमार विकल के लिए शुभ साबित हुआ। विवाह के तीन महीने बाद कुमार विकल नालन्दा विश्वविद्यालय के हिन्दी विभाग में लेक्चरर हो गया। विश्वनाथ सिंह उनके पड़ोसी थे। अमिताभ कुमार सिंह विश्वनाथ सिंह का हमप्याला था। निशारानी की यशगाथा विश्वनाथ सिंह के कानों में पहुँच चुकी थी। विश्वनाथ सिंह ने अमिताभ से पूछा—"निशारानी के बारे में जो कुछ सुनायी पड़ता है, वह सही है न? तुम तो कुमार विकल के काफी करीब हो।" तब तक अमिताभ सिंह दो पैग ले चुके थे। "आप निश्चिन्त रहिये। आपने जो सुना है, वह शत-प्रतिशत सच है। लेकिन ऐसा सवाल क्यों कर रहे हैं, सर?" अमिताभ सिंह के सवाल पर मन्द-मन्द मुस्कराते हुए विश्वनाथ सिंह बोले—

"कोई विशेष बात नहीं है। मैं तो वैसे ही पूछ रहा था।" अमिताभ कुमार सिंह डॉ. विश्वनाथ सिंह के रग-रग से परिचित था। वह जानता था कि गुरु निशारानी में बहुत रुचि ले रहे हैं लेकिन उसके सामने बन रहे हैं। लक्ष्मी प्रसाद सिंह इधर बहुत दिनों से स्त्री के तन की मादक गन्ध से वंचित था। उसी स्त्री सरस्वती देवी के दो लड़के थे। सरस्वती को देखने से लगता था, 'खँडहर बताता है कि इमारत बुलन्द थी।' लेकिन इस समय उनके चेहरे पर झुर्रियाँ साफ-साफ दिखायी पड़ रही थीं। आज सरस्वती देवी अपने दोनों बच्चों के साथ मायके जानेवाली थीं।

लक्ष्मी प्रसाद सिंह ने अपने दूत आशुतोष द्विवेदी के द्वारा अपना प्रेम-सन्देश निशारानी तक पहुँचा दिया था। पत्नी के जाने के बाद वह बड़ी बेसब्री से निशारानी का इन्तजार कर रहा था। हवा में सिहरन थी लेकिन उसके शरीर मे गर्मी थी। वह बरामदे में बैठा हुआ था। निशारानी उसके पास आयी। वह उसे भेड़िये की तरह घूर रहा था। निशारानी के चेहरे पर रौनक छा गयी। सागर की लहरों के उद्दाम आवेग में दोनों बहे जा रहे थे। सागर निरापद था। डूबने का डर नहीं था। पता नहीं कैसे सागर में आकस्मिक तूफान आ गया। द्वार पर दस्तक होने लगी। दोनों सहम गये। थोड़ी देर बाद लक्ष्मी प्रसाद सिंह ने दरवाजा खोला। सामने साक्षात् दुर्गा सरस्वती देवी खड़ी थीं। निशारानी पलँग के नीचे छिप गयी थी। "मुझे मायके भेजकर रासलीला रचा रहे हो? तुम्हारी खबर तो मैं बाद में लूँगी, पहले मैं इस कुतिया से निपटती हूँ।" अपने मनचले

पति पर सरस्वती देवी को शक था इसलिए मैं अपने मायके न जाकर शहर में इधर-उधर घूमकर लौट आयी थीं। सरस्वती देवी हाथ में झाड़ लेकर निशारानी को इस तरह भगा रही थी—जिस तरह कोने-अँतरे में छिपी हुई बिल्ली को कोई भगाता है। झाड़ू के कई प्रहार सहन करके निशारानी वहाँ से भाग निकली।

कुमार विकल निशारानी को नालन्दा विश्वविद्यालय में स्थापित करवाना चाहता था। इतिहास विभाग में रीडर के दो पद रिक्त थे। कुमार विकल जोड़-तोड़ में लगा हुआ था। डॉ. विश्वनाथ सिंह भी कुमार विकल की सहायता कर रहे थे। डॉ. विश्वनाथ सिंह की कुमार विकल में कम लेकिन निशारानी में विशेष रुचि थी। कुमार विकल की अनुपस्थिति में वे निशारानी का दीदार करके सन्तुष्ट हो जाते थे। रीडर के इण्टरव्यू में प्रोफेसर ओंकारनाथ उपाध्याय और प्रोफेसर रामेश्वर प्रसाद सिंह एक्सपर्ट थे। प्रोफेसर उपाध्याय नारी-विमर्श की थ्योरी में कम, प्रैक्टिकल में ज्यादा विश्वास करते थे। कई अति महत्त्वाकांक्षी स्वप्न सुन्दरियाँ उनकी अंकशायिनी बनने का सौभाग्य प्राप्त करके विश्वविद्यालयों में प्राध्यापक बन चुकी थीं। तब सवाल यह उठता है कि निशारानी सौभाग्य से वंचित कैसे रहतीं?

"प्रोफेसर कुमार विकल पत्नी परायण पति थे। निशारानी को लेकर विश्वविद्यालय के गेस्ट हाउस में पहुँचे। कुमार विकल विकल होकर गलियारे में टहल रहे थे। "मेरे जैसे व्यक्ति को धिक्कार है। मैं अपनी धर्मपत्नी को सौंपकर भौतिक सुविधाओं का आकांक्षी अधम प्राणी हूँ। क्या यह नैतिक दृष्टि से उचित है। जाने दो यार, क्या फर्क पड़ता है। क्या मैं पहला व्यक्ति हूँ जो ऐसा कर रहा हूँ।" सोच रहे थे कुमार विकल। कमरे के अन्दर से ध्वनिसूचक शब्द गूँज रहे थे। पुरुष और नारी के संसर्ग से सृजन होता ही है। ओंकारनाथ उपाध्याय और निशारानी के संसर्ग से एक सृजनात्मक काम होनेवाला था। कुमार विकल की विकलता बढ़ती जा रही थी क्योंकि गेस्ट हाउस के कमरे में निशारानी को गये हुए एक घण्टे से अधिक हो चुके थे। कमरे का दरवाजा आहिस्ते से खुला। निशारानी की अलकें बिखरी हुई थीं। उसे देखकर ऐसा लगता था—"बिखरी अलकें ज्यों तर्क जाल।" उनकी आँखों में खुमारी थी। उसके गोरे अंगों पर नख-क्षत, दन्त-क्षत और न जाने कौन-कौन से क्षत दिखलायी दे रहे थे? फिलहाल देहगाथा की इस शौर्य गाथा के बलबूते निशारानी नालन्दा विश्वविद्यालय के इतिहास विभाग में रीडर हो गयी। कुमार विकल की एक खूबी यह थी कि वे विभागाध्यक्षों के आवास के पास रहा करते थे। जब प्रोफेसर पृथ्वीपाल सिंह विभागाध्यक्ष हुए तब कुमार विकल ने शीशमहल कॉलोनी में स्थित उनके आवास के बगल में आवास लिया। डॉ. रामप्रसाद सिंह, डॉ. इन्द्रभुवन सिंह और डॉ. विश्वनाथ सिंह जैसे बाद के विभागाध्यक्षों को कुमार विकल जैसे पड़ोसी का सामीप्य सुख मिला था। हद तो तब हो गयी जब इन्द्रभुवन सिंह के विभागाध्यक्ष बनते ही प्रोफेसर कुमार विकल ने विश्वनाथ सिंह को अपना पड़ोसी होने के सौभाग्य से वंचित करते हुए विश्वविद्यालय

के सुरम्य परिसर को छोड़ दिया। डॉ. विश्वनाथ सिंह को बहुत बुरा लगा था क्योंकि कुमार विकल प्रतिदिन शाम को उनका 'सखी सुराही का सहचर' था। मन्मथनाथ सिंह अपने यार विश्वनाथ सिंह के आवास पर रुके थे। शाम को दोनों दोस्त बैठकर गपशप कर रहे थे। कुमार विकल के व्यवहार से क्षुब्ध विश्वनाथ सिंह ने कहा–"यार, कुमार विकल को मैं बहुत मानता हूँ लेकिन मुझे लगता है कि वह विश्वास के काबिल नहीं है।" मन्मथनाथ सिंह ने जोरदार ठहाका लगाया। "मुझसे बनने की कोशिश मत करो। निशारानी के नयनसुख से वंचित विश्वनाथ की पीड़ा मैं समझ सकता हूँ। रही बात कुमार विकल की तो उसके बारे में यही कहा जा सकता है कि वह नितान्त आत्मकेन्द्रित और मौकापरस्त है। सबसे बड़ी बात यह है कि उसकी पीठ पर दो लहसन है।"

"तुम्हारी प्रतिभा का कोई सानी नहीं है मन्मथनाथ! तुम्हारी विश्वव्यापी दृष्टि का कोई जवाब नहीं है। तुम फिराक के विश्वविद्यालय के हो और ऊपर से बलिया के रहनेवाले हो इसलिए तुमने जितना देखा है, तुम उतना ही देख सकते हो। मेरी दृष्टि निशारानी पर केन्द्रित है। मैंने देखा है–"जाँघों पर उसके तिल का निशान है।" अमिताभ कुमार विकल का मुँहलगा था। दोनों 'गुलबहार' रेस्टोरेण्ट में नाश्ता कर रहे थे। भरपूर नाश्ता करने के बाद दोनों उठे। अमिताभ ने आठ समोसा घर के लिए खरीदा। कुमार विकल ने दुकानदार से छत्तीस समोसा घर के लिए खरीदा। कुमार विकल ने दुकानदार से छत्तीस समोसा पैक करने के लिए कहा। अमिताभ को आश्चर्य हुआ। कुमार विकल के दो बच्चे थे। पति-पत्नी समेत मात्र चार मुर्गी का परिवार था। अमिताभ सोच रहा था, "मेरे परिवार में भी चार सदस्य हैं और मैं मात्र आठ समोसा लेकर जा रहा हूँ। कुमार विकल छत्तीस समोसों का क्या करेगा?" अमिताभ सिंह ने पूछा–"इतना समोसा लेकर क्या करेंगे डॉक्टर साहब! इसको खायेंगे या डालेंगे?" कुछ देर तक कुमार विकल चुप रहे। उनकी आँखों में न जाने कौन-सा भाव आया। "आप जैसा भाग्यशाली मैं नहीं हूँ बाबू साहब! दुनिया समझती है कि हम भौतिक रूप से सफल लोग हैं। पति और पत्नी दोनों केन्द्रीय विश्वविद्यालय में प्राध्यापक हैं। क्या मतलब है इस खोखली जिन्दगी का। बाबू साहब, मेरे घर प्रतिदिन खाना नहीं बनता है। दो दिन तक हम लोग समोसे से बने हुए व्यंजनों पर टिके रहेंगे। कभी-कभी होटल से खाना मँगा लिया जाता है। मेरी पत्नी को खाना बनाने से बहुत कम लगाव है। परम्परागत भारतीय भोजन खाने के लिए जी तरस जाता है। पता नहीं किस मनहूस घड़ी में मैंने निशारानी से विवाह किया। मैं एक अन्धी सुरंग में फँस गया हूँ जिसमें से निकलना बहुत मुश्किल है।" अमिताभ कुमार सिंह पहली बार कुमार विकल की मनोव्यथा को सुन रहे थे। कुमार विकल के विषय में अभी तक उनकी यही धारणा थी कि वह संवेदनशील कम हैं लेकिन आज उसे लगा कि इन्सान को समझना इतना आसान नहीं है। इन्सान वैसा ही नहीं है, जैसा वह दिखता है।

प्रोफेसर कुमार विकल को कुछ लोग कथा-साहित्य का मर्मज्ञ समझते थे लेकिन डॉ. देवेन्द्र प्रताप सिंह कुमार विकल के विषय में अक्सर कहा करते थे–

"मसि कागद छूयो नहीं
कलम गही नहिं हाथ।"

डॉ. सुधांशु सिंह अत्यन्त मजाकिया स्वभाव के व्यक्ति थे। अपने चैम्बर में उन्होंने एक कविता की चन्द पंक्तियाँ पढ़ीं–

"स्त्री की महिमा हरती सभी की भूख,
पंजा करेगा गंजा, जायेगा कमल सूख।"

चैम्बर में बैठे हुए चार लोगों से उन्होंने पूछा–"मैं आप लोगों को चुनौती दे रहा हूँ कि आप कुमार विकल पर चार पंक्तियों की कविता का सृजन करें। जो इसमें सफल होगा, उसे मैं 'गुलबहार' में नाश्ता करवाऊँगा।" लोग माथापच्ची करते रहे। कुमार शैलेन्द्र आशु कवि थे। उन्होंने हँसते हुए कहा–

"कायस्थ कुलोद्भव कुमार विकल
पत्नी के डर से घर से निकल,
जा पहुँचे वे मयखाने में
ज्यों चोर छिपा तहखाने में।"

प्रोफेसर हरिनिवास पाण्डेय अपेक्षाकृत कम उम्र में विभागाध्यक्ष हो गये थे। पाण्डेय जी 'सादा जीवन उच्च विचार' के जीवन्त प्रतिमान थे। साइकिल से विभाग में आते थे। उनकी सादगी को कुछ लोग कंजूसी का पर्याय मानते थे। ऐसा लगता था कि वे पर्यावरण के प्रति प्रतिबद्ध थे। उच्च पदों पर स्थापित लोग यदि प्रोफेसर पाण्डेय के पद-चिह्नों पर चलते तो दुनिया में पर्यावरण प्रदूषण बहुत कम हो जाता। कुमार विकल हरिनिवास पाण्डेय को धूर्त, लीचड़ और काइयाँ मानता था। लिबलिव और लीचड़ कुमार विकल के प्रिय शब्द थे। आराधना श्रीवास्तव कुमार विकल के निर्देशन में शोध कर रही थी। भूमि चुम्बित केश, बड़ी-बड़ी आँखें, सुडौल देहयष्टि और मादक नितम्ब–यह था आराधना का व्यक्तित्व। उसके हँसमुख स्वभाव पर लट्टू थे कुमार विकल। अपने चैम्बर में एक दिन वे दुस्साहस कर बैठे। उन्होंने आराधना को प्रगाढ़ बाहुपाश मे आबद्ध करना चाहा लेकिन उन्हें छिटककर वह चैम्बर के बाहर निकल गयी। कायस्थ कुलोद्भव कुमार विकल कायर भी थे। इसके पहले की उनकी सुदर्शना स्वजातीयशिष्या आराधना उनकी इज्जत सरेआम नीलाम कर देती, वे द्रुत गति से विभागाध्यक्ष के चैम्बर में पहुँचे। उनके चेहरे पर हवाइयाँ उड़ रही थीं। उन्होंने हरिनिवास पाण्डेय से कहा–

"आराधना मेरे साथ बदतमीजी करने लगी। उसने मुझे अश्लील प्रस्ताव स्वीकार करने को कहा। मेरे इनकार करने पर वह चिल्लाने लगी। आप तो जानते ही हैं कि मैं वैसा नीच नहीं हूँ कि गुरु-शिष्य की गौरवमयी परम्परा को कलंकित करूँ।"

हरिनिवास पाण्डेय अन्दर-अन्दर बहुत खुश थे। वे सोच रहे थे—"अब आया ऊँट पहाड़ के नीचे। मेरे खिलाफ बहुत बोलता था कुमार विकल। अब मैं इसको सबक सिखाता हूँ?" चेहरे पर कुटिल मुस्कान लाते हुए हरिनिवास पाण्डेय बोले—

"इसमें घबराने की बात नहीं है विकल जी। आप मेरे अग्रज और गुरु भाई हैं। आपको संकट से उबारना नैतिक दायित्व है। आप लिखकर दे दें कि आपकी शिष्या ने आपके साथ बदतमीजी की।" अपने-आपको बहुत चालाक समझनेवाला कुमार विकल डॉ. हरिनिवास पाण्डेय की बुद्धि के समक्ष गच्चा खा गया। हरिनिवास पाण्डेय सोच रहे थे—"कुमार विकल अपने-आपको बहुत चालाक समझता है लेकिन उसे यह साधारण-सी बात नहीं मालूम है कि पूर्वांचल में कोई इस बात को पचा नहीं पायेगा कि एक शोध-छात्रा अपने शोध निर्देशक से छेड़छाड़ करे।"

निशारानी को इतिहास के एक सेमिनार में दिल्ली जाना था। उसने अपना कार्यक्रम लक्ष्मी प्रसाद सिंह को बतला दिया था। कुमार विकल अपनी पत्नी को छोड़ने रेलवे स्टेशन तक आया था। इधर गुरु घण्टाल लक्ष्मी प्रसाद सिंह एक दिन पहले दिल्ली पहुँच गया और पहाड़गंज के एक होटल में कमरा ले लिया था। आज एक और देहगाथा का सृजन होनेवाला था। वातानुकूलित कमरे की टेबिल पर शराब की एक बोतल रखी हुई थी। दो प्लेटों में चिकनकरी थी। प्लेट में नमकीन और प्याज के छोटे-छोटे टुकड़े थे। लक्ष्मी प्रसाद सिंह यह जानते थे कि मांसाहारी भोजन पहले सुरापान सुखदायी होता है। और सुरा के साथ नमकीन और प्याज का सेवन करने से नशा और बढ़ जाता है। वह मांस भक्षी था और इधर निशारानी न्यूफोमोइक थी ही और इधर शराब, शबाब और कबाब का मादक सामंजस्य था। आज सागर व्याकुल था। दोनों मधुशाला में नहीं थे लेकिन मधुशाला का माहौल यहाँ पर विद्यमान था। यहाँ पर मय भी था, मयखाना भी, साकी भी थी और पैमाना भी। लक्ष्मी प्रसाद सिंह कई पैग ने चुका था। उसने निशारानी का हाथ पकड़ा। निशारानी ने हाथ छुड़ाना चाहा, इस पर वह उसके पैरों पर गिर पड़ा। निशारानी उसे खाने की मेज पर ले गयी। दोनों ने साथ-साथ भोजन किया। लक्ष्मी प्रसाद के शरीर से तरंग प्रवाहित हो रही थी। निशारानी की आँखें बहुत लाल थीं। निशारानी के कपोलों, होंठों और भौंहों को चूमने के बाद लक्ष्मी प्रसाद ने उसे प्रगाढ़ आलिंगन में कस लिया। दोनो पूरी तरह आदिम अवस्था में थे। दोनों की साँसें तेज चल रही थीं। यह एक आनन्ददायक क्रीड़ा थी जिसमें निशारानी का पर्वत प्रदेश कटि-प्रदेश और पाश्चात्य-प्रदेश सभी थिरक रहे थे। चिर अतृप्त प्यासी मछली की प्यास कभी नहीं बुझती थी। लक्ष्मी प्रसाद उस प्यासी मछली के अंगों के पोर-पोर में समा गया था।

डॉ. हरिनिवास पाण्डेय कुमार विकल की कमजोरी को समझ रहे थे। "यह मुझे लिबलिब और लीचड़ कहता है। अब मैं इसको इसकी औकात बताता हूँ।" कुमार विकल पाण्डेय जी से मिलने जाते तो वे एक घण्टे तक इन्तजार करवाते। हरिनिवास पाण्डेय को कुछ लोग खलिहर मानते थे। उनका मानना था कि दो घण्टे तक पूजा करना

किसी खलिहार व्यक्ति का ही काम हो सकता है। पाण्डेय जी को पूड़ी-सब्जी और मिठाइयाँ बहुत पसन्द थीं। मरता क्या नहीं करता? कुमार विकल हरिनिवास पाण्डेय को मिठाई खिलाता और उनके घर भी मिठाइयाँ भिजवाता। हरिनिवास पाण्डेय अध्यापक जैसे भी रहे हों लेकिन नियमित रूप से कक्षाएँ लेते थे। उनके बोलने का लहजा देशज था। क्लास में कई बार वे चटनी का जिक्र करते थे इसलिए कुछ छात्र उन्हें 'चटनियाँ गुरू जी' कहा करते थे। कुमार विकल ने सोचा कि निशारानी को आगे करके इस खड़ूस को नीचा दिखलाऊँ लेकिन वे अपने मकसद में कामयाब नहीं हो पाये। हरिनिवास पाण्डेय चरित्रवान् थे या अरसिक, यह स्पष्ट नहीं हो पाया।

शाम को अमिताभ कुमार सिंह कुमार विकल के आवास पर पहुँचे। कुमार विकल अपने ड्राइंग-रूम में उदास बैठे थे। टेप रिकॉर्डर पर गीत की गूँज सुनायी पड़ रही थी—"न किसी की आँख का नूर हूँ।" "यह उदासी भरा गीत क्यों सुन रहे हैं विकल जी?" अमिताभ ने पूछा। कुमार विकल के चेहरे पर और उदासी घिर आयी वे बोले—

"मेरा पूरा जीवन उदासी का समुन्दर है बाबू साहब। मैं प्रोफेसर हूँ, निशारानी भी प्रोफेसर है लेकिन क्या रखा है इस प्रोफेसरी में। मैं बचपन से ही दुर्भाग्यशाली रहा हूँ पाँच साल की उम्र में ही मैं मातृत्व की शीतल छाया से वंचित हो गया। जब मैं इवनिंग कॉलेज में लेक्चरर हुआ, उस समय मेरे पिता पर झूठा आरोप लगाकर नौकरी से बर्खास्त कर कर दिया गया। मेरा पूरा परिवार आर्थिक तंगी में जी रहा था। मैं निशारानी से विवाह करना नहीं चाहता था। आप तो यही जानते होंगे कि निशारानी के यारों की धमकी से डरकर मैंने उससे शादी की। यह आंशिक सत्य है। उससे शादी करने के पीछे आर्थिक वजह भी थी। बाबू साहब, भारतीय संस्कृति में दाम्पत्य जीवन का बड़ा गुणगान किया गया है लेकिन दाम्पत्य जीवन का सुख क्या होता है, इसका अनुभव मुझे आज तक नहीं हुआ। मैं हीनता ग्रन्थि का शिकार हूँ इसलिए उससे मुक्त होने के लिए मैं तरह-तरह के छद्म करता हूँ। मेरी पत्नी के बहुत-से लोगों के साथ शारीरिक सम्बन्ध हैं। लेकिन हम दोनों एक छत के नीचे साथ-साथ रहने के लिए अभिशप्त हैं। निशारानी वास्तव में 'बैण्डिट क्वीन' है। उसने मेरा जीवन हराम कर दिया है। मैं उससे दस साल छोटा हूँ इसलिए अपने बड़प्पन को जताते हुए वह मुझे बात-बात पर डाँटती रहती है। उसकी अति महत्त्वाकांक्षा के कारण मैं परेशान रहता हूँ। आप ही बतलाइये बाबू साहब, वह व्यक्ति कितना बदनसीब होता है जिसकी पत्नी बहुत लोगों की अंकशायिनी होती है। मेरे दोनों बच्चे मेरी बात नहीं मानते। इस कुतिया ने मेरा जीवन हराम कर दिया।"

शाम गहराती जा रही थी। अमिताभ कुमार सिंह ने देखा कि कुमार विकल के चेहरे पर उदासी घिर आयी थी। उनकी पलकें भीगी थीं।

●

जलती हुई नदी

जीवन जीने की कला सबको नहीं आती। कुछ लोग इस कला में इतने माहिर होते हैं कि कम योग्यता रखते हुए भी बहुत-कुछ पा लेते हैं। वे अपने फन के इतने बड़े उस्ताद होते हैं कि लोग दाँतों तले उँगली दबा लेते हैं। डॉ. रंजना सिंह की कहानी से युवाओं को यह प्रेरणा मिलती है कि दकियानूसी जीवन जीने का कोई मतलब नहीं है, काम कला को साधने से सब-कुछ सध जाता है।

डॉ. रंजना सिंह का अतीत अत्यन्त गौरवमय था और उनसे जुड़ी हुई थी अनेक अमर देहगाथाएँ। नारी-विमर्श की प्रबल पैरोकार डॉ. रंजना ने अपने हुस्न के जादू को चलाते हुए सरस्वती के वरदपुत्रों को कई बार नतमस्तक कर दिया और ज्ञान से पर्याप्त भौगोलिक दूरी के बावजूद प्रोफेसर के परम पद को प्राप्त किया। आज वह गतयौवना थी तो क्या हुआ? आज भी कुछ अतृप्त एवं विधुर आत्माएँ उनके सामीप्य सुख से अपने-आपको वंचित नहीं रखना चाहती थीं।

डॉ. रंजना का जन्म आजमगढ़ जिले के सामान्य क्षत्रिय परिवार में हुआ था। वह अत्यन्त चंचल और अल्हड़ थी। उसके पिता रामसिंह को देखकर हास्य और करुण दोनों रसों का आस्वाद मिलता था। और उनके पायजामे का सुथन्ना लटका रहता था। वे लँगड़ाते हुए चलते थे। वे बहुत बड़े मयकश थे और मयकशी के कारण उनकी कई बार दैहिक समीक्षा हुई थी। गाँव के लोग बतलाते थे कि उनके अंग विकार में दैहिक समीक्षा का बहुत बड़ा योगदान था। हिन्दी समीक्षा में सैद्धान्तिक समीक्षा, व्यावहारिक समीक्षा, ऐतिहासिक समीक्षा, मार्क्सवादी समीक्षा इत्यादि शब्दों का प्रयोग हम सुनते आये हैं। डॉ. रंजना के गाँव के डॉ. ब्रजेन्द्र सिंह अक्सर कहा करते थे–

"हिन्दी आलोचना से सम्बद्ध पुस्तकों में दैहिक समीक्षा का एक अध्याय अवश्य होना चाहिए।"

रंजना की माँ कैलाशी देवी काफी तेज-तर्रार थीं और वे अपने पति को डरा-धमकाकर अपने क्षात्र धर्म का परिचय देती थीं। गाँव के कुछ लोग दबी जुबान से कहते थे कि रंजना की रगों में रामसिंह का खून नहीं था। उसकी शकल-सूरत रामबदन सिंह से ज्यादा मिलती-जुलती थी। पण्डित दातादीन कहा करते थे–

"रामसिंह जैसे लंगड़ प्रसाद की इतनी सुन्दर बेटी? यह बात मुझे पचती नहीं। इसकी शकल-सूरत तो रामबदन बाबू से मिलती-जुलती है।"

रंजना के गाँव में प्राइमरी स्कूल के साथ-साथ मिडिल स्कूल भी था, इसलिए वहाँ तक की उसकी शिक्षा में आसानी थी। आगे की पढ़ाई के लिए उसे फतेहगंज के आदर्श इण्टर कॉलेज में प्रवेश लेना था। उसके गाँव से फतेहगंज की दूरी चार किलोमीटर थी। रंजना के लिए साइकिल खरीदी गयी। रंजना के चाचा ने उसे साइकिल चलाना सिखलाया। कुछ दिनों बाद वह साइकिल से कॉलेज जाने लगी। वह शोख और अल्हड़ थी। वह अपने गाँव की पहली लड़की थी जिसने साइकिल चलाना सीखा था। गाँव के कुछ मनचले उसकी साइकिल चलाने की अदा पर फिदा थे। अक्सर वह घाघरा और कुर्ती पहनकर कॉलेज जाती। कभी-कभी वह जीन्स और टी-शर्ट भी पहनती थी। आदर्श इण्टर कॉलेज में लड़के और लड़कियाँ साथ-साथ पढ़ते थे। कक्षा के लड़के रंजना के पास बैठने के लिए बेचैन रहते थे। कॉलेज के कुछ अध्यापक भी उसके दीदार के लिए परेशान रहते थे। कक्षा के एक निहायत शर्मीले लड़के ने एक दिन दुस्साहस कर डाला। उसने रंजना से 'आई लव यू' बोल दिया। रंजना के एक आशिक ब्रजेश को इस वाकये का पता चला। ब्रजेश रंजना के पड़ोसी गाँव का रहनेवाला था और बहुमुखी प्रतिभा का धनी था। ब्रजेश के दल के चार लड़के उस लड़के को पकड़कर लाये और उसे रंजना के सामने हाजिर किया गया। ब्रजेश हीरो बनने का अवसर गँवाना नहीं चाहता था। ब्रजेश ने हुंकार भरते हुए कहा–

"रंजना हमारी बहन है। तुम्हारी हिम्मत कैसे पड़ी कि तुमने हमारी बहन से इश्क का इजहार किया। हम इश्क का भूत उतारनेवाले अंग-भंग आन्दोलन के अनुयायी हैं।" अपने तथाकथित भाइयों की बात को सुनकर रंजना का क्षत्रियत्व जाग उठा और उसने तमाचा जड़ दिया। लड़का रोने लगा और उसने रंजना के पैरों पर गिरकर माफी माँगी। इस घटना के बाद चारों ओर ब्रजेश का जलवा छा गया। रंजना और ब्रजेश उस समय नौवीं कक्षा में पढ़ते थे लेकिन दोनों का सेक्सन अलग-अलग था। रंजना ब्रजेश को चाहने लगी थी। ब्रजेश में उसे अपना हमसफर दिखा। वह अपने दिल की दास्तान को ब्रजेश से कह नहीं पा रही थी इसलिए उसने ब्रजेश को पत्र लिखा–

"डियर डार्लिंग ब्रजेश, तुमने मेरी रातों की नींद हराम कर दी है कि "करवटें बदलते रहे सारी रात हम, आपकी कसम। चाँदनी रात है और मैं तुम्हें पत्र लिख रही हूँ–सुहानी चाँदनी रातें हमें सोने नहीं देती। हे प्रियतम मुझको अपने गले लगा लो ऐ मेरे हमराही। मैं अपनी निगाहों को तुमसे दूर हटाना चाहती हूँ लेकिन क्या करूँ, मैं निगाहें तेरे चेहरे से हटाऊँ कैसे। मैं तुम्हें भूलना चाहती हूँ लेकिन, जिन्हें हम भूलना चाहें वो अक्सर याद आते है। तुमने तो मेरा दिल लूट लिया है लेकिन मुझे यह अहसास हो रहा है दिल लूटनेवाले जादूगर अब मैंने तुम्हें पहचाना है। मैं चकोर हूँ तुम मेरे चाँद हो लेकिन चाँद को क्या मालूम चाहता है उसे कोई चकोर। मेरी तुमसे यह फरियाद है कि, दूर

रहकर न करो बात करीब आ जाओ। तुम मेरा विश्वास करो। मुझे तुमसे बेपनाह मुहब्बत हो गयी है। मेरी यह ख्वाहिश है तुम एक बार मोहब्बत का इम्तहान तो लो, तुम मेरे हो, मैं तुम्हारी हूँ। मुझमें और तुममें कोई फर्क नहीं है—तू मेरा चाँद मैं तेरी चाँदनी। मैं पढ़ने में मन लगाती हूँ लेकिन मेरा दिल तो कहीं और लगा है। तुम बतलाओ न कि ये दिल तुम बिन कहीं लगता नहीं हम क्या करें। तुम्हारी प्यारी सूरत पर मैं फिदा हूँ। मैं नहीं जानती कि, तेरी प्यारी-प्यारी सूरत को, किसी की नजर न लगे, चश्मेबद्दूर। और क्या लिखूँ? दिल बेकरार है तुम्हारे लिये डीयर ब्रजेश' ''जिया बेकरार है, आयी बहार है, आजा मोरे बालमा, तेरा इन्तजार है।''

तुम्हारे प्यार की प्यासी
रंजना सिंह।''

उसने पत्र को अच्छी तरह चिपका दिया और फिर उसे आहिस्ते से चूमा और तकिये के नीचे रख दिया। सुबह रंजना ने उस पत्र को अपनी सहेली शालिनी को दिया। शालिनी ब्रजेश के सेक्शन में पढ़ती थी। उसने शालिनी से कहा—''इस पत्र को बहुत सँभालकर रखना और कल इरा पत्र को ब्रजेश को इतनी सावधानी से देना कि किसी को पता न चले।''

रामेश्वर सिंह हिन्दी के प्राध्यापक थे। उस दिन वे पाठ्यक्रम से अलग हटकर प्रेम के दर्शन पर भाषण दे रहे थे। ब्रजेश सबसे आगेवाली पंक्ति में बैठा था। दाहिनी ओर लड़कियाँ बैठती थीं। शालिनी ब्रजेश के ठीक बगलवाली कुर्सी पर बैठी थी। उसने धीरे से वह पत्र ब्रजेश के टेबिल पर रख दिया। भूतपूर्व आशिक रामेश्वर सिंह ने पत्र रखते हुए देख लिया था। उन्होंने पूछा—''यह क्या है?''

''कुछ नहीं है सर।'' ब्रजेश ने बड़ी शालीनता से जवाब दिया। ''तुम मुझे चराने की कोशिश मत करो। तुमने जिस राह पर चलना शुरू किया है, उस राह पर काफी दूर तक चलकर मैंने अपनी दिशा बदल दी।'' रामेश्वर सिंह ने टेबिल से पत्र को उठाया। सारी कक्षा में सन्नाटा छा गया। प्रेम मार्ग के पुराने पथिक रामेश्वर सिंह ने पत्र को खोला। उनके चेहरे पर रौनक आ गयी थी। उन्होंने नाटकीय अन्दाज में पत्र का वाचन शुरू किया। एक कुशल अभिनेता की तरह वे संवाद बोल रहे थे। पढ़ते वक्त वे वाचिक, कायिक, सात्त्विक और आहार्य— इन चारों अनुभावों से जुड़ चुके थे। छात्र-छात्राओं को आलैकिक आनन्द की अनुभूति हो रही थी। पत्र पढ़ना समाप्त कर रामेश्वर सिंह ने ब्रजेश की ओर देखा। गुरु जी शेरो शायरी के भी शौकीन थे। उन्होंने एक शेर पढ़ा—

''जाम तोड़ूँ तो भी तो आँखों से पिलाना चाहे।
फिर वो जालिम मुझे मैंख्वार बनाना चाहे।
उसका वो प्यार की बरसात की पहली बारिश।
जिसमें इन्सान लगातार नहाना चाहे।''

ब्रजेश नाराज होकर कक्षा से बाहर निकल गया। रामेश्वर सिंह के चेहरे पर कुटिल मुस्कान तैर गयी। ब्रजेश लगातार चार दिन तक कॉलेज में नहीं आया तो रंजना चिन्तित हुई। रंजना के लिए एक राहत भरी बात यह थी कि रामेश्वर सिंह ने वह पत्र अपने पास न रखकर ब्रजेश को दे दिया था। ब्रजेश बहिर्मुखी प्रवृत्ति का लड़का था। वह इश्क-विश्क के चक्कर में नहीं पड़ना चाहता था। "वह 'दिल दिया, दर्द लिया" के फार्मूले को नहीं मानता था। उसका एक मन कहता था 'पत्र को जला दो' जबकि दूसरा मन कहता था—"यह प्यार की पाती है, इसे सँभालकर रखो।" उसने पत्र को तो नहीं जलाया लेकिन प्रेम की आग में अपने को जलने से बचाने के लिए रंजना की नजरों से दूर रहने लगा। इतना ही नहीं वह रंजना की सहेली शालिनी से भी कन्नी काटने लगा। कभी-कभी उसकी रंजना से मिलने की इच्छा होती थी लेकिन उचित स्थल के अभाव में वह अपनी इच्छा का दमन कर देता था। फतेहगंज बहुत छोटा-सा कस्बा था इसलिए वहाँ पर कोई रेस्टोरेण्ट भी नहीं था। ब्रजेश को लगा कि, "धीरे-धीरे प्यार को बढ़ाना है, हद से गुजर जाना है" का फार्मूला लागू करने से बेहतर है कि प्यार की डगर से हट जाया जाये। उसका दूसरा मन कहता था कि प्यार की डगर पर चलना जरूरी है। वह उचित अवसर की तलाश में था। वह अवसर उसे जल्दी ही मिल गया। ब्रजेश के चाचा मनोहर यादव रंजना के गाँववाले मिडिल स्कूल में अध्यापक थे। जनगणना के लिए उनकी ड्यूटी लगी थी। एक दिन उन्होंने उस काम के लिए ब्रजेश को भेज दिया। इधर-उधर घूमकर ब्रजेश रंजना के घर पहुँचा। दोहपर का वक्त था। रंजना घर में अकेली थी। ब्रजेश को देखकर उसका तन-मन रोमांचित हो उठा। रंजना की आँखों में मादकता टपक रही थी। उसके उरोजों का उभार, आँखों की चंचलता और नितम्बों की पुष्टता को देखकर ब्रजेश 'मदन शर-बिद्ध' हो गया। दोनों प्रगाढ़ आलिंगन में आबद्ध थे। रंजना बेसुध थी। ब्रजेश ने अनुभव की एक नयी जिन्दगी में प्रवेश किया था। ज्वार थम चुका था। सागर शान्त था। कुछ देर तक मौन छाया रहा। "हलकी-हलकी धूप थी और आसमान में बादल के टुकड़े दिखलायी दे रहे थे। पीपल के पेड़ पर तोतों का झुण्ड तेज आवाज कर रहा था। "मैं तुमसे मिलने के लिए कब से परेशान थी लेकिन तुम न जाने क्यों मुझसे दूर भागते रहे। जब मुझे पता चला कि रामेश्वर सर ने सबके सामने मेरे पत्र को पढ़ा तो मुझे बहुत बुरा लगा। मेरी गलती थी। मुझे वह पत्र सीधे आपको देना चाहिए था।" कुछ देर चुप्पी छायी रही। "अब मैं चलता हूँ।" इतना कहकर ब्रजेश चल दिया। सामने नीम के पेड़ सूरज पर की पीली रोशनी पड़ रही थी। पेड़ की एक डाल पर बगुलों का झुण्ड बैठा हुआ था। गिलहरी की चिक-चिक की आवाज सुनायी पड़ रही थी। अमरूद और कटहल के पेड़ भी धूप में नहाये हुए थे।

रंजना और ब्रजेश के बीच लुकाछिपी का खेल चलने लगा। प्रेम-पत्र से शुरू हुआ यह प्रेम देह-विमर्श तक जा पहुँचा था। गाँवों में प्रेम का स्वरूप ऐसा ही था। यहाँ

भावुकता के लिए जगह नहीं थी। ब्रजेश और रंजना जवानी के टेढ़े-मेढ़े रास्ते पर बेतहाशा भागते जा रहे थे। कभी वे बाग में मिलते तो कभी नदी के कछार में, कभी खेत में मिलते तो कभी रेत में। कभी चाँदनी रात में उनका प्रेम प्रसंग चलता तो कभी अमावस्या के अँधेरे में। एक दिन रंजना ने उससे कहा–"हम दोनों चोरी-चोरी कब तक मिलते रहेंगे? इससे अच्छा है कि हम दोनों यहाँ से दूर भाग चलें।" रंजना के इस प्रस्ताव से ब्रजेश सावधान हो गया। वह भावुकता में बहनेवाला युवक नहीं था। "इस विषय में हम लोग बाद में बात करेंगे।" इस विषय को बदलते हुए उसने रंजना को प्रगाढ़ आलिंगन में बाँध लिया। उनके उतप्त होंठों का स्पर्श पाकर रंजना कामोन्मत्त हो उठी। दोनों आदिम अवस्था में थे। रंजना के अर्द्धविकसित कुच कलश के साथ आनन्ददायक क्रीड़ा कर रहा था ब्रजेश। रंजना के तन का पोर-पोर तरंगायित था।

इण्टरमीडिएट करने के बाद ब्रजेश जौनपुर चला आया जबकि रंजना ने आजमगढ़ के एक कॉलेज में प्रवेश लिया। रंजना और ब्रजेश के प्रेमाख्यान को मानो विराम लग गया। एम. ए. करने के बाद रंजना ने डॉ. मनोरंजन कुमार सिंह के निर्देशन में शोध करना प्रारम्भ किया। मनोरंजन कुमार सिंह रसिक थे लेकिन साहसी नहीं थे। रंजना को हिन्दी के आध्यापकों की रसलोलुप वृत्ति पर अगाध विश्वास था। वह भड़कीले परिधानों में अपने गुरु से मिलने आती थी। मनोरंजन सिंह की पत्नी ने एक दिन व्यंग्य करते हुए कहा–"रंजना इतना सज-धजकर आपसे मिलने क्यों आती है? मुझे इसके रंग-ढंग अच्छे नहीं लगते हैं।" मनोरंजन कुमार सिंह घबरा गये और उन्हें सँभलने में कुछ समय लगा। "तुम भी न जाने क्यों तिल का ताड़ बना देती हो। रंजना युवा है, वह रंगीन कपड़े नहीं पहनेगी तो और कौन पहनेगा?" जोश में वे ऐसा बोल तो गये लेकिन उन्हें लगा उन्हें ऐसा नहीं बोलना चाहिए। उनकी पत्नी कुसुम ने उन पर मिसाइल दागते हुए कहा–"आप जैसे दिलफेंक और रंगीन मिजाज अध्यापक ऐसा ही उत्तर दे सकते हैं।"

मनोरंजन कुमार सिंह वहाँ से उठकर बाहर निकल गये। अब रंजना से वे ज्यादातर विभाग में मिलते थे। यदा-कदा वे उसे रेस्टोरेण्ट में भी बुला लेते थे। विद्यार्थी जीवन में वे लड़कियों से बहुत दूर रहे। रेस्टोरेण्ट में बातें करते हुए उनकी चिर अतृप्त आत्मा सन्तुष्ट होती थी। मनोरंजन कुमार सिंह समकालीन कविता के विशेषज्ञ थे इसलिए उन्होंने रंजना को शमशेर की कविता पर शोध करवाया। रंजना का शोध प्रबन्ध लगभग एक हजार पृष्ठों का था। अपने विभाग के साथियों के बीच मनोरंजन कुमार सिंह अपनी शिष्या के शोधप्रबन्ध की अक्सर तारीफ करते थे। वे अक्सर कहा करते थे–"रंजना ने बहुत मेहनत से काम किया है। मैंने इतने छात्रों को शोध करवाया है लेकिन रंजना जैसी शोध-दृष्टि मैंने उनमें से किसी में नहीं देखी।" मनोरंजन कुमार सिंह की अनुपस्थिति में उनके सहयोगी डॉ. ब्रजेन्द्र पाण्डेय ने एक दिन टिप्पणी की–"गुरु और शिष्या की जोड़ी अद्भुत है। दोनों के नाम में भी अद्भुत साम्य है। गुरु जी

साक्षात् मनोरंजन हैं तो शिष्या भी रंजन करनेवाली है। रंजना से मनोरंजन करनेवाले मनोरंजन जी की दिव्य दृष्टि में शिष्या का सर्वांग प्रतिबिम्बित है। रंजना में समय के हिसाब से आगे बढ़ने का हुनर है। वह अपने गुरु को पछाड़ देगी। तब लोग कहेंगे—"गुरु गुड़ ही रहा, चेला चीनी हो गया।" विभाग में अट्टहास गूँज उठा। हिन्दी विभाग की खासियत यह थी कि इसमें महिलाओं का स्पष्ट बहुमत था। डॉ. शैलजा सिंह काफी वाक्पटु और मुखर थीं। उन्होंने नहले पे दहला मारते हुए कहा—"मनोरंजन जी आपके गुरु भी हैं। यदि वे मनोरंजन हैं तो आप ब्रजेन्द्र हैं। आपको तो उनसे आगे होना चाहिए। ब्रजेन्द्र अर्थात् कृष्ण को गोपियों की कमी कहाँ है?" ब्रजेन्द्र पाण्डेय को कुछ देर के लिए कोई उत्तर नहीं सूझा। कुछ देर बाद स्थिति को सँभालते हुए उन्होंने कहा—

"मैडम! मनोरंजन जी से मेरी क्या तुलना? जीवन में उन्हें सब-कुछ आसानी से मिला है जबकि मुझे काफी संघर्ष करना पड़ा है।" ब्रजेन्द्र पाण्डेय इसके बाद शैलजा सिंह के सामने मनोरंजन सिंह पर टिप्पणी करने से बचते रहे। इधर मनोरंजन सिंह अपनी खूबसूरत शिष्या के लिए व्याकुल होते जा रहे थे। मनोरंजन सिंह की पत्नी बदसूरत थी इसलिए वे कुण्ठित रहते थे। रंजना के लहराते बाल, पुष्ट स्तन और मादक नितम्ब उन्हें मदहोश कर देते। शरद् पूर्णिमा की चाँदनी रात में दोनों आलिंगनबद्ध होते, दोनों होते चुम्बित-प्रतिचुम्बित। यह एक अलौकिक और इन्द्रधनुषी दुनिया थी। नींद खुलने पर मनोरंजन कुमार सिंह मानो आहें भरते हुए यह कहते—"मेरा सुन्दर सपना बीत गया।" मनोरंजन कुमार सिंह रंजना का भौतिक सत्यापन नहीं कर सके थे। इसका कारण यह था कि उनमें साहस का अभाव था। वे उसे अपनी बाइक पर बैठाकर विश्वविद्यालय ले जाते। वे अपने मन में सोचते—"इतनी उपलब्धि भी क्या कम है?" उनका मन फिर प्रश्न करता—"तो तुझे किस बात का गम है?" मनोरंजन सिंह को लगता—"मेरा जीवन व्यर्थ होता जा रहा है।" उन्हें ब्रजेन्द्र पाण्डेय की बात याद आयी। ब्रजेन्द्र ने एक दिन उनसे कहा था—"रंजना में उद्दाम कामावेग है। अभी उचित अवसर है कि आप उसकी कामाग्नि को शान्त करें। वह चालाक और अवसरानुकूल व्यवहार करनेवाली लड़की है। 'पी-एच.डी.' की डिग्री मिल जाने पर वह आपको घास नहीं डालेगी।" आज उन्हें ब्रजेन्द्र पाण्डेय की बातों का सार समझ में आ रहा था।

रंजना का शोध प्रबन्ध जमा हो चुका था। मनोरंजन कुमार सिंह उचित अवसर की तलाश में थे। उनकी पत्नी एक सप्ताह के लिए मायके चली गयी थी। मैदान साफ था। मनोरंजन सिंह ने रंजना को शाम को अपने आवास पर बुलाया। आज वे पूरी तैयारी के साथ थे। रंजना जीन्स और टी-शर्ट पहनकर आयी थी। नीली जीन्स पर सफेद टी-शर्ट खूब फब रहा था। मनोरंजन का मनमयूर नाच उठा। "रंजना, आज तुम मेरे साथ डिनर लेने के बाद घर लौटना।" अपने गुरु जी के प्रस्ताव पर रंजना मन-ही-मन खुश हुई। दिसम्बर का पहला सप्ताह था। हवा में सिहरन थी। मनोरंजन कुमार सिंह

चिकन अच्छा बनाते थे। नालन्दा विश्वविद्यालय में अध्ययन के दौरान वे छात्रावास में रहते थे। वहीं पर उन्होंने चिकन खाना और बनाना सीखा। आज गुरु और शिष्या पाक कला को दिखलाने के लिए एक साथ सक्रिय थे। किचेन में आने और निकलते हुए मनोरंजन कुमार सिंह को रंजना के किसी-न-किसी अंग का स्पर्श हो जाता था। दुकान से वे मैकडावेल भी लेते आये थे। आज शराब, शबाब और कबाब इन तीनों का सुखद संयोग होनेवाला था। मनोरंजन ने दो पैग तैयार किया। एक पैग उन्होंने रंजना की ओर बढ़ाया। "नहीं सर, मैं नहीं पीती।" "मैं ही कौन रोज-रोज पीता हूँ। एक पैग ले लो। नुकसान नहीं करेगा।" यह कहते हुए उन्होंने रंजना को गिलास पकड़ा दिया। रंजना संकोच कर रही थी। मनोरंजन उसके पास खिसक आये। उन्होंने अपना बायाँ हाथ रंजना के कमर में डाल दिया और दाहिने हाथ से उसके गिलास को पकड़कर रंजना के मुँह में लगा दिया। रंजना की आँखों में मदहोशी साफ-साफ झलक रही थी। दोनों आलिंगनबद्ध थे। मनोरंजन ने रंजना को अपनी गोद में बैठा लिया। उनके हाथ की उँगलियाँ रंजना की पीठ पर रेंगने लगीं। उन्होंने रंजना के ब्रा का हुक खोल दिया। उनके दोनों हाथों में स्वर्ण कलश थे। रंजना का पूरा शरीर जल रहा था। वह उसके जलते हुए बदन से खेलने लगा। दोनों अजीब-सी लय और ताल में थिरक रहे थे। कुछ देर बाद शान्ति थी। भोजन करने के बाद मनोरंजन रंजना के साथ ऊपरवाले कमरे में चले गये। छत पर उन्मादिनी चाँदनी छिटकी हुई थी। मनोरंजन ने अपने कमरे की खिड़की खोल दी। खिड़की से चाँद बहुत सुन्दर दिखलायी दे रहा था। "सर, मैं चाँद की ऊचाइयाँ छूना चाहती हूँ।"

"मैं चाँद की तरह चमकना चाहती हूँ। मैं पुरुषों को नतमस्तक कर देना चाहती हूँ।" मनोरंजन कुमार सिंह की आँखों में वासना की हिलोरें उठ रही थीं।

"तुम्हें आगे बढ़ने से कौन रोक सकता है?" मैं अक्सर मजाक में कहता था—"ज्ञानानन्द कौन है?" उत्तर भी मैं ही देता था—"वही जिसके भाई वासनानन्द हैं।" तुम्हारे सामने मैं नतमस्तक हूँ। मनोरंजन कुमार सिंह ने फ्रिज से आइसक्रीम निकाला। रंजना पूर्णतया नग्न थी। उन्होंने आइसक्रीम को रंजना के स्तन के पास लगाया। रंजना सिहर उठी। फिर उन्होंने रंजना के पेट, नाभि और दोनों जंघाओं में आइसक्रीम लगाया। वह विस्मित होकर अपने गुरु की प्रतिभा को देख रही थी। रंजना की नसों का लहू उबालें मार रहा था। रंजना सुलग रही थी। मनोरंजन ने रंजना के पुष्ट नितम्बों को सहलाना शुरू किया। रंजना की कामाग्नि को दहकाकर मनोरंजन उस जलती हुई नदी में तैरने लगा। वह एक कुशल तैराक था। वह उस नदी में तैर रहा था जहाँ डूबने का डर नहीं था। वह उस जलती हुई नदी में समा जाना चाहता था। खिड़की से छनकर आ रही चाँदनी दोनों के शरीर पर पड़ रही थी। कुछ देर बाद लहरें थम चुकी थीं। सागर शान्त था। रंजना ने मजाकिया अन्दाज में कहा—"सर, मैं आपको

बहुत शरीफ और चरित्रवान् समझती थी पर आप तो गुरू घण्टाल निकले।'' मनोरंजन के चेहरे पर कुटिल मुस्कान तैर गयी।

''हम सभी हाड़-मांस के पुतले हैं। कौन चरित्रवान् है या शरीफ है, यह परिस्थितिजन्य है। परिवार और समाज के डर से हममें से अधिकांश नैतिक बने रहने के लिए अभिशप्त हैं। नवीनता में सुख है। नवीनता किसे नहीं अच्छी लगती? काम कुण्ठाग्रस्त रहने से बेहतर है कि अवसर मिलने पर इधर-उधर मुँह मार लेना चाहिए।'' रंजना समझ गयी थी बौद्धिक लोगों की यही सीमा उसकी शक्ति है।

रंजना को रुकना पसन्द नहीं था। तक्षशिला विश्वविद्यालय के डॉ. अरविन्द ने शोध प्रबन्ध की रिपोर्ट भेज दी थी। आश्चर्यजनक बात यह थी कि तब तक शोध प्रबन्ध डॉ. अरविन्द तक पहुँचा ही नहीं था। मनोरंजन कुमार सिंह अपनी इस होनहार शिष्या की हरकत से नाराज थे। वे डॉ. अरविन्द से भी नाराज थे लेकिन उन्होंने मन में सोचा ''चलो, अरविन्द को माफ कर दिया क्योंकि हमाम में तो सभी नंगे हैं।''

रंजना की मौखिक परीक्षा लेने के लिए डॉ. अरविन्द इलाहाबाद से आये। उस दिन मनोरंजन कुमार सिंह बहुत नाराज थे। उनकी नाराजगी स्वाभाविक थी। वे रंजना पर एकाधिकार रखना चाहते थे। लेकिन रंजना तो उन्मुक्त आकाश में उड़ान भरनेवाली चिड़िया थी। डॉ. विजय प्राताप सिंह अक्सर कहा करते थे—''मनोरंजन धूर्त और लम्पट है।'' डॉ. अरविन्द शान्त और सौम्य स्वभाव के माने जाते थे। मनोरंजन ने डॉ. अरविन्द से कहा—''आपसे ऐसी उम्मीद नहीं थी। आप बड़े सिद्धान्तवादी बनते हैं। लेकिन बिना शोध प्रबन्ध के आपने रिपोर्ट भेज दी। लगता है कि रंजना ने अपने हुस्न का जादू आप पर भी चला दिया।'' डॉ. अरविन्द तिलमिला गये। ''अपनी सीमाओं में रहिये मनोरंजन जी। सभी आपकी तरह लम्पट नहीं हैं।'' डॉ. अरविन्द की वरिष्ठता का ख्याल रखते हुए मनोरंजन ने चुप रहना उचित समझा। आक्रामक रूप अख्तियार करना डॉ. अरविन्द की मजबूरी थी। यदि वे ऐसा न करते तो डॉ. मनोरंजन उन पर हावी हो जाते।

फिलहाल रंजना को डॉक्टरेट की उपाधि मिल गयी और वह डॉ. रंजना हो गयी।

रंजना कहीं-न-कहीं स्थापित होने के लिए परेशान थी। इलाहाबाद शहर से दूर कांग्रेस के नेता ओमप्रकाश त्रिपाठी का एक कॉलेज था। हिन्दी विभाग में लेक्चरर का एक पद खाली था। उस पद के लिए लगभग चालीस आवेदन आये थे। रंजना का एकेडमिक कैरियर अच्छा नहीं था लेकिन वह किसी भी सूरत में इस पद को पाना चाहती थी। कॉलेज के प्रबन्धक ओमप्रकाश त्रिपाठी थे लेकिन सारी व्यवस्था उनका बेटा रजत त्रिपाठी देखता था। रजत सुदर्शन युवक था और सुदर्शनाओं में उसकी विशेष रुचि थी। रजत और रंजना की पहली मुलाकात सिविल लाइन्स के एक रेस्टोरेण्ट में हुई थी। ''मैंने आपके कॉलेज में आवेदन किया है। यदि आपकी कृपा होगी तो मेरा चयन हो जायेगा।'' बातचीत की शुरूआत रंजना ने की। ''हम लोग चाहते हैं कि

हमारे कॉलेज में अच्छे लोग आयें। फिर आप तो खूबसूरत हैं और हसीन हैं। मैं तो सुन्दरता की कद्र करता हूँ। यह मेरा सौभाग्य होगा कि मैं आपके काम आ सकूँ।" रंजना का मन-मयूर नृत्य करने लगा। "इस शख्स से काम निकलना मेरे लिये मुश्किल नहीं होगा।" वह सोच रही थी। रेस्टोरेण्ट के बाहर जाड़े की खुशनुमा धूप चमक रही थी। रजत रंजना के पास खिसक आया। उसने रंजना के दाहिने गाल को धीरे से चूम लिया। रंजना के मन के अन्दर की कलियाँ चटखने लगीं लेकिन उसने नाराजगी का अभिनय करते हुए कहा—"कोई देख लेगा तो क्या कहेगा? आपको स्थान और समय का ध्यान रखना चाहिए।" रजत त्रिपाठी घाघ किस्म का जीव था। उसने रंजना के प्रश्न का उत्तर न देकर कहा—

"कल मेरे गरीबखाने पर तशरीफ लाइये रंजना जी। मेरी पत्नी मायके गयी हुई हैं। हम लोग इतमीनान से बातें करेंगे।" सूरज की हलकी-सी रोशनी रंजना के बालों पर पड़ रही थी। गुलाबी टी-शर्ट और नीली जीन्स में रंजना बहुत मादक लग रही थी। रजत काली पैण्ट और सफेद बुश्शर्ट में आकर्षक लग रहा था। "कल मैं आपके गरीबखाने पर आने की कोशिश करूँगी।"

रजत का मकान ममफोर्डगंज में था। उसे हम हवेली कह सकते थे। रजत के पिता ओमप्रकाश त्रिपाठी ने इस घर को बनवाया था। त्रिपाठी जी गाँव में रहते थे और वहीं से राजनीतिक गतिविधियों के सन्दर्भ में लखनऊ और दिल्ली जाते रहते थे। उस मकान में स्थायी रूप से सिर्फ रजत त्रिपाठी का परिवार रहता था। रजत त्रिपाठी ऐयाशी के प्रति समर्पित था। वह काफी चालाक था लेकिन एक बार इलाहाबाद के एक होटल मे एक लड़की के साथ रंगरेलियाँ मनाते हुए पकड़ा गया था। पुलिस इन्स्पेक्टर धीरज सिंह ने कहा—"आपकी इस हरकत की खबर मैं सारे अखबारों में देने जा रहा हूँ। आप जैसे राजनेताओं और शिक्षा माफियाओं ने देश को विनाश के गर्त में डाल दिया है। आप लोगों को शर्म भी नहीं आती।" धीरज जैसा महान् घूसखोर अधिकारी रजत को नैतिकता का पाठ भी पढ़ाने लगा। उसका नैतिकता का बुखार बढ़ता जा रहा था। रजत त्रिपाठी इन्स्पेक्टर के पैरों पर गिड़ पड़ा। धीरज सिंह ने उससे तीस हजार रुपये लेकर छोड़ा। रजत का पट्टीदार रमेश त्रिपाठी इन्स्पेक्टर का हमप्याला और हमनिवाला दोस्त था। उसी ने पुलिस को खबर की थी। इस घटना के बाद रजत सावधान हो गया था और होटलों में जाने से बचने लगा।

दिसम्बर का दूसरा सप्ताह चल रहा था। सुबह उठने पर रजत ने देखा कि भयंकर कुहरा छाया हुआ है। आज धूप निकलने की कोई उम्मीद नहीं थी लेकिन दोपहर एक बजे तक हलकी-हलकी धूप निकलने लगी थी। रजत त्रिपाठी बड़ी बेसब्री से रंजना सिंह की प्रतीक्षा कर रहा था। हलका-हलका अँधेरा होने लगा था। उसी वक्त उसके मकान के सामने काले शीशेवाली कार रुकी। कार से रंजना उतरी। कार तुरन्त लौट गयी। आज रंजना नीली साड़ी में थी। शाम को धुँधलका गहराने लगा था।

"आइये रंजना जी, मैं बड़ी बेसब्री से आपकी प्रतीक्षा कर रहा था। कभी-कभी आशंका होती थी कि कहीं आप न आ पायें।" उसने रंजना को दोनों बाजुओं में भरकर उठा लिया और अपने ड्राइंग-रूम तक ले गया। "मैं समझ गयी कि आपके बाहुओं में बहुत बल है। मुझे तो आपके पुरुषत्व की परीक्षा करनी है। आपकी चालाकी की दाद देनी होगी। भाभी जी को मायके भेजकर आप रंगरेलियाँ मनाते हैं।" रंजना की बात का उसने हँसते हुए जवाब दिया—

"जब तक आप जैसी दिलफरेब और दिलकश हुस्नवाली लड़कियाँ रहेंगी; मेरे जैसे लम्पटों की दुकान चलती रहेगी।"

रंजना रजत के बेडरूम में पहुँची। रजत का बेडरूम ऊपर था। सर्द हवा चल रही थी। बेडरूम के बाहर बरामदा था। रजत का नौकर रामू डाइनिंग टेबिल पर खाना लगाने आया। उसके चेहरे पर मुस्कान थी। रजत ने आलमारी से शराब की बोतल निकाली। वह पैग तैयार करने लगा। "आज तो पूरा माहौल रंगीन है। शराब भी है, शबाब भी है और कबाब भी है। पैग तैयार कर दीजिये लेकिन साकी मैं रहूँगी।" अब रंजना रजत त्रिपाठी की गोद में थी। रजत ने उसका भरपूर चुम्बन लिया और गिलास को उसके होंठों से लगा दिया। रंजना ने एक घूँट में गिलास खाली कर दिया। कुछ देर तक पीने-पिलाने का क्रम चलता रहा। मदहोशी छाती जा रही थी। घना कुहरा छा गया था। छत से थोड़ी ऊँचाई पर उड़ती हुई कुहरे की छटा धुएँ की रेखा जैसी लग रही थी। रजत की बड़ी-बड़ी आँखों में लालिमा थी। उसने दोनों हाथों से उठाकर रंजना को पलँग पर लिटा दिया। रंजना का अंग-प्रत्यंग जल रहा था। कामकला में पारंगत रजत त्रिपाठी ने धीरे-धीरे अपना खेल प्रारम्भ किया। रंजना जलती हुई नदी थी। रजत उस नदी में तैर भी रहा था और डूब भी रहा था। रंजना के दोनों स्वर्णकलशों का मादक स्पर्श पाकर रजत एक अलौकिक दुनिया में पहुँच चुका था।

रंजना सिंह जवाहरलाल नेहरू महाविद्यालय में लेक्चरर हो गयी। उसको लेक्चरर बनवाने में रजत त्रिपाठी की जबरदस्त भूमिका थी। कॉलेज इलाहाबाद शहर से बाहर था। रंजना अक्सर बस से कॉलेज जाती थी। बस से उतरने के बाद लगभग दो सौ मीटर पैदल चलना होता था। कभी-कभी रजत त्रिपाठी अपनी कार से उसे कॉलेज तक छोड़ता था। जब दोनों कार से उतरते तो कॉलेज की अध्यापिकाओं के चेहरों पर मुस्कान होती थी। हिन्दी विभाग में दो प्राध्यापक पहले से थे। डॉ. तूलिका चटर्जी विभागाध्यक्ष थीं। वे रंजना के इतिहास और भूगोल से परिचित थीं। वे रंजना को नापसन्द करती थीं। जिस दिन रंजना सिंह पहली बार हिन्दी विभाग में पहुँची, तूलिका चटर्जी ने व्यंग्य करते हुए कहा—

"आइये रंजना जी! आपका स्वागत है। आपने तो कमाल कर दिया। एक-से-एक योग्य अभ्यर्थियों को पछाड़कर आप यहाँ आ ही गयीं। सुनते हैं कि नेता जी के बेटे ने आपके लिए एड़ी चोटी का जोर लगा दिया! भई, उसके जैसा आशिक-मिजाज युवक

ऐसा क्यों न करें? ऐसे हुस्न को ठुकराना नाइन्साफी है। आपकी प्रतिभा और तेजी को देखकर मुझे लगता है कि आप काफी आगे जायेंगी।'' विभाग के अन्य सहयोगी हँस पड़े थे लेकिन रंजना मुस्कराकर रह गयी। उसने करारा जवाब देना चाहा लेकिन ऐसा नहीं कर पायी। उसका मन मानो कह रहा था—''गुस्से को काबू में रखो। जिस रास्ते पर तुम चल रही हो, उसमें सहनशील होना जरूरी है।'' एक दिन रजत त्रिपाठी ने डॉ. रंजना सिंह से कहा—''यदि मैं अविवाहित होता तो तुमसे शादी कर लेता। किसी भी सूरत में हमें अपना सम्बन्ध बनाये रखना है। अब तुम्हारा पूरी तरह स्वतन्त्र रहना ठीक नहीं है। तुम शादी कर लो। यह तुम्हारे लिये अच्छा रहेगा और मेरे लिये भी। शादी तुम्हारे लिये ढाल का काम करेगी।

''मेरी नजर कुछ राजपूत लड़कों पर है।'' रंजना सिंह को रजत त्रिपाठी का यह प्रस्ताव पसन्द आया। एक सप्ताह बाद रजत त्रिपाठी ने रंजना सिंह से उस रिश्ते के बारे में बतलाया—

''सुनो रंजना, लड़के का नाम प्रशान्त सिंह है। वह जगतपुर के इण्टर कॉलेज में अंग्रेजी का प्रवक्ता है। उसका कर्नलगंज में छोटा-सा मकान भी है। लड़के के माता-पिता करछना तहसील के एक गाँव में रहते हैं। मैं तुम्हारे पिता जी को यह रिश्ता बता देता हूँ।'' रजत त्रिपाठी ने उसी समय रंजना सिंह के पिता को फोन करके वह रिश्ता बतला दिया। रंजना के पिता जी अगले दिन अपने गाँव से इलाहाबाद चले आये और रजत त्रिपाठी के साथ रिश्ता देखने चले गये।

रंजना सिंह अपने फ्लैट में अकेली रह गयी। आज लम्बे समय बाद उसे अपना पहला प्यार याद आ रहा था। ब्रजेश ही उसका पहला प्यार था। ब्रजेश की याद में उसकी आँखें छलछला आयीं! आज से ब्रजेश के बारे में उसे कोई सूचना नहीं थी। रजत त्रिपाठी के कहने पर उसे दाम्पत्य जीवन में बँधना होगा। लेकिन वह ब्रजेश से यथाशीघ्र मिलने का प्रयास करेगी। ब्रजेश के साथ बिताये गये स्वर्णिम क्षण सजीव हो उठे।

रात को रजत त्रिपाठी रंजना सिंह के पिता के साथ इलाहाबाद आ गया था। वह शादी पक्की हो गयी थी। अप्रैल महीने में आजमगढ़ शहर से ही शादी होनी थी।

शादी होने में अभी दो माह बाकी थे। रंजना शादी के पहले ब्रजेश से मिलना चाहती थी। उसे ब्रजेश के शहर जौनपुर का पता मिल गया। आज का दिन बड़ा सुहावना था। चौदहवीं का चाँद अपने पूरे शबाब पर था। वह ब्रजेश को पत्र लिख रही थी—''प्रिय ब्रजेश, आज तुम्हें पत्र लिखने बैठी हूँ तो मेरा हृदय रो रहा है। तुमने मेरी सुधि नहीं ली। मैं महत्त्वाकांक्षा के घोड़े पर सवार होकर तेज गति से भागती जा रही थी। मेरा प्यार मुझसे छूट गया। तुम तो मेरा पहला प्यार हो। कहते हैं कि मौसम की पहली बारिश और पहला प्यार कभी भूलता नहीं। अपनी महत्त्वाकांक्षा के कारण भले ही मैं थोड़ा-सा पथभ्रष्ट हो गयी हूँ लेकिन तुम्हारे लिये मैं वही रंजना हूँ—अल्हड़, मस्त और जिन्दादिल। मेरी शादी तय हो चुकी है। अप्रैल में आजमगढ़ शहर से ही यह शादी होगी। मुझे आशा है कि तुम्हें बुरा लगेगा लेकिन मैं मजबूर हूँ। भले ही मैं किसी की पत्नी हो जाऊँ लेकिन

तुमसे मैत्री-भाव रहेगा। दाम्पत्य जीवन का बन्धन मेरी स्वतन्त्रता और स्वच्छन्दता को प्रभावित नहीं कर पायेगा। तुमसे बहुत-सी बातें करनी हैं। मेरे पत्र को पाने के बाद तुम यथाशीघ्र इलाहाबाद चले आना।

तुम्हारी अपनी,
रंजना सिंह।''

अगले दिन उसने उस पत्र को लेकर बॉक्स में डाल दिया और ब्रजेश के इलाहाबाद आगमन की प्रतीक्षा करने लगी। इस बीच रजत त्रिपाठी ने डॉ. रंजना सिंह को सूबे के शिक्षामन्त्री रविकान्त त्रिपाठी से लखनऊ में मिलवाया। शिक्षामन्त्री महोदय सुदर्शनाओं के शौकीन थे। रंजना उनके सरकारी बँगले पर रुकी। रविकान्त त्रिपाठी सुरानुरागी और कामदेव के सच्चे भक्त थे। अपने यौवन को बनाये रखने के लिए वे शिलाजीत, केसर, अश्वगन्धा और स्वर्णभस्म जैसी आयुर्वेदिक ओषधियों का सेवन करते थे। वे शुद्ध शाकाहारी ब्राह्मण थे लेकिन जिन्दा मांस से उन्हें परहेज नहीं था। वे छुआछूत को मानते थे लेकिन मदन रथ पर सवारी करते वक्त वे जाति और धर्म की सीमाओं को नहीं पहचानते थे। इस क्षेत्र में उनका अतीत अत्यन्त उज्ज्वल था। अपने समय में वे विश्वविद्यालय के लोकप्रिय छात्र नेता थे लेकिन रसिकता के कारण कई बार उनकी भरपूर दैहिक समीक्षा हुई थी। रंजना को उन्होंने किसी-न-किसी विश्वविद्यालय में लेक्चरर बनवाने का आश्वासन दिया। महात्त्वाकांक्षा के दिग्विजयी अश्व पर सवार रंजना सिंह यौन शुचिता में बिलकुल विश्वास नहीं करती थी। उसने एक बार रजत त्रिपाठी से कहा था—''विवाह के बन्धन में बँधकर एक पुरुष से मैं कैसे सन्तुष्ट रह पाऊँगी? मैं तो नित नवीनता की उपासक हूँ।''

आज रंजना बहुत उत्तेजित थी। आज उसे एक सत्ताधारी व्यक्ति की बाँहों में रहना था। आज वह एक शक्तिशाली व्यक्ति को अपने रूप-जाल में बाँध लेगी। शिक्षामन्त्री रविकान्त त्रिपाठी भी बहुत दिनों से स्त्री के तन की मादक गन्ध से वंचित थे। उनकी पत्नी गतयौवना थी। उनकी उम्र ज्यादा नहीं थी लेकिन अत्यधिक धर्मपरायणता ने उन्हें काम विमुख कर दिया था। आज कामाग्नि उन्हें अपनी पूरी दाहकता से जला रही थी। वे रंजना के अंग-प्रत्यंग से खेल रहे थे। रंजना का कामावेग नदी के उद्दाम प्रवाह जैसा था। वह नदी थी—सामान्य नदी नहीं, जलती हुई नदी! वह तटबन्धों को तोड़ देनेवाली नदी थी। उस नदी में तैरनेवाले डूबते गये लेकिन वह नदी निरन्तर बहती रही—ग्रीष्म, वर्षा और शीत से लापरवाह। रंजना और रविकान्त त्रिपाठी कई चक्र की क्रीड़ा से थक चुके थे। शिक्षामन्त्री ने कम्पित वाणी में कहा था—''ओह रंजना, आज बहुत दिनों के बाद मुझे असीम सन्तुष्टि मिली। ऐसा आवेग मैंने कभी महसूस नहीं किया। तुम्हारी इस मादकता ने मेरी यौवन शक्ति को बढ़ा दिया है। मेरी हार्दिक अभिलाषा है कि यह सिलसिला चलता रहे।'' रंजना बेसुध थी। शिक्षामन्त्री की बात सुनकर उसके चेहरे पर

मुस्कान फैल गयी। वह सोच रही थी—"अभी तो यह शुरूआत है। आगे देखिये क्या होता है? तुम्हारे पास पद है, पावर है तो मेरे पास भी बहुत बड़ा पावर है। मैं तुम्हारे जैसे मन्त्रियों को नचा सकती हूँ? मैं तुमसे अपने पैरों पर माथा टेकवा सकती हूँ। तुम जैसे लोग नारी को फूल की तरह सुकुमार समझते हो—जब चाहा मसल दिया। तुम्हें मालूम नहीं कि नारी आग भी है। वह आग तुम्हें जला भी सकती है।"

शिक्षामन्त्री के साथ देहगाथा के एक अध्याय की शुरूआत करके रंजना अगले दिन इलाहाबाद लौट आयी। वह कई पुरुषों की अंकशायिनी बन चुकी थी लेकिन उसने प्यार सिर्फ ब्रजेश से किया था। उसे पूरा विश्वास था कि ब्रजेश उससे मिलने अवश्य आयेगा। काफी दिन बीत गये लेकिन ब्रजेश नहीं आया। वह आशंकाग्रस्त हो गयी। क्या ब्रजेश को मेरा पत्र नहीं मिला? हो सकता है कि उसे उसका पत्र मिल गया हो लेकिन किस कारणवश वह नहीं आ पा रहा है। आशंकाग्रस्त मन प्रश्नों प्रति प्रश्नों में उलझता रहा लेकिन उसकी समस्या का समाधान नहीं हुआ। वह बेसब्री से इन्तजार करती रही लेकिन ब्रजेश नहीं आया। उसे उम्मीद थी कि कम-से-कम विवाह से पूर्व ब्रजेश से मुलाकात हो जायेगी। उसके इन्तजार की घड़ियाँ समाप्त हो गयीं। ब्रजेश नहीं आया। अपनी वेदना को रंजना ने कविताओं में व्यक्त किया। रंजना की कविताओं में सस्ती भावुकता थी। रंजना के गुरु डॉ. मनोरंजन कुमार सिंह उसकी कविताओं की तारीफ करते थे। डॉ. ब्रजेन्द्र पाण्डेय ने एक दिन व्यंग्य करते हुए कहा—"रंजना की कविताएँ दो कौड़ी की हैं। ये कविताएँ साहित्यिक पत्रिकाओं में छपने लायक नहीं हैं लेकिन प्रेमचन्द की कहानी के रसिक सम्पादक चोखेलाल शर्मा जैसा व्यक्ति उस पर कृपा कर सकता है। 'रसिक सम्पादक' कहानी की कामाक्षी बदसूरत थी लेकिन हमारी रंजना तो खूबसूरत है। न जाने कितने चोखेलाल और अनोखेलाल इस पर फिदा हो जायेंगे।" रंजना को अभी भी उम्मीद थी कि ब्रजेश उससे मिलने जरूर आयेगा। इस बीच उसने ब्रजेश को दूसरा पत्र लिखकर भेज दिया था। रंजना अजीब कशमकश में जी रही थी। उसका मन तो ब्रजेश में लगा हुआ था लेकिन तन की बात कुछ और थी। शरीर की अपनी जैविक माँग होती है। उसको रोकना उसके लिए सम्भव नहीं था। रजत त्रिपाठी एकाध दिन के अन्तराल के बाद उसके आवास पर आता था। वह भी कभी-कभी रजत त्रिपाठी के आवास पर रातभर रुकती थी। कामक्रीड़ा के इस रंगीन खेल में समय का एहसास ही नहीं हुआ। रंजना की शादी बड़ी धूमधाम से हुई। रंजना की शादी में रजत त्रिपाठी भी सम्मिलित हुआ। रंजना ने अपने पति प्रशान्त से रजत का परिचय भी करवाया। विवाह के बाद कुछ दिनों तक रंजना अपनी सुसराल के गाँव में रही। वहाँ पर उसने बड़ी शालीनता और शर्मीलेपन का परिचय दिया। अपने कुशल अभिनय से अपने सास-ससुर का दिल जीतकर वह प्रशान्त के साथ इलाहाबाद चली आयी। प्रशान्त सौम्य और शालीन युवक था। वह भी रंजना से बहुत प्रभावित हुआ। कुमार शैलेन्द्र बड़े दिलचस्प इन्सान थे। उन्हें इस शादी के बारे में पता चला। बनारस में चाय की दुकान पर उन्होंने यह टिप्पणी की—

'रंजना के संग हो प्रशान्त,
तब क्यों होगा जीवन अशान्त?

नदी का उद्दाम प्रवाह कब तक रुक सकता है? कुछ दिनों तक शालीनता और विनम्रता का ढोंग करने के बाद रंजना अपने वास्तविक रूप में आ गयी। प्रशान्त के मना करने के बावजूद वह दिल्ली में आयोजित सेमिनार में गयी। वहाँ उसकी मुलाकात प्रोफेसर ब्रजेश्वर सिंह से हुई। ब्रजेश्वर सिंह देखने में अजीब लगते थे। कुमार शैलेन्द्र उन्हें 'घोड़मुँहवा प्रोफेसर' कहते थे। कुमार शैलेन्द्र ने आगरा के एक संस्थान मे इण्टरव्यू दिया था। प्रोफेसर ब्रजेश्वर सिंह उसमें विशेषज्ञ थे। उन्होंने कुमार शैलेन्द्र का चयन भी किया। इधर कुमार शैलेन्द्र अपनी आदत से लाचार थे। उन्होंने कई जगहों पर कहा—"घोड़मुँहवा के कारण मेरा चयन हुआ है। मैं समझ नहीं पा रहा हूँ कि उसका एहसान कैसे चुकाऊँ।" बाद में यह बात प्रोफेसर ब्रजेश्वर सिंह तक पहुँची थी। प्रोफेसर ब्रजेश्वर सिंह भले ही बदसूरत थे लेकिन वे सुरानुरागी और बालानुरागी दोनों थे। नालन्दा विश्वविद्यालय के प्रोफेसर अभिताभ कुमार सिंह उनके बारे में कहा करते थे—"प्रोफेसर ब्रजेश्वर अव्वल दर्जे का धूर्त और लम्पट हैं। वह अपने-आपको बहुत बड़ा विद्वान् समझता है। अपने भाषणों में वह एक ही शेर बार-बार सुनाता है। वह शेर यूँ है—

"बड़ी मुश्किल है कि दुनिया का सँवरना,
तेरी जुल्फों का पेचोखम नहीं है।"

प्रोफेसर ब्रजेश्वर सिंह उन बुद्धिजीवियों में नहीं थे जो सुन्दरियों का दूर से दीदार करके सन्तुष्ट हो जाते थे। रंजना की बड़ी-बड़ी आँखों को देखकर वे अपने-आपको रोक न पाये और उन्होंने कहा—"अगर आप बुरा न मानें तो मैं एक शेर अर्ज करूँ।" रंजना सिंह ने सहमति में सिर हिलाया। प्रोफेसर ब्रजेश्वर सिंह ने खुमार बाराबंकवी का यह शेर पढ़ा—

"खुदा बचाये तेरी मस्त-मस्त आँखों से,
फरिश्ता हो तो बहल जाये आदमी क्या है।"

प्रोफेसर ब्रजेश्वर सिंह का प्रवचन जारी था—"आप जैसी खूबसूरत और प्रतिभाशाली लड़की को छोटी जगह पर देखकर दुःख होता है। गाँव के स्ववित्तपोषित कॉलेज में रहकर आपकी धार कुन्द हो जायेगी। आपको तो किसी विश्वविद्यालय में होना चाहिए।" "ऐसा तो कई लोग कह चुके हैं लेकिन मैं कई साल से संघर्ष कर रही हूँ। क्या करूँ सर? एकेडमिक कैरियर अच्छा न होने के कारण इलाहाबाद के दोनों आयोगों से मुझे इण्टरव्यू लेटर नहीं मिलता।" प्रोफेसर ब्रजेश्वर सिर्फ दूसरी ओर देख रहे थे। कुछ देर की खामोशी के बाद उन्होंने पूछा—"आप कहाँ रुकी हैं? आपका आगे का कार्यक्रम क्या है?"

"मैं कमलानगर के एक होटल में रुकी हूँ। कल रात को 'प्रयागराज एक्सप्रेस' से मुझे इलाहाबाद लौटना है।"

प्रोफेसर ब्रजेश्वर सिंह चाहकर भी रंजना को अपने आवास पर रुकने के लिए नहीं कह पाये क्योंकि उनकी पत्नी मालती सिंह घर पर ही थीं। वे दबंग महिला थीं और अपने रसलोलुप पति से सावधान रहती थीं। ''ठीक है आप कल इलाहाबाद जाइये। फॉर्म भरते रहिये और मुझसे सहायता लेने में संकोच मत कीजियेगा। हाँ, एक बात जान लीजिये कि 'गिव एण्ड टेक' का जमाना है। कुछ पाने के लिए बहुत-कुछ खोना पड़ता है। आप मेरी बात समझ रही हैं न? ''ठीक है सर, आप जैसा कहेंगे, मैं वैसा ही करूँगी। सर आपसे मेरा विनम्र निवेदन है कि मुझे 'तुम' से सम्बोधित किया करें, 'आप' से नहीं। आप पद और उम्र दोनों में मुझसे बड़े हैं। 'तुम' में जो आत्मीयता है, वह 'आप' में कहाँ,'' रंजना की बात सुनकर प्रोफेसर ब्रजेश्वर सिंह बहुत खुश हुए। उन्होंने रंजना सिंह की पीठ पर एक धौल जमाया और उसके गुलाबी गालों को छूकर कहा—''तुम बहुत होनहार लड़की हो। तुममें जमाने के हिसाब से चलने का हुनर है। तुम अपने मकसद में जरूर कामयाब हो जाओगी।'' फिर यह सिलसिला चल निकला। प्रोफेसर ब्रजेश्वर सिंह जब इलाहाबाद आते तो रंजना को जरूर फोन करते। रंजना उनसे मिलने चली आती। कभी-कभी वे देर से घर लौटतीं। इधर रंजना का पति प्रशान्त अशान्त रहने लगा। एक दिन प्रशान्त गाँव चला गया था। प्रोफेसर ब्रजेश्वर सिंह गेस्ट हाउस में रुके थे। रंजना सिंह रात में वहीं रुक गयी थी। बाद में प्रशान्त को यह बात मालूम हो गयी थी। प्रशान्त ने जब विरोध जताया तो रंजना सिंह ने उसे स्पष्ट कह दिया—''तुम अपने-आप को पुरुष मानते हो? क्या तुम मुझे सन्तुष्ट कर पाये हो? यदि तुम अपने पुरुषत्व से सन्तुष्ट कर दोगे, मैं वादा करती हूँ कि मैं किसी मर्द के पास नहीं जाऊँगी।'' प्रशान्त सिंह रंजना के इस उग्र नारी-विमर्श को देखकर अवाक् रह गया। उस दिन तो उसने कोई जवाब नहीं दिया लेकिन उसने दृढ़ संकल्प कर लिया कि जल्दी ही इसको अच्छा सबक सिखाऊँगा। प्रशान्त ने यह भी देख लिया था कि वह अपनी अति महत्त्वाकांक्षी पत्नी को रोक नहीं पायेगा। इस घटना के एक महीने बाद रंजना सिंह हैदराबाद इण्टरव्यू देने गयी। उस चयन समिति में प्रोफेसर ब्रजेश्वर सिंह भी मौजूद थे। रंजना सिंह को पूरा विश्वास था कि उसका चयन हो जायेगा लेकिन जब रिजल्ट आया तो उसे गहरी निराशा हाथ लगी। प्रोफेसर ब्रजेश्वर सिंह ने फोन पर इस प्रकार सफाई दी थी—''मैंने तुम्हारे लिये प्रयास किया था लेकिन क्या करूँ? कुलपति महोदय एक के लिए अड़ गये। विभागाध्यक्ष और दूसरे विशेषज्ञ ने मिलकर हैदराबाद की एक शोध छात्रा पर अपनी सहमति दे दी थी। तुम निराश मत होना मैं जल्दी ही तुम्हारे लिये कुछ करूँगा।''

डॉ. रंजना सिंह चालाक थी। वह किसी एक के सहारे बैठकर अपने भाग्य का फैसला नहीं करना चाहती थी। उसने सारे विकल्प खोल रखे थे। इलाहाबाद के एक सेमिनार में उसकी मित्रता डॉ. शार्दूल कुमार सिंह से हुई। डॉ. शार्दूल कुमार सिंह साहित्यिक प्रतिभा के धनी और रोमाण्टिक व्यक्ति थे। वे लहरों के पास जाना तो चाहते

थे लेकिन लहरों के अन्दर जाने में डरते थे। वे प्रेम करना चाहते थे लेकिन जोखिम उठाने से डरते थे। उनके मित्र डॉ. विजय प्रताप सिंह उन्हें हिन्दी के चंचल रचनाकार कहा करते थे। डॉ. रंजना सिंह के हुस्न का जादू डॉ. शार्दूल कुमार सिंह पर थोड़ा-बहुत चल गया था। डॉ. रंजना सिंह से कभी-कभार फोन पर बातचीत होती थी। वे दो बार रंजना के आवास पर भी गये थे। डॉ. शार्दूल कुमार सिंह से डॉ. रंजना सिंह की मुलाकात कानपुर में हुई। दोनों कानपुर विश्वविद्यालय में परीक्षक बनकर गये थे। उन्हें उत्तर-पुस्तिकाओं का मूल्यांकन करना था। डॉ. शार्दूल अपने एक मित्र के यहाँ रुके जबकि डॉ. रंजना अपनी छोटी बहन के ससुराल में रुकी। डॉ. शार्दूल कुमार सिंह रंजना सिंह को बाइक पर बैठाकर विश्वविद्यालय ले जाता था। आमतौर पर तीस या चालीस किलोमीटर प्रतिघण्टे की रफ्तार से बाइक चलानेवाला डॉ. शार्दूल अब सत्तर किलोमीटर की रफ्तार से गाड़ी चला रहा था। रंजना सिंह के दोनों स्वर्णकलश डॉ. शार्दूल कुमार सिंह की पीठ से छू जाते। उसका स्पर्श पाकर उसके रोम-रोम में बिजली दौड़ जाती। उसे इस बात का डर था कि उसका कोई परिचित इस समय उसे देख न ले। डॉ. रंजना सिंह ने उसकी पीठ पर हाथ मारकर कहा—"सर थोड़ा और तेज चलाइये न।" डॉ. शार्दूल कुमार सिंह ने कुछ देर के लिए बाइक रोककर कहा—"मैं सात्र हूँ और तुम हो सीमोन द बुवा। काश! ऐसा होता कि हम दोनों इसी तरह स्वच्छन्द भाव से रहते।" "आप मेरे लिये आदरणीय सर हैं। हम दोनों प्रेमी-प्रेमिका नहीं हैं। यदि मैं भाभी जी को फोन करके ये सब बतला दूँ तो आपको कैसा लगेगा?" रंजना ने मजाकिया अन्दाज में कहा लेकिन डॉ. शार्दूल कुमार सिंह यह सोचकर डर गये कि रंजना का क्या भरोसा?" डॉ. शार्दूल ने भी उसी अन्दाज में कहा—"यदि मैं प्रशान्त को बतला दूँ तो कैसा रहेगा?" इस पर रंजना सिंह देर तक हँसती रही। जब उसकी हँसी रुकी तो उसने कहा—"हम दोनों चोर हैं। 'चोर-चोर मौसेरे भाई' की कहावत हम पर चरितार्थ होती है। बेहतर यह होगा कि हम दोनों चोरी-चोरी चुपके-चुपके मिलते रहें और इन्ज्वाय करते रहें।" शाम को डॉ. शार्दूल कुमार सिंह रंजना को एक महँगे रेस्टोरेण्ट में ले गया। घर द्वार की दुनियाबी चिन्ताओं से मुक्त दोनों बहुत देर वहाँ रहे। चलते-चलते शार्दूल ने रंजना सिंह को आलिंगन में लेकर भरपूर चुम्बन किया। उस दिन डॉ. शार्दूल कुमार सिंह को रातभर नींद नहीं आयी। तीन दिनों तक स्वर्गीय और स्वप्निल दुनिया में रहने के बाद डॉ. रंजना सिंह इलाहाबाद चली गयी। डॉ. शार्दूल कुमार सिंह भी उदास मन से बनारस लौट गया। डॉ. शार्दूल रंजना सिंह का फोन उठाते वक्त सावधान रहा करता था। उसकी पत्नी को एकाध बार शक हो गया था कि यह किसी विशेष लड़की का फोन है। डॉ. शार्दूल कुमार सिंह ने रंजना से फोन पर कहा—

"तुम मुझे फोन मत किया करो। घर से बाहर निकलने पर मैं फोन पर तुमसे बात कर लिया करूँगा। मेरी धर्मपत्नी मुझ पर पैनी नजर रखती है।" फोन पर रंजना सिंह की हँसी सुनायी थी। "आप जैसे बुद्धिजीवियों को धिक्कार है। आप अपनी पत्नी से

इतना डरते हैं। हम दोनों में स्वस्थ मित्रता है। दूसरी बात है कि हम दोनों बच्चे नहीं हैं। हम लोग परिपक्व हैं।" "तुम्हारा कहना सही है लेकिन क्या किया जाये? मेरी पत्नी मेरा फोन चेक करती हैं।" इस पर रंजना सिंह बोली—"आप जैसे बुद्धिजीवियाँ को धिक्कार है। अच्छा, मैं एक सवाल पूछती हूँ। आप बुरा तो नहीं मानेंगे?"

"मैं तुम्हारे सवालों का बुरा क्यों मानूँगा? तुम निस्संकोच पूछो।"

"मेरे सवाल को अन्यथा मत लीजियेगा। मान लीजिये कि मैं एक रात आपके साथ सो जाऊँ, तो क्या भाभी जी को इस बात का पता चलेगा?"

डॉ. शार्दूल कुमार सिंह अवाक् और निरुत्तर हो गया। उसने यह निष्कर्ष निकाला कि डॉ. रंजना सिंह को पुरुषों की चरित्रहीनता और उनकी पत्नी भीरुता पर अगाध विश्वास है। फोन पर फिर रंजना सिंह की आवाज सुनायी पड़ी—"आपने मेरे सवाल का जवाब नहीं दिया। लगता है कि आप मेरे सवाल से डर गये। आप पुरुष होकर एक नारी से डर रहे हैं।" कुछ क्षणों की चुप्पी के बाद डॉ. शार्दूल कुमार सिंह ने जवाब दिया।

"मैं तुम्हारे दुस्साहस पर विस्मित हूँ। हम दुहरे चरित्र के लोग हैं। हमारे जैसे लोग चोरी-छिपे मौज-मस्ती भी करना चाहते हैं और शरीफ कहलाना भी चाहते हैं। और क्या कहूँ?" शार्दूल ने फोन काट दिया उसका एक मन कहता था—"चाहता हूँ कि रंजना के सवाल को हकीकत में बदल दूँ। शिकार खुद शिकारी की गोद में आना चाहता है तो इस अवसर को गँवाना उचित नहीं है।" उसका दूसरा मन उसे सावधान करते हुए कहता—"डॉ. रंजना सिंह जलती हुई नदी है। नदी के प्रवाह को देखो, लहरों को देखो लेकिन नदी के जल में मत उतरो।"

लोकमान्य तिलक हिन्दी विश्वविद्यालय के कुलपति राजनारायण सिंह भी डॉ. रंजना सिंह के आशिकों की टीम के एक सदस्य थे। अपने फेसबुक पर डॉ. रंजना सिंह को उन्होंने कवयित्री के रूप में रखा था। सत्ता में अपनी पहुँच के बल पर वे कुलपति के पद पर प्रतिष्ठित थे। डॉ. रंजना सिंह ने डॉ. शार्दूल सिंह से एक दिन कहा था—"वी.सी. साहब मुझे बहुत मानते हैं। मेरे आवास पर वे दो बार चाय भी पी चुके हैं।" डॉ. शार्दूल कुमार सिंह ने अपने मन में कहा—"आप ऐसी चीज ही हैं कि शरीफ और बदनाम दोनों तरह के लोग आपके दीदार के लिए व्याकुल रहते हैं। आप जैसी लड़कियाँ, एकेडमिक जगत्, प्रिण्ट मीडिया, इलेक्ट्रॉनिक मीडिया इत्यादि अनेक क्षेत्रों में सफल हैं।"

डॉ. रंजना सिंह ने 'लोकमान्य तिलक हिन्दी विश्वविद्यालय' में इण्टरव्यू दिया लेकिन वहाँ पर उसका चयन नहीं हुआ। कुलपति जी रंजना से मन बहलाव करते थे लेकिन अपने विश्वविद्यालय में उसका चयन करके बदनामी लेना नहीं चाहते थे। दूसरी बात यह थी कि वे रंजना को उतने महत्त्वपूर्ण पद के काबिल नहीं मानते थे। उन्होंने अपने मित्र प्रोफेसर आशुतोष उपाध्याय से कहा था—"रंजना सिंह जिन्दादिल है, हसीन

है मेहमाननवाज है, उन्मुक्त हृदय की है—यह सब तो ठीक है लेकिन इतने महत्त्वपूर्ण विश्वविद्यालय में उसे लेक्चरर और रीडर बनाना उचित नहीं है। खिलौने से खेला जाता है, उसे देवालयों में स्थापित नहीं किया जाता।''

उसके बावजूद राजनारायण ने डॉ. रंजना सिंह को आश्वासन दिया था—''तुम निरन्तर प्रयास करती रहो। मैं अपने विश्वविद्यालय में किसी-न-किसी प्रशासनिक पद पर तुम्हें जगह दूँगा।''

इधर प्रशान्त सिंह डॉ. रंजना सिंह के स्वच्छन्दतावाद से परेशान रहने लगा। उसके मित्रों ने उस पर व्यंग्य भी किया। रंजना की कीर्ति मोहल्ले में फैल गयी थी। बहुत दिनों तक तनावपूर्ण माहौल रहा। दोनों ने तलाक का निर्णय लिया। रंजना कर्नलगंज छोड़कर एलेनगंज में रहने लगी। प्रशान्त सौम्य और शालीन प्रकृति का युवक था, लेकिन रंजना के सेहत पर फर्क नहीं पड़ा। अब तो वह अनन्त आकाश में उड़नेवाली पंछी थी। रजत त्रिपाठी अवसर उसके आवास पर आता। वह अपनी कार से रंजना को देर तक इधर-उधर घुमाता।

रंजना ने 'आदिवासी विश्वविद्यालय' में बहुत पहले आवेदन किया था। उसे इण्टरव्यू लेटर मिलने की उम्मीद नहीं थी लेकिन उसे इण्टरव्यू लेटर मिला। डॉ. रंजना सिंह को रीडर के पद पर साक्षात्कार देना था। नियमतः तो उसे इण्टरव्यू लेटर मिलना ही नहीं चाहिए था। उसकी कुल जमा आठ साल की नौकरी ऐसे ही थी। उसने केवल स्ववित्तपोषित कॉलेजों में पढ़ाया था। अपने प्रदेश के किसी भी आयोग ने उसे चयनित करना तो दूर साक्षात्कार पत्र देने के लायक भी नहीं समझा। वह उस विश्वविद्यालय में साक्षात्कार देने जा रही थी जहाँ के हिन्दी विभाग के अध्यक्ष अपने प्रकाण्ड पाण्डित्य के लिए जाने जाते थे। जब वे प्रोफेसर के पद पर इण्टरव्यू दे रहे थे, उस चयन समिति में नालन्दा विश्वविद्यालय के प्रोफेसर आनन्द कुमार सिंह विशेषज्ञ थे। प्रोफेसर आनन्द कुमार सिंह ने उनसे जनजातीय शब्द लिखने के लिए कहा। डॉ. प्रयागराज सिंह ने लिखा—जनजातिय। प्रोफेसर आनन्द ने उनसे 'तारसप्तक' के प्रकाशन का काल पूछा। वे मौन रहे। फिर भी उनका चयन हुआ क्योंकि कुलपति प्रोफेसर के. डी. सिंह उनके चयन के लिए अड़े हुए थे। उनके चयन पर आश्चर्य नहीं किया जा सकता था क्योंकि भारत के विश्वविद्यालयों के लिए यह कोई नयी बात नहीं थी। हिन्दी भाषी प्रदेश के एक अत्यन्त प्रतिष्ठित नालन्दा विश्वविद्यालय में डॉ. विनोद कुमार सिंह का चयन हुआ। शोध करने के दौरान उन्हें डॉ. शिवप्रसाद सिंह और शिवमंगल सिंह 'सुमन' में अन्तर नहीं मालूम था। डॉ. शार्दूल कुमार सिंह अपने मित्र गजेन्द्र पाण्डेय के साथ चन्दा लेने के लिए उनके छात्रावास में गये थे। डॉ. शिवप्रसाद सिंह को उसी समय 'व्यास सम्मान' मिला था। राजेन्द्र पाण्डेय ने शिवप्रसाद सिंह का जिक्र किया। विनोद कुमार सिंह ने कहा—''शिवमंगल सिंह 'सुमन' को ही व्यास सम्मान मिला है न?''

डॉ. शार्दूल कुमार सिंह ने अपना माथा पीट लिया। वह विनोद कुमार सिंह की अद्वैतवादी प्रतिभा के सामने नतमस्तक हो गया।

डॉ. रंजना सिंह आदिवासी विश्वविद्यालय में येन-केन प्रकारेण अपना चयन करवाना चाहती थी। यह विश्वविद्यालय आम्रताल में स्थित था। नर्मदा, सोन और जाहिला—इन तीन नदियों का उद्गम स्थल था। मेकल की पहाड़ियों से घिरा हुआ यह क्षेत्र अत्यन्त सुरम्य और रमणीय था। नर्मदा को 'मेकल सुता' भी कहा जाता है। आदिवासी विश्वविद्यालय के कुलपति प्रोफेसर के. डी. सिंह नालन्दा विश्वविद्यालय के छात्र रह चुके थे। वे साधारण विद्यार्थी थे लेकिन प्रोफेसरों की चमचागिरी और दास्य भाव की भक्ति के कारण सरस्वती से थोड़ा दूर का नाता रखते हुए भी विश्वविद्यालय सेवा में आ गये थे। उन्होंने मात्र तीन शादियाँ की थीं। अपनी तीसरी पत्नी को वे अक्सर पीटते थे। इस प्रकार वे अपने क्षात्र धर्म का पालन करते थे।

डॉ. रंजना सिंह को पता चला कि नालन्दा विश्वविद्यालय के फ्रेंच विभाग के प्रोफेसर डी. के. सिंह का कुलपति महोदय से अच्छा सम्बन्ध है। उसका डी. के. सिंह से परिचय नहीं था इसलिए उसने समाजशास्त्र विभाग के डॉ. प्रताप बहादुर सिंह को पकड़ा। डॉ. प्रताप बहादुर सिंह डॉ. रंजना सिंह को अपनी बाइक पर बैठाकर प्रोफेसर डॉ. डी.के. सिंह से मिलवाने ले गये। डॉ. डी. के. सिंह का एक पैर पोलियो से ग्रस्त था। डॉ. रंजना सिंह को देखते ही डॉ. डी. के. सिंह रोमांचित हो उठे। उनके पोलियोग्रस्त पैर में भी एक नयी ऊर्जा का संचार हो गया। उन्होंने कुलपति महोदय को फोन करके कहा—

"सिंह साहब! डॉ. रंजना सिंह आपके यहाँ रीडर के पद पर इण्टरव्यू देने जा रही हैं। ये होनहार भी हैं, और हसीन भी। आप इनका विशेष ध्यान रखियेगा।" ठीक है। आप इन्हें मेरे पास भेज दीजियेगा। मैं इन्हें अच्छी तरह से देख लूँगा।" डॉ. प्रताप बहादुर सिंह अवसर गँवाना नहीं चाहते थे। उन्होंने अपनी पत्नी को उनके मायके भेज दिया था। फागुनी हवा तन-मन को रोमांचित कर दे रही थी। डॉ. प्रताप बहादुर सिंह डॉ. रंजना सिंह को अपने आवास पर ले गये। आज उन्हें अपना पौरुष दिखाना था। उनके मन में सवाल उठ रहा था—"पुरुषत्व की परीक्षा में मैं कहीं असफल न हो जाऊँ? वे जोखिम उठाना नहीं चाहते थे इसलिए आज वे पूरी तैयारी के साथ समर क्षेत्र में उतरना चाहते थे। डॉ. अमिताभ कुमार सिंह कहा करते थे—

"डॉ. प्रताप बहादुर धूर्त और लीचड़ है। जब सौ धूर्त मरते हैं, तो प्रताप बहादुर जैसा धूर्त पैदा होता है।"

अक्सर यह होता है कि शिकारी अपने शिकार के लिए पैसा खर्च करता है लेकिन डॉ. प्रताप बहादुर सिंह उन लीचड़ों में थे जो अपने शिकार से ही पैसा खर्च करवा सकते थे। बिना शराब और कबाब के शबाब का आनन्द कैसा? डॉ. प्रताप बहादुर ने चिकेन बनवाया। उन्होंने मदिरालय से एक बोतल शराब भी मँगवाया। शराब का

पैसा डॉ. रंजना सिंह ने अदा किया। ''डॉ. प्रताप बहादुर सिंह डॉ. रंजना सिंह के साथ छत पर पहुँचे। उनका अध्ययन-कक्ष छत पर ही था। डॉ. प्रताप बहादुर सिंह का सरस्वती से उतना अनुराग नहीं था जितना सुरा से। अपने दोस्तों के साथ वे इसी कक्ष में सुरापान किया करते थे। चाँदनी रात थी पूर्णिमा का चाँद नीलगगन में अठखेलियाँ कर रहा था और इधर डॉ. प्रताप बहादुर सिंह की बहुत दिनों से अतृप्त आत्मा व्याकुल थी। दोनों अध्ययन कक्ष में पहुँचे। उन्होंने बल्ब बुझा दिया। झरोखों से छन-छनकर चाँदनी अन्दर आ रही थी। लहरें ऊपर उठती थीं फिर नीचे, कभी लहरें तेज होती थीं और कभी धीमी। रात खामोश थी लेकिन दो जिन्दादिल आत्माएँ खामोश नहीं थीं। एक आनन्ददायक क्रीड़ा देर तक चलती रही। लहरों का आलोड़न थम चुका था। सागर शान्त था।

दोनों देर तक सोते रहे। जब दोनों की नींद खुली तो अच्छी धूप निकल आयी थी। 'तुम्हारी ट्रेन कब है?' ''सर, मेरी ट्रेन दोपहर 12:30 पर प्लेटफॉर्म पर आ जायेगी। उसे छूटने का समय है बारह बजकर पचपन मिनट।'' डॉ. रंजना सिंह ने जवाब दिया। डॉ. प्रताप बहादुर सिंह अपनी बाइक से डॉ. रंजना सिंह को स्टेशन तक छोड़ने गये। ट्रेन छूटने के कुछ देर पहले डॉ. प्रताप बहादुर सिंह ने कहा–

''कुलपति जी जिन्दादिल इन्सान है। उन्हें खुश कर दोगी तो तुम्हारा चयन निश्चित है। मैंने भी उनको तुम्हारे बारे में बतला दिया है। अब तुम निश्चिन्त मन से आम्रताल पहुँचो। विश यू ए गुड लक।'' ट्रेन रात दो बजे पेण्ड्रा पहुँची। वहाँ से आम्रताल की दूरी चालीस किलोमीटर थी। टैक्सी लेकर डॉ. रंजना सिंह जनजातीय विश्वविद्यालय परिसर में पहुँची। रंजना सिंह रीडर के पद के लिए अभ्यर्थी थीं लेकिन उसके लिए विश्वविद्यालय के गेस्ट हाउस में रुकने की व्यवस्था की गयी थी। वहाँ से कुलपति निवास थोड़ी ही दूरी पर था।

उधर दिल्ली में प्रोफेसर ब्रजेश्वर सिंह अपनी प्रिया डॉ. रंजना सिंह के लिए परेशान थे। वे देश भर के प्रोफेसरों को लगातार फोन कर रहे थे। उनकी बेचैनी पर डॉ. अमिताभ कुमार सिंह ने विजय प्रताप सिंह से कहा–

''जानते हो विजय,, ब्रजेसरा पगला गया है। यह डॉ. रंजना सिंह के लिए हर जगह फोन घुमा रहा है। इतनी बेचैनी तो प्रेमिका के लिए भी नहीं देखी जाती। वैसे डॉ. रंजना सिंह को आता क्या है? यदि मैं एक्सपर्ट होता तो कुलपति के चाहने पर भी डॉ. रंजना का चयन न होने देता।''

डॉ. रंजना सिंह के गेस्ट हाउस में पहुँचने के थोड़ी देर बाद विश्वविद्यालय के कुलपति प्रोफेसर के. डी. सिंह उससे मिलने आये थे। वे डॉ. रंजना के साथ दो घण्टे रहे। जाते-जाते वे रंजना सिंह को आश्वस्त कर गये–''तुम मेरी शरण में आयी हो। शरणागत की रक्षा करना क्षत्रिय का नैतिक दायित्व है नारी के लिए मेरे दिल में बहुत सम्मान है।'' एक दिन के बाद इण्टरव्यू था। उस दिन वह काफी देर तक घूमती रही।

उसे मालूम था कि भारत के विश्वविद्यालयों में इण्टरव्यू कैसा होता है। वह इस मुगालते में नहीं थी कि उसे हिन्दी साहित्य का अच्छा ज्ञान है। डॉ. रंजना सिंह को अपनी शक्ति और सीमा का एहसास था। अगले दिन इण्टरव्यू था। रीडर के एक पद के लिए दस लोग इण्टरव्यू दे रहे थे। वह बड़े आत्मविश्वास के साथ चयन समिति के सम्मुख उपस्थित हुई। चयन समिति के एक सदस्य ने व्यंग्य किया—

"आपका अध्यापन अनुभव तो सन्देहास्पद लगता है। स्ववित्तपोषित महाविद्यालयों में अध्यापन के बदौलत आप रीडर के पद पर इण्टरव्यू देने आ गयी हैं?" डॉ. रंजना सिंह एकाएक घबरा गयी। कुलपति महोदय ने स्थिति को सँभाला। केरल के डॉ. केशव नायर सिंह रंजना का समर्थन कर रहे थे। उन्होंने कहा—"रंजना सिंह मेधावी हैं। ये कवयित्री भी हैं। ब्रजेश्वर सिंह इनकी तारीफ करते अघाते नहीं।" डॉ. रंजना सिंह का इण्टरव्यू महज औपचारिकता बनकर रह गया। कुलपति ने एक भी सवाल नहीं पूछा। विभागाध्यक्ष डॉ. प्रयागराज सिंह कुलपति की हाँ-में-हाँ मिला चुके थे। केवल डॉ. रणविजय सिंह डॉ. रंजना सिंह के चयन के पक्ष में नहीं थे। उन्होंने अन्त में रंजना सिंह से दो सवाल पूछा। एक सवाल रामवृक्ष बेनीपुरी के रेखाचित्रों पर था। दूसरा सवाल था उपेन्द्रनाथ 'अश्क' की कहानियों पर। इन दोनों सवालों पर डॉ. रंजना सिंह धराशायी हो गयी। इन दोनों सवालों का उत्तर न तो डॉ. प्रयागराज सिंह दे सकते थे और न डॉ. केशव नायर। फिर इण्टरव्यू के बाद डॉ. रंजना सिंह थोड़ी घबरायी हुई थीं। डॉ. रंजना की हौसला आफजाई करते हुए डॉ. केशव नायर ने कहा—"आप मुझे नहीं पहचानती हैं लेकिन मैं आपको बहुत अच्छी तरह जानता हूँ।" कुलपति के.डी. सिंह ने कहा—"घबराइये नहीं रंजना जी, कुछ पाने के लिए कुछ खोना पड़ता है।" इस पर डॉ. रणविजय सिंह ने चुटकी ली, "इनके पास खोने के लिए है ही क्या? इनको तो पाना-ही-पाना है।" चयन समिति में अट्टहास गूँज उठा।

रात को डॉ. रंजना सिंह कुलपति आवास पर पहुँची। प्रोफेसर के.डी. सिंह ने बड़ी गर्मजोशी से उसका स्वागत किया। "आओ, आओ। तुम्हारा चयन हो गया है। लिफाफा खुलने की औपचारिकता शेष है। भई, तुम्हें, विशेष रूप से डॉ. ब्रजेश्वर सिंह और डॉ. के.डी. सिंह का शुक्रगजार होना चाहिए।" "सर, सबसे बड़ी बात तो यह है कि यदि आपकी कृपा न होती तो कुछ भी सम्भव नहीं था। आपका एहसान चुकाना मेरे लिये सम्भव नहीं है।" डॉ. रंजना सिंह के ऐसा कहने पर डॉ. के.डी. सिंह ने डॉ. रंजना सिंह के पुष्ट नितम्बों पर धौल जमाते हुए कहा—"असम्भव तो कुछ भी नहीं है रंजना। तुम्हारा चयन करके मैंने कोई एहसान नहीं किया है। मेरे ऊपर भी कुछ लोगों ने एहसान किया है। हम लोगों से बहुत अधिक योग्य लोग छोटे-छोटे पदों पर हैं या इधर-उधर हैं। सच तो यह है कि यदि भारत का सिस्टम सही होता तो न तो मैं कुलपति होता और न तुम केन्द्रीय विश्वविद्यालय में रीडर बन पाती। ओह-सारी डॉ. रंजना, इस रंगीन माहौल में मैं सिद्धान्त की बात करने लगा। आओ, मेरे पास बैठो।" उन्होंने

डॉ. रंजना सिंह को सोफे पर अपने पास बैठा लिया। डॉ. रंजना सिंह कुलपति प्रोफेसर के.डी. सिंह के प्रगाढ़ आलिंगन में बद्ध थी। समय थम-सा गया था। रात का साया गहराता जा रहा था। डॉ. रंजना सिंह नदी थी जलती हुई नदी, वह तटबन्धों को तोड़ देनेवाली नदी थी—उद्दाम आवेग से बहती हुई। आज अमावस्या की रात थी। कुलपति निवास पर सन्नाटा पसरा हुआ था।

●